文庫

午後からはワニ日和

似鳥 鶏

文藝春秋

もくじ

章扉イラスト　スカイエマ
章扉デザイン　大久保明子
初出　別冊文藝春秋294～297号
本書は文春文庫オリジナル作品です。
DTP制作　ジェイエスキューブ

午後からはワニ日和

爬虫類館

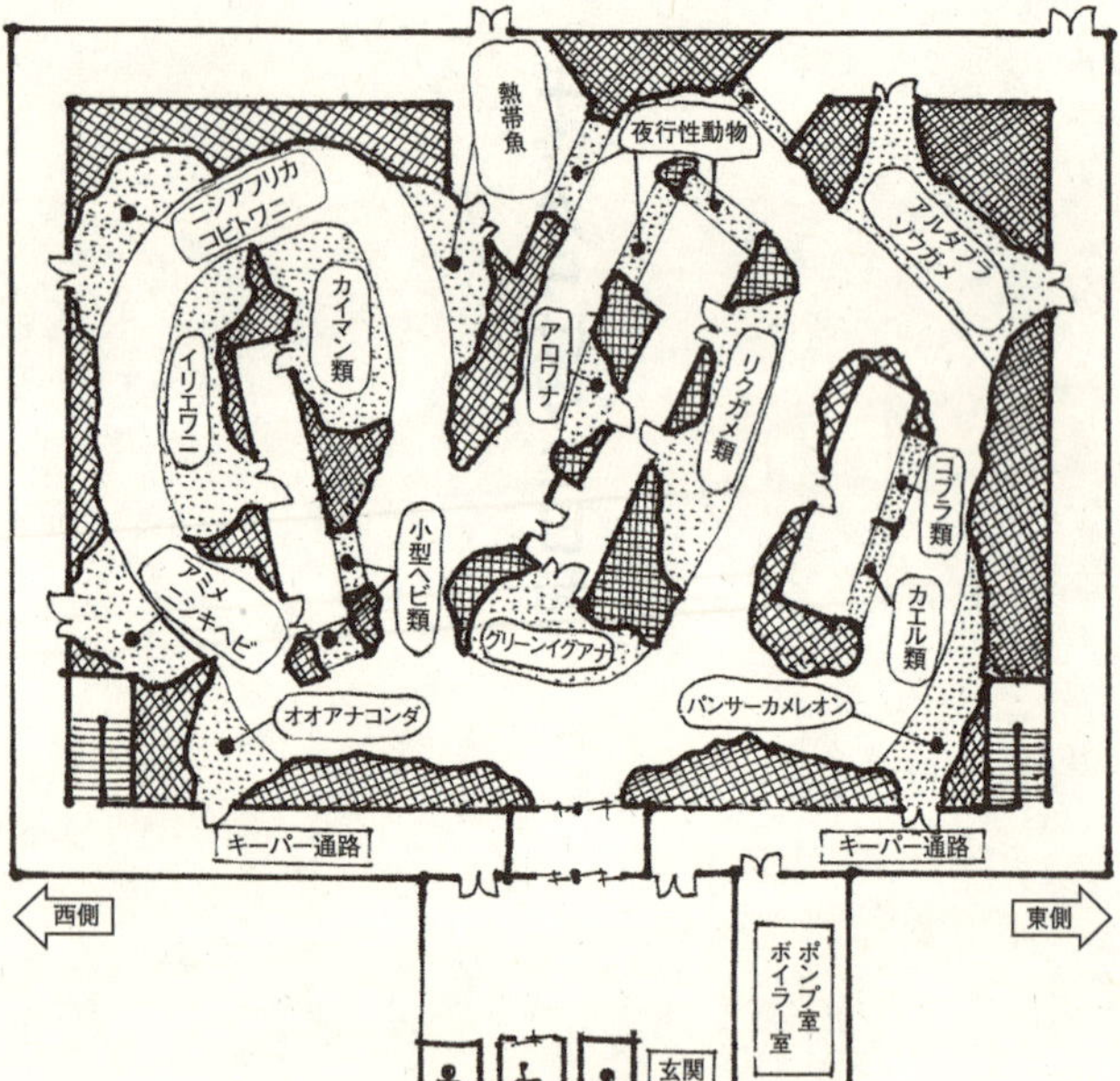

熱帯魚
夜行性動物
ニシアフリカコビトワニ
アルダブラゾウガメ
カイマン類
イリエワニ
アロワナ
リクガメ類
コブラ類
小型ヘビ類
アミメニシキヘビ
グリーンイグアナ
カエル類
オオアナコンダ
パンサーカメレオン
キーパー通路
キーパー通路
西側
東側
ポンプ室
ボイラー室
玄関

第一章　のたのたクロコダイル

1

動物園の飼育員は腰のベルトに様々なものをぶら下げている。園内連絡用の無線機。動物の様子をその場で記録するためのメモ帳とペン。施設の修理に使う大型のペンチや鋸刃《のこぎりば》のついたカッターナイフ。動物の観察ついでに写真を撮るためにデジカメも持ち歩いていて、撮った写真は同僚に状況を説明する時に見せたり、数年前からデジタル化・オンライン化された飼育日誌に添付するのに使っている。そしてじゃらじゃらと鳴る鍵束。感触だけでどこの鍵か判別できるほど手になじんだ動物舎の鍵は「飼育員の最も重要な義務は動物を逃がさないようにすること」という教えと「自分がこの動物を担当するのだ」という責任感を自覚させる飼育員の魂で、警察官にとっての警察手帳みたいなものである——そう教えてくれた先輩は二年前に退職してしまったが、かわりに入ってきた新人も別の先輩から、僕と同じようなことを言われたらしい。

ベルトにこれら紙類金属非金属を装着し終わると気持ちが一段引き締まる。刀を佩《は》いた侍と言っては少し恰好がよすぎるが、戦闘準備完了、という気分ではある。着ていたパーカとシャツを脱ぎ、「KAEDEGAOKA　ZOO」とロゴの入った楓ヶ丘《かえでがおか》動物園の職員用Tシャツに着替え、同じロゴの入った上着を羽織る。朝のこの時間帯はまだ気温が低く、上着の袖もひやりと冷たい。昨夜から今朝にかけては予想以上に冷え込んだようであり、担当動物が体調を崩していないかが気になる。アミメキリンのジェシカ（メス・九歳）にグレービーシマウマのコータロー（オス・八歳）。温度変化で真っ先に体調を崩すとしたら、体の弱いそのあたりだ。

更衣室を出て管理棟玄関の外で長靴に履き替えていると、見覚えのある車が近付いてきて窓が開いた。おはようと言って窓から顔を出したのは広報係の村田さんで、こちらは事務方であるためきっちりとワイシャツ・ネクタイを身につけている。

「おはようございます。意外と冷えましたね」

「ほんとだねえ。ねえ桃さん、ココは元気になった？」村田さんは五十過ぎのはずだが、若い職員に対してもきちんと「さん」付けで話してくれる。

「大丈夫みたいですね」ココというのは僕が担当するダチョウの、メスの方（今年十六歳）である。「昨日も走り回ってました。結局原因不明でしたけど」

「そうかあ。闘病記みたいにしてブログに書いてくれるといいんだけど」

「いや、それはちょっと」いつもニコニコして気のいいおじさんに見える村田さんは時折、その笑顔のまま無茶な依頼をしてくるので油断ならない。「原因不明のままですし」

「ああ、それじゃあねえ。……じゃ、来週はまた服部《はっとり》さんに頼もうかな」

村田さんはそう言うと、それじゃ、と言って窓を閉め、車を発進させた。園長の方針で、うちでは得意な人が得意な分野を丸抱えすることが多いので、「あにまる通信」と題された飼育員によるブログにはたいてい、爬虫類館東側担当の後輩・服部君の文章が載る。読書が趣味で学生時代は小説も書いていたという服部君の文章は本人が変人であることもあって時々耽美に走ったりミステリじみてきたりするが、それがかえって面白い、と好評ではある。

屋外の空気はやや冷えていてTシャツと上着の二枚では少し寒い。僕はウォームアップも兼ねて小走りで担当動物のエリアに向かった。現在午前八時四分。動物の生活時間に合わせなくてはならないから飼育員の朝は早い。鳥類の担当になったりするともっと早い。

朝、着替えた僕が最初にやることは、ひとまず担当する動物舎に行って動物たちに変化がなかったかを確認することである。一応、マニュアル上は飼育員は九時出勤で、まずやることは調理場にて餌の準備、それと前後して九時十五分からのミーティング、となっているのだが、ほとんどの飼育員が始業時刻よりだいぶ前に出勤して動物舎を覗いているようだ。体調変化、設備の破損、時には出産……といった異変は大半が夜の間に起こるから、朝一番にまず動物たちの様子を見ないと何かがあった時の対応が遅くなる。マニュアル通りに動いていると九時三十分の開園まで動物舎に行かないことになってしまうから、それでは仕事にならないのである。もっともそれ以前に、飼育員には「朝一番に動物たちを確認しないと気持ちが落ち着かない」という変な習性が染みついてしまっている。

スタッフ用道路のアスファルトを蹴って動物舎に向かう。楓ヶ丘動物園は基本的に園の外周を動物舎が取り囲み、柵を隔てたそのさらに外側をスタッフ用の道路がぐるりと取り囲む、という構造なので、サル山や夜行性動物館を始めとするいくつかの施設を除いては、お客さんに見られることなく動物舎のバックヤードに出入りできる。お客さんにどいてもらいながら車を走らせたりしなくてよい、という点では便利だが、仕事のやり方次第では何時間も裏に引っ込み続けることが可能になってしまい、園内で起こっていることに気付かなかったり、お客さんの反応を見る機会が減ったりするので、飼育員は開園中なるべく「表」を通るようにと園長から言われている。餌をやったりガラスを叩いたりという禁止行為をしている人がいないかチェックしたり、呼び止められて動物についての質問に答えたりするのも飼育員の仕事なのだ。もっとも、大部分の飼育員は進んで表に出ているし、一部の人は話しかけられると雪崩《なだれ》のように喋る。好きなものの話だからこれは仕方がない。内訳をみれば飼育員のうち「動物好き」と呼べる人は二割といったところで、あとの三割は動物マニア、残りの五割は動物バカである。

コアリクイ舎の角を曲がり、カピバラ舎の横を通り過ぎると僕の担当する動物舎が現れる。僕の担当動物は「アフリカ草原ゾーン」と題された一角で展示される数種類である。「アフリカ草原ゾーン」はアフリカ産の大型草食獣や鳥類を混合展示(1)する広大な敷地であり、柵の中にはサバンナに近い形で高木低木が立ち、砂埃が舞っている。体高三メートルのキリンを収容する寝小屋は高くて巨大で、来園者から見える表側は岩山を模して、違和感がないように造られている凝ったものだ。もちろん職員が使う裏側のドアは錆びて年季が入り、ドアの周囲にはホース木材デッキブラシといった生活感丸出しの物品がごちゃごちゃ並んでいるのだが、そのあたりはお客さんから見えないからいいのである。

腰につけた鍵でドアを開け、鼻をきかせて寝小屋のいつものにおいに変化がないかを確かめながら、コンクリートと鉄格子に囲まれた薄暗いキーパー通路（職員用通路）を歩く。手近な部屋から順に、声をかけながら中を覗いて動物たちの様子を観察する。僕

(1) 二種類以上の動物を同じ場所で展示すること。野生に近い状態を見せられる上にスペースも浮くが、一緒にする動物の組み合わせを考えないと弱い方がストレスを感じたり餌になったりする。

が行く前から大興奮で鼻を突き出しているのはアミメキリンのメイ（メス・三歳）である。キリンという動物は基本的に神経質で怖がりだが、いったん慣れてしまうと個体によっては非常に人懐っこくなる。メイは動物園出身の三代目であるせいか特に人懐っこく、少しでも隙を見せるとぬうっと首を伸ばしてきた彼女に顔面をべろんとやられる。どうも、舐められた人間の反応を面白がっているようだ。

もっとも、メイに限らず、僕は生まれつき動物によく舐められる性質だった。普段おとなしいはずの犬が発狂したように舐めてきて飼い主を仰天させたり、近所の猫、牧場の牛、水族館のアシカにいたるまで、一緒にいる他の人は舐められないのに僕だけが舐められ、飼い主や係員を慌てさせることが、子供の頃からよくあった。動物に好かれる性質だというなら喜ぶべきことで、動物に関わる仕事をしたいと思ったおおもとの理由もそれなのだが、どうも好かれているというよりは食べ物と思われているふしがある。あるいは僕の皮膚は常時、栄養たっぷりの何かを発生させているのかもしれないと想像する。顔面からミネラルだのローヤルゼリーだのを出す顔面滋養人間。猫の毛だって日に当たるとビタミンDを産生するのだから考えられないことではない。

舐めさせせろ、というメイの鼻息を適当に受け流しつつ、まずはシマウマの部屋を覗く。いつもの場所で所在なげに突っ立っているウララ（メス・六歳）。退屈だ早く放飼場《ほうしじょう》に出せと言わんばかりにそわそわと歩き回っているコータロー。そんなコータローを物憂げな目で見ているリリィ（メス・五歳）。皆いつも通りの毛並みと反応で、部屋の中に異物はなくざっと見たところではフンにも異状はない。それらを確認してキリンの部屋に移り、メイに舐められない間合いを保ちつつまずは温湿度計を確認する。キリンの頭部は地上五メートルの高さにあるため、自分の感覚で暑い寒いを判断するとずれている可能性があるのだ。動物たちは僕が顔を見せる前からすでに誰が入ってきて何をするのかを知っていて、僕が覗く前からなんとなく通路の方を見ているし、扉の前に陣取っているやつもいる。どうも足音や鍵束の音などで見知った人を区別しているらしいのだが、具体的にどうやって判別しているのかは研究しないと分からない。

背後で扉の開く音がした。誰だろうと思いキリンたちと同時に振り向く。入ってきたのは獣医兼猛禽《もうきん》館担当の鴇《とき》先生だった。上着を羽織り髪をひっつめにした仕事時の恰好なので、出勤途中にちょっと覗いた、というのではないらしい。

「おはようございます。朝一でこっちに来るなんて珍しいですね」

鴇先生はおはよう、と返して頷く。目線の高さが僕とたいして変わらないので女性としてはかなり長身の部類に入るはずだが、先生はそれを気にする様子もなくいつもぴしりと背筋を伸ばしている。

「ココの様子が気になって来たんだけど」

鴇先生は言いながらダチョウの部屋を覗く。それに反応してオスのボコ（十七歳）が扉に駆け寄ってくる。ココの方はもともとおとなしいので、部屋の隅でじっとしているようだ。

「どうですか？」

「今のところ、大丈夫ね」

先生は部屋の奥をじっと観察している。ボコが目の前に陣取って邪魔をするので奥のココが見えにくいらしく、先生は体を傾けたり腰をかがめたりしていたが、しばらくして一つ頷き、こちらを向いた。「とりあえず問題なさそうだけど、外に出してからも運動量、注意して」

「はい」先生と並んでボコの体越しに部屋の中を覗く。ココの方はいつも通りに座り込んだまま、ひょこひょこと首を動かしている。

「結局、原因不明のままでしたね。誤飲でしょうか？」

ダチョウはわりと病気になりにくい動物なのだが、好奇心が強くて何にでも寄っていくので、変なものを飲み込んでしまうことが多い。

先生はさあ、と言って首を振った。「分からない。ストレスかもしれない」

「僕が担当になる前にもありました？　こういうの」

「時々」

飼育員には珍しく、鴇先生は吐息交じりの低血圧めいた喋り方をする。キーパーズトーク[2]の時はそれなりに通る声で喋るのだが、以前ちょっと覗いてみた限りでは、お客さんはきわめて神妙に拝聴していて、大学の偉い先生による記念講義のようだった。獣医学だか畜産学だかの博士号を持っているという話なので、実際に講義をした経験くらいあるのかもしれないが。

「一応、フン気をつけます。何か出てるかもしれないし」

「そうして」

「ていうか先生、求愛されてますよ」

「健康なようね」

先生は無表情のままで頷くと、羽を広げ、首を丸めて求愛のダンスを踊るボコに背を向けて出ていった。ボコは先生が背を向けてしまうとますます必死になって体を揺すったが、先生が振り返ることなく出ていくと、ゆっくりと羽をたたみ、つい、と顔をそむけて奥に行ってしまった。ダチョウの十七歳といえばもっと落ち着いていい歳なのだが、なぜか女性だけを見分け、気にいった人間には見境なく求愛するよく分からんやつである。

ボコは時折お客さんに対しても求愛する。そのためお客さんには人気があるし、求愛のダンスを見せられるのは担当飼育員としてもありがたい。が、そもそも人間に求愛している時点で不自然極まるということを考えると、はたして素直に喜んでいいものかどうか。

(2) 担当飼育員による動物のガイド。担当者の個性によって、講義になったり授業になったり講談になったりする。

動物を観察した後は朝の分の餌の準備をする。コンクリートむき出しの床の上に業務用冷蔵庫と調理台の並ぶ寒々とした第二調理室でひたすら菜切り包丁を振るい、野菜や果物を刻む。各個体の好みや健康状態に合わせて刻んだり粉砕したりミキサーにかけたりと、餌の準備には創意工夫が求められる。現在は栄養価の高いペレット（固形飼料）が各種出ているから昔よりは楽になったと聞くが、そのペレットにしても粉ミルクをまぶして栄養バランスを整えたり果汁をかけて食《い》いをよくしたりという工夫が必要になったりする。

キリン向けの干し草の量を確認しているとドアが開き、先輩の本郷《ほんごう》さんが入ってきた。

「おす。桃くん最近毎日一番だね」

「おはようございます」

僕の本名は桃本《もももと》なのだが、「も」が三つ連続して非常に発音しにくいため皆「桃」と呼ぶ。ちなみに当園にはオランウータンとミニブタに一頭ずつ「モモ」がいて、昨年BL《ブリーディングローン》(3)で他園に引っ越したコビトカバも「モモ」なので、僕は時折「人間の方のモモ」と呼ばれる。

「ココの体調とかちょっと、じっくり見たいんで。本郷さん、オードリーの方どうですか？」

「出産は来月かな。あいつ体弱いから、繁殖とか心配だったんだけど」

オードリーというのは五歳になるフタコブラクダなのだが、本郷さんは娘の話をしているような顔である。本当に娘だったらどうなるかと思い、僕は「七五三の衣装を着たオードリーと一緒に記念撮影をする本郷さんの図」だの「花嫁衣装のオードリーと腕を組んでバージンロードを歩く本郷さん（泣き顔）の図」だのを想像してみる。どうやら、それなりに似合っている。

「場合によっちゃ泊まりかな。出産はまた夜中だろうからな」

当の本郷さんはいつも通りの淡々とした調子で言う。どこの動物園にも必ず一人はいる「熊ヒゲの飼育係」であり、よく見ると動きがなんとなくラクダに似ている人なのだが、喋ってみると存外に普通の勤め人で、どこにでもいる人好きのおじさんといったところである。もとより接客やパフォーマンスをする上、何をやるにもチームワークが必要な仕事であり、人好きでなくては務まらないのだ。

「泊まりになった時、僕もいていいですか。見ておきたいし」

「偉い。何事も経験だわな」

「じゃ、よろしくお願いします」

バットにまとめた餌を抱えて調理室を出る。本郷さんは鼻歌で某料理番組のテーマ曲を歌いながら軽快に小松菜を刻んでいる。

動物舎に戻り、梯子《はしご》を抱えて持ち出し、屋外の放飼場に餌を設置する。シマウマとダ

（3）繁殖のため、動物園同士で動物を貸し借りすること。

チョウの餌籠は低い位置に、キリンの餌籠は放飼場内の樹の高枝にそれぞれ設置されており、僕は餌を抱えた体勢で幹にくくりつけた梯子を上り下りしなくてはならない。自然状態のキリンは首を伸ばして高い所にある葉を食べているので、動物園でもなるべくその通りにできるようにしているのだ。

梯子をかけて餌を設置し終わったところで九時五分になったので梯子を下りる。毎朝九時十五分から、管理棟で短いミーティングがある。いつもは餌を設置する途中でこの時間になるから、一旦作業を中断してミーティングに出ることになっていたのだが、今日は少しだけ早く来たため、切りのいいところでミーティングに出られるようだ。明日からはこの時間に来よう、と決めて梯子を片付け、小走りで管理棟に向かう。

職員用の駐車場がいつも通りに埋まっているのを横目で見ながら長靴を履き替え、管理棟の玄関をくぐる。廊下で合流した人に挨拶をしながらミーティングルームに入ると、今日出勤している三十数名が整列するでもなくてんでんばらばらでもない適当な並び方で立ち、沈思黙考するでもなく雑談に熱中するでもない適度な賑やかさでくつろいでいる。長机と椅子はあるが、どうせ十分ほどのものであるから座っている人はあまりいない。毎朝のこのミーティングは形式的には広報係や庶務係などの事務方は参加しなくてもよく、連絡事項がある時にだけ顔を出すことになっているのだが、大抵の場合は今日のように出勤している三十数名全員が出ているようだ。広報係の遠藤さんいわく「事務室に一人で座って、みんなが集まってるミーティングルームの音聞いてるのって寂しいよ？」とのことである。

　僕が壁際の人の邪魔にならない立ち位置を確保したところで司会の当番である本郷さんが入ってくる。おはようございます、という声にそれぞれが自己流のおはようございますを返すと、本郷さんは外見にふさわしい野太い声で確認事項を列挙する。当番制の仕事の確認、人手のいる作業の助っ人要請、特に注意すべき動物の状態、確認すべきことは毎朝ある。

「……休みの分の代番《だいばん》は以上の通り。あと、伏見《ふしみ》さん午後いないよね」

　本郷さんが部屋の隅に視線をやると、爬虫類館西側担当の伏見さんが手を挙げる。

「はい。ええと私は今日十二時から戸田のワニランドに行くので、午後は代番を頼むことになります。桃さんだよね」

「はい。……ええと、イリエ、コビト、カイマンいずれも給餌なし、飼育室のビルマホシガメ二匹は特に容体に注意します」

　皆の視線が集まったので何か喋らねばと思ってそう言ったが、これらのことは昨日伏見さんから直接聞いているのだからここで繰り返す必要はなかったな、と首をかしげる。

　伏見さんは微笑んで頷いた。「投薬の方は服部君がやるからね」

　本郷さんはその後も確認事項をすらすらと整理し、それから「他に何か連絡事項がある人は」と全員を見回し、いつもの手慣れた調子でミーティングを締めた。「はい、それじゃみなさん今日も、『確認・観察・笑顔』、しっかりやっていきましょう」

老若男女問わず全員がウイ、という体育会系の発音で応じる。ミーティングの最後のこの台詞は毎回共通で、以前は工場に勤めていたという村田さんいわく「現場仕事の朝礼はどこでもこんな感じですよ」とのことだが、言われてみれば飼育員の仕事はこれ以上ないほど現場仕事である。

ミーティングが終わり、ぞろぞろと持ち場に向かう職員の流れに乗ろうとしたところで「ふれあいひろば」(動物に触れるスペース)担当の七森《ななもり》さんに声をかけられた。「桃さん、今日の『ふれあいタイム』よろしくお願いしますね」

「うん。一回目、十時半だね」

人の流れの中にいるので僕はそれだけしか応えなかったが、七森さんはお客さんだけでなく職員にも人気の可愛らしい笑顔で手を振った。僕の隣を歩く本郷さんがそれを見て「可愛いよねえ、ほんと」と感慨深げな独り言を漏らす。明るく溌剌《はつらつ》としていて、しかも礼儀正しい七森さんは先輩職員に目を細めさせる存在であるようだ。

管理棟の玄関を出て再び担当の動物舎に向かう。次の仕事は動物たちを放飼場に出すことで、その後に寝小屋の掃除がある。その後も夕方の餌の準備があり、共同作業があり、当番の仕事があり、放飼場に出られない動物の世話やキーパーズトーク等の定例イベントがある。昼食とデスクワークはその間に空いた時間を見つけてやる。飼育員は一日中忙しい。

動物舎に着き、体の小さい動物から順に放飼場へ誘導する（大きい動物が先にいると、小さい動物が怖がって出たがらないのだ）。誘導しながら観察をする。いつもは真っ先に出ていくやつがぐずぐずしていたり、一緒にいるはずの個体同士が妙に離れていたりしたら要注意であるが、今朝のところはいつも通りのようだ。シマウマ一つとっても、リリィのように腰の重いやつは放飼場に出てもらうだけでひと苦労であるし、気難しいコータローはいったん不機嫌になると意地になって移動を拒否する。だからといって動かそうとして不用意に近付くと蹴飛ばされ、肋骨にひびが入ったりするわけで、動物たちはなかなか思い通りに動いてはくれない。もちろん動物園としてはそれでよいのだ。

思い通りに動かそうとすれば調教をすることになってしまう。しかし気が荒いはずの動物がおとなしくなってしまったり、人に馴れないはずの動物が従順になってしまっては展示の意義が薄れる。動物園の動物はペットでもタレントでもなく、あくまで野生動物だからだ。危険な猛獣を飼育するなら安全に世話をできるよう動物と同じ空間に入らなければいいのであって、動物の方を人に馴れさせる必要はない。飼育員が獰猛な動物に手や足を食いちぎられたとしても、それは扱いを間違えた飼育員が悪い――それが動物園の考え方だ。表面上ほのぼのと見せておいて、動物園の裏側はわりとハードボイルドなのである。

寝小屋の隅でぐずぐずしていたキリンのジェシカがようやく動き出したところで園内に音楽が流れる。九時三十分。開園である。

2

「はーいみなさんこんにちは。ふれあいひろば担当の七森さやですっ」

七森さんはベンチに座った子供たちとその傍らに立つ親たちを平等に見回し笑顔で手を振る。普通の飼育員はやらないタレントのごとき挨拶だが、実際に彼女は楓ヶ丘動物園のアイドルとして機能しているため、園長からそのように振る舞えと命令されているらしい。

彼女は新人の飼育員が皆そうであるように、最初はまず比較的飼育のしやすい「ふれあいひろば」のモルモットやカイウサギ、ミニブタといった動物たちの担当になったのだが、「ふれあいタイム」に来てくれた親子に動物の扱い方を説明するところを見ていた園長が彼女の才能——人前で喋る技術、よく通る声、「動物のお姉さん」とでも言うべき明るく優しいイメージ、ついでにちっちゃくて可愛いこと——に目をつけ、お客さんの前に出るガイドツアーや期間限定イベントの仕事を重点的に割り振り、ついでに地方局の番組にも飼育員代表として出演させた。そのため七森さんは勤続六ヶ月くらいの時点でもう「楓ヶ丘動物園の美少女（大学出だが……）飼育係」として各方面に認知されていた。そして二年目になった今では動画サイトで「七森さや」を検索すると彼女が出演したテレビ番組やお客さんが撮影した仕事中の彼女の映像が大量にひっかかる。今のところ本人にどの程度アイドルとしての自覚があるのかは分からないが、現に今も親子連れの後方から遠慮がちな声で「さやちゃーん」と聞こえてきたりしているわけであり、その声の主が無邪気な子供ではなく柵の前に並んだ五、六人の「大きなお友達」であることは彼女にも見えているだろう。「ふれあいひろば」を訪れる子供たちからは「テレビで見たおねえさんだ！」と指さされるし、最近は「ふれあいタイム」の後に『一緒に写真を』と求めるお客さんが来る。そういう申し出は絶対に断るな、と園長に厳命されているとのことだったが、受け応えを見る限り、彼女自身ももう慣れっこになっているようだ。

とりあえず僕は「えー、おまけの桃本です」と続けて後ろのお兄さんたちの笑いをとる。七森さんは笑いながら「何ですかおまけって」とつっこみ、それから皆を見回しはっきりとした発音で喋る。「今から私たちが動物さんたちの触り方、どうやって抱っこしてあげるといいのかなーとかどこを持ったらいいたいよーってなっちゃうのかとかを説明しますから、みんなよく聞いて覚えてくださいね」

七森さんは適度に緩急をつけた口調で、ジェスチャーを交えながらモルモットやカイウサギの抱き方を説明する。僕はそれに合わせて適宜、モルモットを持ち上げたりミニブタを追い回したりして実演する。抱いたモルモットが妙にじたばたして僕のにおいを嗅ぎたがったり、ヤギが横から乱入して舐めてきたりといった台本外の事態が必ずあるので、お客さんは大抵そこで笑顔になり、子供たちも動物への警戒心を解く。ほとんど喋らない僕も役には立っているようだ。

説明が終わると子供たちが動物の籠に集まる。興味津々で躊躇《ためら》わずに手を出す子、怖がってなかなか抱けない子、動物は親兄弟に抱っこしてもらって横から背を撫でるだけの子。僕と七森さんは掃除をし、お客さんと話しながらそれを見守る。最近の子供は命の重さに対する理解がどうのとか言われているようだが、動物を前にした子供たちはむしろ相手を傷つけることを怖がって手を出せないことが多い。そんな子であってもこちらが抱き方を教えて抱かせてあげると、ぱあっと笑顔に変わる。そういう時はつられてこちらも笑顔になる。

我関せずという顔で歩きまわるミニブタと尻をつついて甘えてくるヤギをかわして歩きながら、動物を抱いててんでんばらばらに動く子供たちを見てまわる。モルモットの腹部を両手でがっちり握ってしまっている男の子を見つけ、ジェスチャーを交えながら両手でこうやって持ってあげてね、と説明する。事前に説明した扱い方を全部聞いている子は半分もいないので、子供たちが動き始めてからはさりげなく目を光らせていなければならない。男の子は僕の説明を聞くと摑んでいたモルモットを両手で抱き直し、こちらを見上げて目で訊いてくる。腰をかがめて目線を同じにし、そうそう上手、と褒めると男の子はにっこりと笑い、ママ、と呼びながらぱっと背を向けて母親の方へ駆けていった。「ママー、ママ見て」

一見すると子供×動物という広告的微笑ましさ溢れる場面であるが、実のところ飼育員はけっこう神経を使っている。動物たちから見れば、この「ふれあいひろば」は動物園で最も過酷な修羅場なのだ。もともと「不特定多数の人間に観察される」というだけでも動物たちは緊張している。それなのに、ここの動物たちはそれに加えて触られ抱きあげられ、時には追いかけられたりもする。何をしてくるか分からない見知らぬ人間たちにだ。体調の悪い個体やストレスのたまっていそうな個体は休ませ、なるべく疲れさせないようにしてはいるのだが、完璧にはいかない。抱かれているモルモットを見てあいつはストレスを感じているなと分かっても、子供から取り上げてしまうわけにはいかないから、黙って見ているしかない。それでも来てくれた子供が「モルモット抱っこできたよ」と笑顔になればこちらとしては万々歳なのだ。見かけ上、動物園の中で最も微笑ましいこの「ふれあいひろば」は、動物たちに親しんで関心を持ってもらうために、当の動物たちにストレスを強いなければならない――という、動物園の辛い部分を最も直截《ちょくせつ》に体現する悩ましいセクションである。

一時間ほどで「ふれあいタイム」は終了になり、残っていた子供たちと大きなお友達が出口のゲートを開けて出てゆく。手を振る子供たちに「バイバーイ。お手々洗ってねー」と手を振り返し、子供同様にいい笑顔で去る大きなお友達にいつの間に身につけたのか分からない商売用の笑顔でお辞儀をした七森さんと二人、とりあえず今回も子供たちが笑顔で出ていけたことに安堵し、頷きあう。それからすぐに動物の数を確認し、状態をチェックする。可愛さのあまりモルモットを手放したくなくなってしまった子供が、服の中に隠して持ち出してしまう、といったケースもけっこうあるのだ（体重二キロ超のウサギをシャツの中に隠していたつわものも一度いた）。それからケージ内を観察する。ウサギやモルモットのケージはあまり厳重ではないため「ふれあいひろば」の柵内からだけでなく柵の外の通路からも悪戯《いたずら》がしやすく、勝手に餌を与える人も多い。

　ウサギのケージを観察して異状がないのを確かめた僕は、腰を曲げてヤギとウサギのフンを掃き集めながら、箒《ほうき》を持ったままケージ内のモルモットたちを観察している七森さんに声をかけた。

「モルモット、大丈夫だった？　落っことした子がいたけど」

「……元気ですね。ショコラさんとモルコさんも、出ずっぱりだったわりには平気そうです」

　動物相手でもなぜか「さん」をつけるのはこの人のいつもの癖だが、なんとなく表情に覇気がない。やはり普段の七森さんとは違うな、と思った。最近、彼女は少し元気がないようだ。「ふれあいタイム」の間はいつも通り「明るく元気な飼育係のお姉さん」でいるし、普段通りの活発さでもある。だがそれが終わった後、すっと疲れたような表情を見せることがある。飼育員のつもりで就職[4]したのにアイドルにされてしまったことによる疲れだろうかとも思ったのだが、休園日でも微妙に影がさしたような表情を見せることがあり、原因が分からない。

　どうしようかな、と思ったが、ひと通り掃除を終え、箒を片付けるところで彼女と隣りあったので訊いてみた。「七森さん、体調悪い？」

七森さんはぱっとこちらを向いて目を見開き、言った。「いえ……大丈夫です」

「そう。……おかしかったらすぐ言ってね」

「はい」七森さんは俯き加減で応え、上目遣いでちらりとこちらを見て「ありがとうございます」と付け加えた。

僕はゲートを開けてバックヤードに出ていった彼女の背中を見ながら唸らざるを得なかった。もともとそう多弁な人ではないのだが、それにしてもさっきのやりとりは少し元気がなかったようだ。掃除中も俯き加減でいることが多かった。

飼育員は体調管理にも気を遣う。感染症に気付かずにいて動物にうつしたらまずいからだ。そのことは彼女も分かっているはずだが、感染症でない体調不良やそれ以外の悩みかもしれない。困ったことがあるなら周囲に相談してもらいたいのだが、どうしたものだろうか。

動物園は基本的に男所帯なので、その中で働く女性は頑張りすぎて体を壊したりしやすい——先輩からはそう聞いているし、彼女は勤務二年目である。僕自身のことを思い出してみれば、一年目よりむしろ、新人でないこの時期の方が問題を自分一人で抱え込みやすかった。

ここですんなりと相談できる雰囲気を作れれば立派な先輩なんだけどなあ、と思うが、

(4) 開園中にはできない動物の健康診断や大掃除等をするため、むしろ休園日の方が大変らしい。

そういう雰囲気をどうやって作ったらいいのかが分からない。傍らで熱心に柵のにおいを嗅いでいるミニブタのサブローに「どうしようか？」と訊いてみるが、サブローは何を勘違いしたのか僕の指をちゅうちゅうと吸い始めた。だから、僕は食べ物じゃないというのに。

動物園は日暮れとともに閉園になる。うちの閉園時刻は午後四時半で、午後四時十五分になると「まもなく閉園となります」のアナウンスと音楽が流れる。だいたいの場合、屋外で展示する動物たちはそれを合図にして寝小屋に誘導する作業を始めるのだが、この頃には動物たちも「もう休みたい」と思っていることが多く、また種類によっては寝小屋内に夕方の餌を用意しておくので、入舎作業は朝の出舎作業ほど困難ではない。

とはいえ、僕は疲れていた。今日は「ふれあいひろば」の当番をし、昼からは伏見さんの代番で爬虫類館の仕事をし、担当者と一緒にレッサーパンダの新しい遊具作りの手伝いをした。あちらこちらに顔を出し、昼にミーティングルームに届けられていたはずの弁当を食べられたのは、午後三時を過ぎてからだった。

だが。

執拗に首の後ろを舐めようとしてくるメイをようやく寝小屋に入れ、南京錠をかけながら考える。疲れている原因はそれだけではない。このくらいに忙しい日ならちょくちょくあるが、僕の疲れ方はいつもと違う。いつもと違うことといえば何だろう。七森さんの様子が気にかかるのだろうか。

放飼場の中から柵の外を眺める。お客さんのいなくなった園内は静まりかえり、空には厚く雲が出ている。日没はまだのはずだが、雲のせいで太陽がどこにあるのか分からない。

……なんとなく、今日は変な雰囲気なのだ。どこの何が原因なのかは分からないが、どこかに違和感があるような気がしていて、その正体を見つけられないまま動き回っていたのが疲れの原因だ。だが、どこが違うのだろうか？

土を盛って小高くなっている一角に登り、周囲を見回す。塗装の剝げた金属柵。手作りの解説パネル。湿った風に揺れる植木。

園内はいつも通りである。僕はかぶりを振り、もとの場所に戻ってまた掃除を続けた。今日はまだ、やるべき仕事がたくさん残っている。掃除を終えたら爬虫類館に行き、日誌その他の作業はそれからだ。とろとろやっていると大残業になってしまう。

担当の動物舎の施錠を確認し、園内に異状がないかを確認するため表の通路から管理棟に向かう。すでに午後五時前になっており、雲が出ていることもあって園内は薄暗い。

小型サル類のケージのわきを抜けたところで、管理棟から誰かが出てくるのが見え、僕はおやと思った。出てきた人が作業着姿の飼育員ではなく、私服の事務方だったからだ。何かを話しながら足早に動いているのは中年の男性と眼鏡の女性。広報係の村田さん、それに遠藤さんだ。

「村田さん、どうしました？」

僕は少し離れたところから声をかけた。基本的に事務室でパソコンと電話に向かっている広報係の人が、連れだって園内に出てくるのはわりと珍しいことである。

どうもそれまで緊迫した様子で言葉を交わしていたらしい二人は足を止めずにこちらを振り返る。呼ばれた村田さんはああ、とだけ言い、遠藤さんを見た。遠藤さんが困った顔で僕を振り返り、歩きながら言葉だけ投げてくるように言った。「ちょっと、変な電話が」

遠藤さんがそう言う間にも、村田さんは早足でさっさと歩いていってしまう。後ろから呼びかけると、村田さんはこちらをちょっと振り返り、「桃さん、代番だよね？　来て」とだけ言った。

なんだなんだ、と思いながらもとにかく小走りになって二人を追う。村田さんに続いて小走りになった遠藤さんの背中に尋ねる。「何があったんですか？」

訊かれた遠藤さんは振り返ったが、「ええと、その」と困ったように首を捻った。「変な電話が入ったの。私が取ったんだけど」

「変な？」ＨＰやパンフレットに記載されている楓ヶ丘動物園の電話番号は広報係のものであり、外部からの電話を受けるのは広報係の仕事である。「誰からですか？」

「それがちょっと、よく」遠藤さんの答えは要領を得ない。

村田さんはどうやら爬虫類館に向かっているようだ。代番だが、爬虫類館は自分の担当である。背中に冷たいものが走った。「爬虫類館に何か？」

「変な電話が。私が取ったんだけど」

それはさっき聞いた。「どういう電話ですか？」

「変な声で」遠藤さんは息を切らせながら言った。「おたくの爬虫類を頂きました、って」

「……は？」

3

爬虫類館は北西の隅、「お散歩小路」と名付けられた森の中の遊歩道を入って少し進んだ先にある。ワニ類や熱帯魚のいる西側を伏見さん、カメレオンやリクガメ類のいる東側を服部君が担当しているが、今日の午後からは僕が伏見さんの代番で西側の鍵を預かっている。どうやら非常事態のようだが、村田さんだけで行っても鍵がなくて困るかもしれない。僕は管理棟からここまで来るだけですでにぜいぜいいっている遠藤さんを置いて駆け足になり、玄関のところで村田さんに追いついた。

「村田さん、爬虫類を頂きました、っていうのは」

「電話でそう言われたそうです。どれのことかは分かりません」半身になって自動ドアをすり抜ける村田さんは、特に息切れをしている様子もない。「盗難だとすると……」

「たぶん、リクガメ類です」伏見さんから預かった鍵を手に取る。だがこれは西側、ワニ類の展示場の鍵だ。リクガメ類の鍵は担当の服部君が持っている。「とにかく、まず本当かどうか確かめないと」

動物園で展示されている動物が盗まれる、という事件は例がないわけではない。もちろんゾウやライオンを盗むのは無理で、そもそも盗んだところでどうしようもないわけだが、マニアが多くて高く売れ、しかも簡単に捕まえられる小型のカメ類であれば、ペットショップなどでも時折盗難事件が起こる。ホウシャガメやクモノスガメといった、希少なためワシントン条約で国際取引が禁止されている種類を欲しがり、「密輸品」だろうが「盗品」だろうが平気で買う、というまっとうでないマニアもいる。そういうマニアは一匹に数百万、場合によっては一千万以上の値段をつけるから、動物園の展示場の中を宝石が歩いているかのように見る犯罪者がいてもおかしくはない。

村田さんに続いてひと気のないロビーを通る。僕はキーパー通路の鍵を開けるべきか、まず表の通路から入るべきかで一瞬悩んだが、まず状況の確認、ということなら表からの方が見通しがいい。村田さんに続いて、自動ドアからお客さんの普段使う順路に入った。爬虫類館特有のむっとする湿気と、熱帯の木々が出す分厚い植物臭が僕の顔面に粘りつく。雰囲気を出すためにスピーカーから流している鳥の鳴き声と水槽のポンプが出す水音。動くものは見当たらず、いつも通りの爬虫類館に見える。

周囲を見回す。正面、入ってすぐの位置にあるグリーンイグアナの展示場には異状はなさそうで、イグアナたちはいつも通りに岩の上でじっとして虚空を見つめ、おそらくは何も考えていない。東側隅のパンサーカメレオンも、西側隅のオオアナコンダもざっと見た限りでは異状なしだ。

「イグアナは大丈夫のようで」

「安いですからね。それよりホウシャガメとか、トカゲモドキとか」村田さんに言う。

「まずそのあたりですね。僕、東側からチェックします」

「了解です」

村田さんは頷き、何も言わずに西側の通路に回ってくれる。不審電話を受けて駆け込んできたというのに表情も喋り方もいつも通りなのが凄い。

爬虫類館の中は熱帯雨林の環境を再現するため熱帯性の植物が生い茂り、通路の上にも枝や葉を伸ばしている。その上に通路自体がぐねぐねと曲がっているので、離れた展示場までは見渡せない。僕はとにかく一番被害に遭いやすいリクガメ類の展示場に向かった。両生類や小型のヘビ類は密閉型のケージで展示しているが、カメ類の展示場はアクリル板で通路と隔てる開放型であり、上部にはネットがかかっているだけなのだ。ネットを切れば簡単に侵入できる。

だが、リクガメ類の展示場を観察しても特に異状は見当たらなかった。ホウシャガメもパンケーキリクガメもちゃんと全員いるし、ネットに異状もない。

入口の方で自動ドアが開き、ようやく遠藤さんが入ってきた。ぜいぜいいいながら通路の入口に顔を出した彼女に隣の通路を指し示し、「あっちの方、異状がないか確かめてください」と頼む。

そこで、展示場のむこうから村田さんの声が聞こえてきた。「桃さん、こっちです。こりゃまずい」

通路を駆け戻り、同じく戻ってきた遠藤さんとぶつかりそうになりながら西側の通路を進むと、分厚いアクリルで囲まれた大型の展示場の前で村田さんが腰に手を当ててい た。僕が行くと村田さんは、アクリル板に貼られた白い紙を指さした。こんな貼り紙には覚えがない。

楓ヶ丘動物園飼育係御中
イリエワニ一頭を頂戴しました。
怪盗ソロモン

大きなフォントでそう印刷されている。「ソロモン」というのはおそらく、魔法の指輪で動物の声を聞いたというソロモン王のことだろう。馬鹿丁寧な文面から、僕は一瞬「悪戯ではないか」と思ったのだが。

「イリエだって……？」

展示場の中に目を凝らす。うちの爬虫類館で飼育しているのは全四頭。二メートル弱の一頭を筆頭に、一メートル台の個体が三頭いるはずだが……。

展示場の中には確かに三頭しかいなかった。水中に目を凝らしても、伸びあがって植物の陰を覗いても、確かに三頭しかいない。どうやら消えたのは二番目に小さい、一メートル五十センチ程度の個体のようだ。名前はルディといったか。

「何これ」僕の後から来た遠藤さんが慌てふためいた声をあげる。「イリエワニ盗んだの？　どうやって？」

確かにそうだった。イリエワニは世界最大のワニにして、最も凶暴なクロコダイルなのだ。生息地では毎年人が襲われて死んでいるし、人に馴れるなどということもありえない動物だから、世界中の動物園・水族館で飼育員が手や足を食いちぎられる事故が報告されている。牙の並んだ口を振り回す動きは人間が反応できないほど速く、尾の一撃は大人でも軽々と吹っ飛ばすほど強い。カメのように簡単に捕まえられる動物ではないのだ。

盗まれたルディはイリエワニの中では若くて小柄な部類に入る。だがそれでも、自分より大きな獲物に平気で食らいつき、体を捻って食いちぎる獰猛さは同じである。ワニの展示場は上部にネットがかかっておらず、高さ二メートルほどのアクリル板で通路と隔てられているだけだから、周辺の樹などを足場にすれば展示場に入ることは可能。だが、不用意に侵入して盗もうとすれば、手を伸ばした瞬間に肘から先がなくなるだろう。

こんな猛獣を盗んだというのだろうか。

だがとにかく、重大事である。動物がいなくなったのなら迅速に対応しなければならない。しかもイリエワニは、動物愛護管理法で指定されている特定動物（危険動物）なのだ。僕の頭の中にするべきことのリストがずらりと並ぶ。もう午後五時過ぎになるはずだが、もう一人の爬虫類館担当者である服部君がまだ来ないから、僕が率先して動かなくてはならない。

「とりあえず、いろんなとこに連絡しないといけませんね。服部君……はもうすぐ来るのかな。あと園長と、獣医の誰かと、伏見さんに……」連絡すべきはもう一ヶ所あった。

「警察です」

それから、残ったイリエワニ三頭を始め、他の動物が被害を受けていないかも確認しなければならない。爬虫類館の二階には展示を休んでいる動物を収容する飼育室があるから、そちらの被害も確認しなければならないし、一階の展示場にしても、犯人が犯行時にどこかを壊していった可能性があるから、すべてチェックしなければならない。これらは僕の仕事だろう。

携帯を持っていますかと訊くと、村田さんはズボンのポケットから電話機を出したが遠藤さんは自分の服のあちこちを触り、首を振った。僕も仕事中は携帯を持っていない。連絡は無線機でできるし、消毒のできない携帯を仕事中にいじり、そのまま自宅まで持ち帰るというのはなんとなく衛生面が心配だからだ。しかし、だとすると携帯はここには一つしかないということになる。

「村田さん、携帯で一一〇番をお願いします」

村田さんは頷いた。

「遠藤さん」僕は腰の無線機を抜いて遠藤さんに渡した。「各所に連絡をお願いします。一斉送信を使うと訊き返してくる人でパニックになりますから、まず獣医の誰かを呼んでください。次に園長に事情を説明して来てもらって、それから服部君がまだ来なかったら服部君も呼んで急いでここに来るように頼んでください。それが済んだら一斉送信なり誰かに頼むなりして、伏見さんの電話番号を知っている人を探して電話番号を聞いたら、村田さんの携帯で伏見さんに」

「えっ、ちょっと待って。もう一度お願い」

「まず一斉送信は使わずに獣医の誰かを呼んで、次に園長に事情を説明して来てもらって、それやってる間に服部君が来なかったら服部君を呼んで、次に伏見さんの電話番号を」

「待って、ごめん。私ややこしいの苦手」

「ええっ？」

「ごめんちょっと」遠藤さんは僕の腰に手を伸ばし、ベルトにつけているペンを奪い取った。「これ貸して。手に書く」

「お願いします」いくつになったんですかとつっこんでいる場合ではない。

その横では村田さんが一一〇番に電話をしている。「ああもしもしどうも。楓ヶ丘動物園広報係の村田でございます。いつもお世話になっております」この人は警察にいつもお世話になっているのだろうか。

「至急お願いしたいことがありましてね。今、お電話の方よろしいでしょうか？」

一一〇番にかけておいてそりゃないだろう、と思うが、村田さんは平常通りの穏やかな喋り方で話す。慌てすぎる人と慌てなさすぎる人、この場にいるのはどうも、非常時になじまない人ばかりらしい。

遠藤さんが連絡すべき相手とその順番を手の甲に書きとめたのを確認し、僕は展示場のアクリル板にとりついて中をうかがった。獣医の先生が誰か来たらあらためて確認しなければならないが、残った三頭は見たところ健康なようだ。二頭はすいっ、と水中を泳いだり、のたのたと水から上がったりしているし、石の上でじっとしているもう一頭もしばらく見ていたら気持ちよさそうに身じろぎした。動きにもおかしなところはない。

僕はそれを確認すると、無線機に向かって「いえ、ええと、つまり」とうろたえている遠藤さんと、携帯を持って「お願いいたします」と頭を下げている村田さんを残し、通路を進んだ。とにかくまず、他の展示場も破損がないかを確かめなくてはならない。ワニやらコブラやらの展示場に異状があったらえらいことになるので、祈るような気分だった。

同じワニ目であるメガネカイマンとニシアフリカコビトワニは手をつけられていない

ようだった。だが周囲をよく見てみると、展示場の間に植えられている樹の根方に妙なものが捨ててあることに気付いた。緑色をした金属製の丸棒だ。長さは一メートル以上ある。杖か何かだろうか。

手を伸ばして拾ってみたかったが思いとどまった。見覚えのないものであり、少なくともうちの職員が使っているものではない。お客さんの忘れ物か、それとも犯人の遺留品か。どちらにしても、警察が来るまで現場には手をつけない方がよさそうだ。

ワニの展示場に異状がないことを確かめ、次に行こうとした時に自動ドアが開き、足音が入ってきた。入口方面に戻ると、長身の男女がきびきびとした動作で歩いてきたところだった。女性の方は鴇先生、男性の方は服部君だ。

「服部君」

「桃先輩、遠藤さんから連絡を受けたのですが、話の内容が今ひとつシュルレアリスティックで」服部君が切れ長の目を細め、いつもの端正な声で言う。要するに分かりにくかったということだろう。

それを聞いた遠藤さんは慌てて説明を繰り返そうとするが、貼り紙を見つけた二人はむしろそれ一つで状況を把握したらしく、さっと顔を強張らせた。

服部君は僕がやったようにアクリル板に近付いて中をうかがう。「ルディがいませんね」

僕はその背中に言う。「残りの三頭は見たところ大丈夫みたい」

僕の言葉を背中で聞きながら展示場の中を見ていた服部君は、「怪盗ソロモン」と呟いてこちらを振り返った。「本当に盗んだんですね。イリエを」

「信じられないけど」僕は頷くしかない。「とりあえず、他のをまだチェックしてないんだ。僕は一階を回るから、二階の飼育室を頼んでいい？」

「了解です」服部君はあまり慌てていないらしく、無表情で頷いて駆け出しかけたが、なぜか何かを思い出した様子でこちらを振り返り、僕の頬をつまんで引っぱった。

「いててて」

「うむ。本物ですね」服部君は僕の頬をつまんでいた手を離して頷く。

「何が？」

「いえ、犯人が『怪盗』だということですから、もしかしたら先輩に変装しているかも、と思いまして」服部君は眼鏡をきらりと光らせ、ずい、と僕に接近して真面目な顔でこちらを見た。「先輩の顔面は本物のようですね」

「当たり前だろっ」服部君は変人だ。

「いえ、第一発見者が怪しいですから。念のため」

「服部さん、もう少し慌てようよ」一番落ち着いている村田さんが横からたしなめる。

「あなたたち、ふざけてる場合じゃないでしょう」鴇先生が溜め息交じりに言う。「急ぎなさい」

僕は別にふざけていないのだが、まあいい。とにかく、いる人全員を使わないともったいない。僕は村田さんに言った。

「入口のとこで待ってて、来る人に説明をお願いします。それとその間に、携帯で伏見さんに連絡してください。遠藤さんは」見ると、遠藤さんはうろうろと意味なく歩き回りながら無線機と格闘している。「……頑張ってください」

わたわたと焦りながらもなんとか頷く遠藤さんを尻目に、服部君と村田さんは同時に駆け出す。状況のせいかこの二人の動きもなんとなく爬虫類めいて見え、ヘビのように音をたてずに動く服部君と、ワニのように体を振りながら走る村田さんが好対照だが、もちろん笑っている場合ではない。

僕は遠藤さんをそこに残し、鴇先生と一緒に西側の通路を回ることにした。本当は駆け出したかったが、走っても意味がない。鴇先生は落ち着いているようだから、歩調を合わせることにした。

「盗んだ後に貼り紙を残すなんて、ふざけた犯人ね」鴇先生は無表情で言う。「カメ類は大丈夫なの？」

「そっちはさっき見ました。夜行性動物の展示場がまだ」

言いながら振り返ると、鴇先生は立ち止まって樹の根元を見ている。さっきの棒を見つけたのだろう。僕が声をかけようとすると、先生はポケットから手袋を出して着け、手をつっこんで落ちていた棒を引っぱり出した。

「それ、何でしょうか。お客さんの忘れ物……」

鴇先生は言いかけた僕に見せるように、ぶん、と棒を振った。

「うわ」慌ててのけぞる。「危ないです。それ、警棒か何かですか？」

「杖型のスタンガンね。犯人の遺留品でしょう」鴇先生はそう言うと、手を広げてグリップの部分を見せてくれた。確かに、電源スイッチらしきものがついている。「犯行に使って、そのまま捨てていったのね」

「犯行に？」

「他の三頭をあれで脅したんでしょう。そうでもしなければ、展示場の中に入ってワニを連れ出すなんて無理よ」先生はスタンガンをもとの場所に戻し、僕に背中を向けたまで言う。「残りの三頭は後で健康診断しないと。電撃の後遺症が残っているかもしれない」

狙った一頭を捕まえて出る間、他の三頭には近付かれないようにしなくてはならない。麻酔以外で安全を確保しようとするなら、確かにスタンガンで脅すくらいしか方法はない。

僕が考えているうちに鴇先生はずんずんと歩いて、洞窟を模して造られた夜行性動物の展示スペースに入っていってしまう。とにかく後を追う。

「本当にイリエ一頭しか盗んでいないようね」

暗がりの中で周囲のケージを観察しながら先生が言う。「理解に苦しむけど」

「確かにそうですね。なんでわざわざイリエなんかを……」

ルディの体長は一メートル五十センチ。そのうちの半分は尾の長さなので、体全体でみれば巨大というほどのサイズではない。体重からしても、頑張ればぎりぎり一人で抱えられるサイズだろう。

だが相手はクロコダイルだ。動物園や水族館でも、ワニの移動はベテランの飼育員が数名がかりでやる大仕事になる。盗み出す最中にもし暴れたらと考えれば、正気の沙汰とは思えない。

そして、そんなにまでしてイリエワニを盗んで、一体何に使うというのだろう。イリエワニは大きくなれば体長六メートル、体重一トンを超す。六畳間の長い方の一辺が三・六メートルだということを考えれば猛獣というよりもはや怪獣であり、個人で飼えるような動物でないことは明らかである。そういう動物を飼いたがる人がいるのも知っているが、届け出なしには飼えない特定動物である以上、盗んだルディを合法に手元に置いておくことはできない。当然、誰かに売ろうにも、そうそう買い手がつく動物ではないし、価格的にも、ルディのサイズだとせいぜいが数十万といったところだろう。爬虫類館には希少種のトカゲモドキもいるし、一匹あたり数百万はするカメもいる。道具も知識もなしに盗める場所にそれらがいるのに、犯人はそれらをすべて無視して、希少価値や価格という面では比べるべくもないイリエワニを、相当な危険を冒して盗んでいる。確かに、理解に苦しむ。イリエワニが欲しいというなら動物商に交渉する手もあるし、いくらか出せば「密輸品」も手に入るだろう。わざわざ盗み出す理由がない。

夜行性動物の展示場には何一つ異状がなかった。暗い通路を出たところで服部君と合流したが、二人とも、異状はなかったと答えた。本当にイリエワニ以外は手出しをされていないらしい。

「とりあえず、二階は大丈夫でした」服部君は眼鏡を押し上げて息をつき、しかしそれからすぐに腰の鍵束を摑み、踵を返す。「キーパー通路の方をチェックします。僕は東側を見ますから、桃先輩、西側をお願いします」

「分かった」

伏見さんから預かった鍵束を手に握り、曲がりくねった通路を歩いてまずはイリエワニの展示場に向かう。イリエワニの展示場の場合、キーパー通路へはお客さんの通る通路から直接入ることになるので、犯人がもしキーパー通路の扉を開けられる場合、何食わぬ顔でさっと侵入することが可能なのだ。犯人は展示場のアクリル板を越えたのではなく、こちらから入ったのかもしれない。

キーパー通路の金属扉は目立たないように周囲の模造岩と同じ色に塗られている。見たところ、壊されたりしている様子はなかった。

僕が鍵を開けようとすると、後ろから鴇先生に襟首を摑まれた。鴇先生はほっそりとしているわりに怪力なので、僕は後ろに倒れそうになる。「うわ」

「待ちなさい」鴇先生はずい、と僕の前に出て扉のノブにかがみこんだ。「……鍵はかかってるみたいね。こじ開けられた痕跡もない。鍵を」

先生が手を出すので、腰の鍵束に繋がれたワイヤを伸ばし、ワニ舎の鍵を鴇先生の手に握らせる。

先生は振り向かずに言う。「私がまず入るから、後ろから来なさい」

見ると、先生は空いた手に手袋をし、杖のようなものを握っていた。さっき樹の根方に落ちていた緑色の金属棒――スタンガン、である。

「先生、それは」

「借りたのよ」先生は首だけ少し巡らせて僕を見た。「ルディが通路にいる可能性もあるでしょう。不用意に入ったら危険」

犯人はキーパー通路から侵入してルディを出したが、途中でルディが暴れたため通路に放置して逃げた――そういう可能性も確かにある。

「いや、でもそれなら僕が先に入ります」

代番とはいえ、担当者は僕だ。しかし鴇先生はそれを無視してさっさと扉を開けると、通路の電灯をつけた。僕はその背中にくっついて続いた。ホースやらバットやらデッキブラシやらがあまり丁寧とは言えない形で置かれているキーパー通路は黴《かび》臭さの混じった特有のにおいがし、空気自体も湿って淀んでいる。だがこれこそがキーパー通路のいつもの空気なのだ。何かが壊された様子もなければ、不審な足跡もない。

「……いつも通りですね」

小声で鴇先生の背中に言うが、先生は答えず、スタンガンを突き出したままずんずんと進む。動くものの気配はなく、ポンプの稼働する低い音だけが変化なく続いている。

鴇先生は正面の鉄扉の前に立ち、腰をかがめて錠を見た。「異状なしね」

隣に立って鉄扉を見ると、確かに南京錠がかかっていた。かけたのは僕だから分かる。

「僕がかけた時のままですね」

とすると、犯人はやはりキーパー通路には入らず、表の通路からアクリル板を越えて侵入したということになる。確かに、動物舎の鍵は厳重に管理されているし、合鍵もない。こちらから侵入しようとすれば、専用の工具で無理矢理こじ開けるしかないのだ。

「桃くん、今日の……」鴇先生は言いかけてやめ、ベルトにつけている無線機を取った。了解、とだけ言うと、僕のわきを抜けて出口に歩き出した。

「先生」

「園長が。そろそろ警察も来るから、戻りましょう」

「あ、はい」

先生に続いてキーパー通路を出て、扉の鍵をかけ直す。こんな時ではあるが、出入り即ち施錠、という原則が体に染みついてしまっている。

入口の自動ドア付近にスーツ姿の園長がいた。楓ヶ丘動物園三代目園長・佐世保修《させぼおさむ》。すらりとした長身で、上品な白髪と知的な眼差しは宮内庁の幹部か何かに見えるが、園長になる前はアフリカゾウの飼育を二十年担当した職人肌の飼育員だったらしいし、現在でも獣医の一人として人手が足りない時には出動し、アジアゾウの削蹄《さくてい》(5)やらアナコンダの体重測定やらをこなしている（そういう時は心なしか活き活きして見える）現場主義の人である。もっとも経営者になってからはわりとばっさりと判断をするようになったらしく、古参の飼育員の中にはあの人も園長になってからは冷酷になってしまった、と嘆く人もいる。僕は飼育員時代の園長を知らないが、おっかない人であることは知っている。

僕が声をかける前から園長はこちらを見ていた。「桃本さん、あなたが代番でしたね」

「はい」どう報告したものか分からない。「申し訳ありません。ルディが……」

「状況は聞きました」園長は僕の言葉を遮った。「あなたは第一発見者ですから、ここで警察に話をしてください。鴇さんは引き続き、館内に異状がないかを確認」

「はい」鴇先生は僕の腰を小突き、「鍵」とだけ言った。僕は急いで腰から鍵束を外す。

「広報係の二人にも念を押しておきますが」園長は冷酷と評される目つきで僕と広報係の二人を見た。「事件については必要なこと以外、一切口外しないように。マスコミはもちろん、同僚にもです。話してよいのは『イリエワニの盗難があった』ということだけだと思ってください」

村田さんはいつもの顔で、遠藤さんは口を開けたまま頷く。園長は重みのある声で言った。

「広報係は事情聴取が終わり次第、私に連絡を。今回のことはあくまで『事件』であり

(5) 飼育下では蹄《ひづめ》が伸びすぎて感染症になったりするので、定期的に削る。大仕事。

『盗難』。『事故』でも『脱走』でもないし、うちは『被害者』です。事情聴取に臨む場合も、そこのところを忘れないように」

園長は冷静だった。「それと、警察と話した内容もすべて口外無用です。私以外には言わないように」

4

動物園というところは集客施設である以上、トラブルと無縁ではない。園内での盗難、破壊行為、お客さん同士の喧嘩、職員に対する暴力。酔っぱらってラクダに殴りかかる人とか、食われて死にたいと言ってトラ舎に入ろうとする人とか、変なのも来る。したがって園内に警察を呼ぶこともそう珍しくはなく、呼んだこちらはそれほど硬くなったりはしない。

一方で、呼ばれた警察のみなさんはだいぶ困惑したようだ。何しろ盗まれたのは財布やパソコンではなく、ワニである。現場検証をしようにも展示場の中には元気一杯のクロコダイルが三頭も泳いでいる。写真を撮ろうにもむやみにフラッシュを焚けない[6]。犯人からの電話を受けた遠藤さんの説明はこんがらがって要領を得ない……というわけで、捜査員のみなさんは終始、頭を抱えっ放しだった。申し訳ない。

僕は第一発見者なので、園長に釘を刺された点に注意しつつ事情聴取に応じたのだが、やはり服部君同様、警察の人も第一発見者は疑ってかかったらしい。事情を説明しようとした僕は「こちらでちょっとよろしいですか」と言われて一人だけ外のベンチに連れていかれたし、説明しながら「それはいつものことですか」「それを証明する方法はありますか」と何度も訊かれたし、話を聞いてメモをとる刑事さんは冗談交じりなわりに目が全く笑っていなかった。僕は刑事たちと話をしながら、もしかして自分はこのまま逮捕され留置場に入れられ取調室でカツ丼を食べ、「いいかげん吐いたらどうなんだ」「まあ待て山本。……なあ桃本さん、あんた、故郷《くに》はどこだ」といった会話をすることになるのだろうかと想像したが、さすがにそんなことはなかった。ただ、事情聴取から解放された時にはとっぷりと日が暮れていた。

爬虫類館の仕事がまだ残っているし、飼育日誌もまだつけていない。明日も開園日であるが、イリエワニの扱いがどうなるかも検討しなければならない。僕はすぐに爬虫類館に戻った。遠藤さんあたりから知らせを聞いて駆けつけたのか、爬虫類館にいる人は事件発生時より増えていた。

「桃先輩、事情聴取は終わりましたか」

展示室に入ると、服部君が僕を見つけてやってきた。「先輩だけ随分時間がかかりましたが、カツ丼でも食べていたんですか」

「まさか」

(6) フラッシュの発光でパニックになる動物も多いため、動物園ではフラッシュ撮影厳禁。

「やはり若い方が『いいかげん吐いたらどうなんだ』と机を叩いたら、中年の方が『まあ待て山本。……なあ桃本さん、あんた、故郷はどこだ』」

「いや、されなかったよ、そういうの」考えることは誰でも同じらしい。とはいうものの、他の皆はもっと早く解放されていたとなると、やはり僕は疑われているようだ。鍵を持っていたのは僕だけだし、質問事項だって他の人より多いだろうから、当然といえば当然なのだが。

「それより、他の動物は」

「鴇先生と確認しました」服部君は熱帯性植物の生い茂る通路を振り返る。「一階の展示室、二階の飼育室、ともに侵入の形跡なしのようです。やられたのはルディだけですね」

「そうか」もっとひどい事態も想像していたので、とりあえずほっとした。担当する西側の通路を見る。

服部君が鍵束を差し出した。「給餌その他、やっておきましたので」

仕事に関しては、有能な秘書のように気遣いをしてくれる後輩である。鍵束を受け取りつつ頭を下げる。「ありがとう」

「いえ、先輩はもう娑婆にいられない可能性もありましたので」

「そんな」

「心配いりません。僕はちゃんと面会に行きますので」

「やめてよそれ」無表情で言うので、本気なのか冗談なのか分からない。

「容疑者という点では、服部君も同じ」

後ろから低血圧めいた声がしたので、服部君と同時に振り返る。鴇先生がいた。「どちらかというと警察は、外部の人間より職員を疑っているようね」

「先生」

「他のイリエ三頭、とりあえず健康状態に問題はないみたい。安心して」

「……安心しました」

「桃先輩はともかく、僕も容疑者になってますか」服部君が先生を見る。

「当然」先生は服部君をちらりと見上げて、それから展示室をぐるりと見渡した。「状況からして、飼育員の動向を把握している人間の方が犯行がしやすいから」

「状況……」警察に対していろいろ証言はしたが、僕は事件当時の状況を頭の中できちんと整理していなかった。犯人が何者か、というところにもまだ思いは至っていない。

「桃くん、最後に展示場を見たのはいつ？」鴇先生はイリエワニの展示場の方を見たまま訊く。

「午後三時過ぎです」このことは刑事たちにも話した。「ハシビロコウ舎の補修の手伝いをした帰り、通りかかったのでついでに寄って……」

「服部君は」

「僕はその前ですね。三時半頃にも来ましたが、その時は飼育室を見ただけなので」

「閉園後は？　爬虫類館に顔を出すのは何時？」

「大抵は、少ししてからですね。五時前……」質問の意図を察してか、服部君は付け加えた。「伏見さんも同じです」

「いつもそうなのね」

「はい」

「とすれば、外部の人間でも可能ね」鴇先生は振り返り、僕と服部君の間のあたりに視線をやりつつ言った。「何日か閉園後まで居座って観察すれば、閉園後しばらくは職員がこないことも分かったでしょう」

「その時間に急いで侵入した……？」

僕が言うと、先生は僕を見て小さく首を振った。「そう急ぐこともないでしょう。時間的な余裕がないわけじゃないもの」

開園中は衆人環視の状況だったと言っていい。貼り紙がひと目で分かる場所に貼ってあったということを考えても、犯行時刻は閉園直前——最後のお客さんが出ていってから、担当の飼育員が訪れる五時くらいまでの間、ということになる。

だが、確かにそれでも、ある程度の時間的余裕はあっただろう。閉園十五分前の放送が流れれば、お客さんはじきに出ていく。爬虫類館は園の一番奥にあるから、放送が流れてから入ってくる人はまずいない。つまり、もし四時十五分の放送が流れた後にお客さんがいなくなったら、犯人は閉園前でも犯行を開始してよかったのだ。運がよければ、犯行時刻は四時十五分から五時までの四十五分間……短く見積もっても三十分間はある。「アクリル板を乗り越えて、スタンガンで他の三頭を脅した後、麻酔で眠っているルディを抱えて出る……十分で充分ですね」服部君は口許に手をやりつつ、思案する様子で言う。

犯人にルディを抱えられる体力があるなら、そう時間はかからない。当然、犯行開始の時点でルディはすでに麻酔をかけられていたのだろうから、暴れる心配もない。

僕は鴇先生に訊いた。「となると、犯人は開園中にルディに麻酔をかけたってことになるんでしょうか？　お客さんの目がありますが……」

麻酔の効果がどのくらいで表れるかは毎回違うが、最低でも三十分から一時間はかかる。閉園直前に麻酔をかけたとしても、抱え上げて抵抗されない程度にまでルディがおとなしくなるのを待っていては時間がかかりすぎる。

「可能でしょう」鴇先生は落ち着いて答えた。「アクリル板から身を乗り出して中のワニに吹き矢を当てる程度なら、人の目がなくなった隙をつけば」

ワニ類には通常、吹き矢を使って麻酔をかける。吹き矢は最大で十メートル近くの射程があるから、展示場に入らなくともルディに当てることはできる。

周囲を見回す。爬虫類館の通路は見通しが悪い。

開園中でも、数秒から数十秒なら人の目がなくなる瞬間があっただろう。今日が平日で、お客さんが少なかったことを考えれば尚更だ。いつ新たなお客さんが現れるか分からない以上、展示場に侵入するのは不可能だが、素早く吹き矢を撃ち、麻酔をかけることくらいならできる。そしてイリエワニというのは、昼間でもだいたいぐたっと寝ている動物である。麻酔でぐったりしていたところで、お客さんが異状に気付くはずがない。とすれば、犯人の行動はこうなる。まず、僕が最後に来た午後三時過ぎより後に来て、お客さんの目がなくなる隙をついてアクリル板によじ上り、上から身を乗り出して吹き矢をルディに当てる。おそらく吹き矢には糸か何かを繋いでおいて、刺した後に引っぱって回収したのだろう。それから一旦展示場を離れ、爬虫類館のトイレなり何なりに隠れる。閉園十五分前の放送が流れたら展示室に戻り、他のお客さんがいなくなったのを確かめてからアクリル板を越えてイリエワニの展示場に侵入、他の三頭をスタンガンで脅しつつルディを捕獲。箱に入れるか何かで包むかして隠し、あとは荷物に偽装して何食わぬ顔で園を出る。園内の一番奥にある爬虫類館から正門まで行こうとするとかなりの距離になるから、爬虫類館の隣にある関係者用の門から逃げたのかもしれない。

展示中に動物が盗まれた。それも、代番とはいえ僕が担当している動物が。それなのに、どうしてもリアリティが感じられない。僕は犯人の姿を想像してみた。怪盗ソロモン。頭にはシルクハット。手には白手袋。夜会服に身を包み、そして小脇にはワニ。警察のサーチライトが交差する中、ハハハと哄笑を残してヘリコプターから伸びる縄梯子につかまり、華麗に夜空に消えてゆくわけだが、しかし小脇にはワニ。やはり冗談としか思えない。

「それにしても、犯人の目的って何なんでしょうか？」

僕が言うと、鴇先生も溜め息をついた。「イリエワニ……ね。もともと金銭的価値は皆無だし、ルディはアルビノ(7)でもなんでもない普通の個体のはずよね」

服部君は眼鏡をぐい、と押し上げた。「ルディのファンでしょうか。ルディに、亡き妻の面影を見出してつい」

「まさか」

「ではイリエワニのマニア」

「いくらなんでも、盗みはしないでしょう」

「いえ、あの背中のゴツゴツ感は、確かにたまりません」服部君は真面目な顔で言う。

「手元に置いておけば触り放題ですから」

「そんな変態はあなただけよ」

「盗んだところで、個人で飼えるような動物じゃないしね」両手をわさわさと動かしてワニの触感を反芻《はんすう》しているらしい服部君に言う。「逆に、飼えるような設備を揃えられるほどの人なら、普通に動物商から買うお金があるはずだよ」

通常、ペットとして流通するイリエワニは体長数十センチのものばかりだから、ルディのサイズの個体を入手するのは普通の人には困難だ。だがそれとて、お金がある人なら

(7)　突然変異で生まれた、体が白い個体。可愛くて希少なので高値で取引されるが、体が弱いことが多い。

らなんとでもなる話である。

「では、ルディに何か因縁があったのでは？　たとえばルディが、国家機密の入ったマイクロチップを飲み込んでしまった」

「昔のスパイ映画じゃあるまいし」鴇先生は呆れ顔になる。

「肉でしょうか。それとも皮」

「それなら普通に買う」

「では生物兵器として使う」

「足がつくどころじゃないでしょう。だいたいそれなら、コブラ類がいるのに」

「確かに、うちにはケープコブラもいますからね。あの毒はたまりません」

服部君が自慢げに頷く。ケープコブラのケージには血の滴るフォントで「あなたがこのヘビに噛まれたらどうなるか」を延々語るパネルがついているが、作ったのは彼である。

服部君はふむ、と一つ頷いた。「桃先輩への嫌がらせ、というのもいいですね」

「それなら殺すか、脱走させる方が有効」鴇先生は冷酷に言う。

「なるほど。それに確かに、僕なら動物に手を出さず、直接先輩に仕掛けますね」服部君は口許に手をやって思案顔になった。僕をちらちら見ながら言う。「……まずは後をつけ回して、日常生活のすべてを監視しているかのような文面の怪文書を」

「ちょっ、やめてよ」

服部君はまだぶつぶつ言っている。「ミルワーム満載の宅配便を送るというのもいいですね。いや、それならむしろアシダカグモ[8]かヤツワクガビル[9]の方が。それからドアに髪の毛を貼りつけて……ふふふふふふ」笑い始めた。

「それはあなたの自由だけど」鴇先生はまた冷酷に言った。「犯人の目的は不明だし、『怪盗』なんて名乗っている以上、また何かやる可能性があるから、今後は警戒が必要ね」

「また、って」だが、確かにそうだ。何かはっきりした目的があるのか、それともただの愉快犯なのかは不明だが、これ一件で終わるという保証はない。

「それと先輩。とりあえず伺っておきたいんですが」服部君はぎらりと眼鏡を光らせ、ずい、と僕に近づく。「先輩、今日の午後三時以降、どこで何をしていましたか」

「いつも通りだよ。午後の餌の準備をして、『ふれあいタイム』の当番で」

「それを証明できる人は」

「あのね」

「飼育員に関しては、完璧にアリバイのある人なんていないでしょう」鴇先生が腰に手を当てて服部君を見る。「担当の場所にいる時は一人だもの」

(8) 田舎に行くとよくいる徘徊性のクモ。ゴキブリを食べてくれる益虫だが、大人の手ぐらいの大きさがある上にやたらと素早いので、正直ゴキブリよりよほど怖い。

(9) 筆ぐらいの大きさのあるヒル。一見おっかないが、別に血を吸ったりはしない。

「確かに、確実なアリバイとなると難しそうですね」服部君は頷いたが、「まあ、念のためみなさんに訊いてみますか」と呟くと、飼育員が集まっているらしいイリエワニの展示場の方に行ってしまった。

さすがは楓ヶ丘動物園随一の変わり者というべきか、僕には言葉がない。「本当に犯人捜し、するつもりなんですね。……うちの職員が犯人とは思えないけど」

「いいえ。どちらかというと職員の方が怪しいでしょう」

鴇先生は僕の希望的観測をばっさりと切り捨てると、園長が呼んでます、と伝えにきた遠藤さんに応じ、じゃ、と言って奥に行ってしまった。

離れていく先生の背中を見ながら、僕は肩を落とした。二人とも、シビアなことだ。

……だが、確かに。

枝にしがみついてじっとしているグリーンイグアナを見ながら考える。犯行にはかなりの準備がいる。麻酔薬に吹き矢にスタンガン……と道具を揃えなければならないし、犯行現場を熟知していなければならない。麻酔には獣医学上の正確な知識が必要になるし、吹き矢にしても確実に命中させるにはそれなりに練習が必要で、現に二年目の七森さんなどはまだうまくできない。そう考えれば、職員……それも飼育員が犯人ではないか、と考えるのは、当然といえば当然といえる。だが、うちの飼育員がワニを盗んで何をしようというのだろう。七森さんや本郷さんといった同僚の顔を思い浮かべるが、ワニを盗むという意味不明な行為とイメージの合う人は一人もいない。当たり前なのだが。

考えていると後ろから肩を叩かれた。振り返ると本郷さんの熊ヒゲが後ろにあったので、僕は少し焦った。「あ、どうも」

「園長から話は聞いたよ。大変だったな」本郷さんはやれやれという顔で言う。「他のは無事だったって？」

「はい。ルディだけ……それが、せめてもですが」

「まったく、わけわからんやつがいるよなあ」本郷さんは心底呆れた、という顔を作って肩をすくめた。

それから、横目でちらりとこちらを見た。「伏見さんがそろそろ来ると思うけど……」

「はい。なので、ちょっとここで待ってようかと」僕は入口を振り返った。「僕の口から説明しないといけないので」

気が重いが、仕方がない。アクリル板を越えてイリエワニを盗み出した人がいる、などというのは完全に想定外の異常事態なのだが、僕が代番で入っている以上、僕の責任である。担当の伏見さんがいない間、ルディの状態を維持することができなかったのだ。正直なところ、伏見さんには合わせる顔がない。

「まあ、こんなのまで責任はとれんさ。仕方ない」本郷さんは、僕の肩をぽん、と叩いた。「それに、なかなか落ち着いて対処したってな。村田さんから聞いたけど」

「いえ……もっとこまめに見て回ってれば、やられなかったかもしれないですね」

「それを言いだしたらきりがないだろ。ま、あまり気にするな」本郷さんは気楽な調子で言う。若干のわざとらしさがあるようで、僕に気を遣ってわざと軽く振る舞ってくれているらしいと分かった。「伏見さんの方にもだいたいのことは連絡がいってるっていうし、そんな硬くなんな」

「ありがとうございます」

本郷さんはうん、と頷き、じゃ、と言って展示室を出ていった。一体何の用でここに来たのか分からないから、どうやらわざわざそれだけ言いにきてくれたらしい。

僕はガラスドアのむこうに去っていく本郷さんの背中に頭を下げた。少なくとも、この人が犯人だとは思いたくなかった。

5

「じゃ、テレビでもそれだけだったんだ？」

「はい。映像も、門の前のがちょっと出ただけらしいですよ」

「それなら、とりあえず安心か」

僕はマウスから手を離し、椅子を回して七森さんの方を向いた。隣に座る七森さんはこちらに体を向けたまま、なぜかメモ用紙を使って折り紙をしている。手の中でこによこによと紙をいじる姿は餌を手で持ってかじる齧歯類《げっし》にそっくりで、僕は彼女が折り紙を一つ作るたび、頬袋に詰め込むぞ、今度こそ詰め込むぞと期待して見ていたのだが、彼女は存外に普通の人間らしく、作ったものはちゃんと机に並べている。

　事件の翌日、閉園後に飼育員室でデスクワークをしていたら、隣席の七森さんが昨日の「ワニ盗難事件」がどう報道されているかを教えてくれた。七森さんによると夜のニュースではどこの局もとりあげていたらしいが、扱いは小さく、深夜ニュースではもう触れられていなかったらしい。

「……ありがとう。昨日はもう帰った時点でぐったりで、すぐ寝ちゃったから、テレビでどう報道されてたかとか、ぜんぜん見てなかったんだ」

「私もそうでした。夜中に叔母が電話してきて、わざわざ教えてくれたんです。『あなたの職場がテレビに出てたわよ』って。しかも全チャンネルでどう扱ってたかまで、詳しく」

「……いるよね。事件が起こると真っ先に電話してくる親戚。うちの親も今朝、電話してきたけど、親のとこには昨夜すぐ伯母さんから電話があったんだってさ」

「言ってくるのって、おばですよね。決まって」

「あんまり心配しているふうでもないし、何のつもりで電話してくるんだろうね、あれ」

「それはあれですよ。関係者から直接聞いた、っていうふれこみで、おしゃべりのネタにするんです」

　七森さんは苦笑し、完成させた折り紙を机の上に置いた。どうやら今折っていたのはティラノサウルスか何からしいが、机の上には福助やハロウィンの南瓜《かぼちゃ》も並んでおり、脈絡はない。

「……なるほどね」

僕は椅子に座ったまま一つ伸びをして、壁の時計を見た。窓の外が暗いと思ったら、もう午後七時を回っていた。飼育員室は静かで、節電のため僕のいない側の蛍光灯も消されている。

飼育日誌の作成、資料収集、イベントの準備……と、飼育員にもデスクワークはあるから、飼育員室には一人に一つ事務机があてがわれていて、ノートパソコンも支給されている。机からはみ出した資料の束や床を這いまわるコード類がただでさえ細い動線をさらに圧迫して通る人にダイエットを要求するところとか、それぞれの机が主である飼育員の趣味嗜好や几帳面さズボラさを分かりやすく反映した散らかり方、整い方をしていて、机を見るだけで主の人となりが分かるところなどは他の業種のオフィスと一緒である。ただ一つ特徴的なのは、いつも人がいないことだ。勤務中の飼育員は大抵あちらこちらを飛び回っているので、飼育員室で机に向かっているのはいつも一人二人で、雑然としつつ閑散とした雰囲気は学校の職員室に似ている。現に今も、残っているのは昨日・今日の分の飼育日誌をまとめてつけた後、どうせ遅くなったからと研究報告のためのメモをまとめている僕と、さっきまで企画書を作っていた隣席の七森さんの二人だけである。

「ワニが盗まれたなんて変な事件、もっと騒がれるかと思ったけど。……よかったね」

「そうですよね」七森さんはまたメモ用紙を取り、何かを折り始めた。机の上でやった方が簡単だろうが、膝の上でも構わないらしい。「たぶんあれですよ。園長さんがマスコミに圧力をかけてくれたんです」

「圧力って」まさかそんなことはないだろうが、園長のイメージには確かに合うので、苦笑せざるを得ない。

昨夜こそ事件の事後処理やらで大残業になったのだが、今朝、僕は普通に出勤できた。事件の方は今朝の朝刊にも載っていて、七森さんによると昨夜のニュースでも報道されたらしいので、第一発見者である僕は通勤中にマイクを突きつけられるぐらいのことはあるかもしれないと思っていたのだが、それもなかった。おそらくは園長が警察とマスコミに対し、うまくアナウンスをして騒ぎを収めたのだろう。七森さんによると、テレビのニュースでも発見者は「担当者」とだけ言われていたし、犯人は午後四時半頃、人がいなくなった隙を狙い、アクリル板を越えて展示場に侵入、ワニを盗み出して逃走したと思われる——と、まるで見てきたかのような報道だったそうだから、ニュースとしては想像の余地が少なく、それほど盛り上がらなかったとも考えられる。そして最もマスコミが喰いつきそうな「怪盗ソロモン」の貼り紙についてはどこも触れていなかったという。園長が「犯人の自己顕示欲によるものだから」とでも説明して、マスコミに漏らさぬよう警察に持ちかけたのだろう。とりあえず事件はそれほど大きく取り上げられずに済んだようで、僕はほっとしていた。もっとも、それだけで済んだ最大の理由は、昨夜九時頃に某人気俳優の大麻所持疑惑が持ち上がり、世間の関心がそちらに移った、という偶然があったからかもしれない。

職員に対しても、事件に関するアナウンスは最低限に抑えられた。園長から公式に伝えられたのはイリエワニ一頭盗難、他は異状なし、ということだけで、第一発見者が誰でどんな道具が使われた、という業務に関係ない情報はカットされていたし、犯人像についても「外部からの侵入者」とだけしか説明されなかった。もちろん現時点では「外部」であるという確証はないわけだが、園長はそれを承知であえてそう断言したのだろう。職員間で犯人捜しが始まってしまっては業務に支障をきたす。代番に入っていた第一発見者だからということでいろいろ質問されたり、あらぬ誤解や憶測にさらされたりしても困るから、僕は園長の判断に感謝していた。

「桃さん今日、お客さんの様子とかどうでした？　事件のこと言われたりとか」

「それほどでもなかったかな。暇そうなおじいさんに一回、声をかけられたくらい」

「私の方はけっこう話しかけられて、『ふれあいタイム』の後、いろいろ聞いたんですけど」メモ用紙では小さすぎてやりにくいのか、七森さんはえいっ、と力を入れて紙を折る。「常連のお客さんが教えてくれたんですけど、ネットではけっこう話題になってるみたいですね」

事件発生はまだ昨日のことなのだが、今日の楓ヶ丘動物園は意外なほどいつも通りで、制服警官の集団だのカメラを構えた報道関係者だのの姿も見なかった。僕がたまたま見なかっただけかもしれないと思ったが、七森さんも見ていないらしい。

「……まあ、ネットで騒がれるくらいで済むなら助かってるよね」

「そうですね。あ、でも地方紙では『なぜワニを？』っていう感じで書いてたらしいから、まだ取材にくるかもしれないですよ。……完成」

「うまいね。さっきのはティラノサウルス？」

「ゴルゴサウルスです」

「マニアックな……。じゃ、机の上のこれは？」

「淀川長治《よどがわながはる》です」

「隣のは」

「イラガの幼虫……」

「……今作ったそれは」

「『ベルサイユのばら』でオスカルを演じた朝海《あさみ》ひかるです」

普通のは作らないのか。

しかし七森さんはまたメモ用紙を取り、何か折り始めた。

僕は椅子の背もたれに体重をかけ、のけぞって天井を見た。

「取材、か……」

相手がマスコミとなるとあまりぞんざいな対応はとれないが、いち飼育員が質問にへらぺらと答えるわけにもいかないから、面倒な話ではあった。ルディがいなくなってしんどいのはこちらなのに、この上さらに、変なふうに勘ぐられたりしたらかなわない。

体を起こすと、七森さんはくるくると紙を回しながら熱心に折り目をつけている。今度は何を作っているのやら。

「……まあ、こっちとしてはいつも通りに仕事をするだけなんだよね」

「そうですよね。ルディさんもそのうち帰ってくるかもしれないですし」

帰ってくる、という単語に反応して七森さんの顔を見ると、彼女も顔を上げてこちらを見た。

「ルディさん、まだ元気だと思います」七森さんは僕の目を見て言う。「犯人がわざわざ麻酔をかけてルディさんを盗んだなら、死なせたりしないはずです。それに、ルディさんの健康に気をつけないような犯人なら、他の三頭ももっと乱暴に扱われてると思います」

「確かに、ね」

七森さんはまた手元に視線を落として、折り紙を続けた。「犯人が逮捕されれば、ルディさんも帰ってくると思います。だから、あんまり心配しなくてもいいと思うんです」

「……そうだね」

確かに、そう考えた方が気分が暗くならずに済む。

「そうですよ」七森さんはできた折り紙を机に置いて「よしっ」と言うと、ぱっと立ち上がって笑顔で僕に頭を下げた。「じゃ、私お先に失礼しますね。すいません邪魔しちゃって。桃さんまだ仕事中だったのに」

「いや」気分的にはむしろ助かっている。「ありがとう。お疲れ様」

「はい。桃さんも、無理しないでくださいね」

「うん。……ちなみに最後に作ってたこれは何？」

「『釣り人に捨てられて干からびたヒトデ』です。よろしければどうぞ」

いらんわい。

廊下を遠ざかる七森さんの足音にそうつっこみ、腕をぐるりと回してパソコンに向かう。最近何か悩んでいるようだったが、さっきのはいつもの七森さんだったな、と思う。僕に気を遣って元気なふりをしているだけ、ということも、彼女の性格なら考えられるのだが。

パソコンをいじりつつ、時折隣の机に置かれた折り紙を眺めたりしていると、廊下を足音が近づいてきた。部屋の入口を見ると、爬虫類館担当の伏見さんが顔をのぞかせた。

「ああ、遅かったか。誰もいねえや」

「あ、お疲れ様です。……僕だけですが」僕は立ち上がった。「何かありましたか。まさか」

「いや、何もないよ。そんな顔するな」伏見さんは落ち着いて答えると、僕の隣に視線をやった。「さやちゃんはもう帰っちゃったな」

「七森さんなら、さっきまでいました。更衣室で待っていればまだ……呼んできますか？」

「いや、どうするかな」伏見さんは首をかしげながらも、つかつかと飼育員室に入ってきた。

「七森さんに何か」

普通の用なら明日の朝のミーティングで言えばいいことだから、今、急いで戻ってきたというのは重大な用件なのかもしれない。

「うん。……でも、どうするかな」伏見さんは曖昧に言いながら、僕の席の横まで来て七森さんの机を見下ろした。「本人に言うべきかどうか」

妙な言い方だ。「どうしたんですか？」

「いや……」

伏見さんは腕を組んで、しばらく唸っていた。僕が黙って待っていると、腕を組んだまま横目でこちらを見る。「桃くんならどうする？」

「はあ」

「いや、今日、『ふれあいタイム』の当番、俺だったんだが」伏見さんは七森さんの机に視線を落としたまま、独り言のような小声で言う。「午後のが終わった後、お客さんに呼び止められてな。ほら例の、さやちゃんの親衛隊」

古い言い方をなさる。「常連さんですか」

「うん。その一人が、わざわざ教えてくれたんだが」伏見さんはそこまで言うと、口許に手をやってまた唸った。

「七森さんに何か？」

「いや、勘違いだと思うんだがなあ」伏見さんは頭を掻き、七森さんの机を見たまま遠慮がちな小声で言った。「どうも最近、園内を怪しいお客さんがうろついてるっていうんだよ」

「怪しい？　どんなふうに、ですか」僕の脳裏には目のところにだけ穴をあけた袋をかぶって怪しい呪文を唱えつつねり歩く集団が浮かんだが、そういうお客さんは今のところ見ていない。

「まあ怪しいっつったって主観なんだけどな。『ふれあいひろばのケージをまるで物色するみたいに見ていた』って言うんだよな」

「物色」本当にそうであるなら警戒しなければならない。「……どんな人でした？」

「よく分からないって言うんだよ。それが」伏見さんはジェスチャーを交えながら説明してくれた。「男らしいが年もよく分からんっていうし、マスクをして、帽子と眼鏡で顔を隠してたって……まあ、これも主観なんだが」

「なるほど」僕も腕を組み、伏見さんと一緒に唸る。

確かに、かなり主観的な説明である。花粉症の季節だから、マスクをしている人自体は珍しくない。その上でたまたま眼鏡をしていて、たまたま帽子をかぶっていたのかもしれない。それをもって「顔を隠していた」と言われては、相手もたまらないだろう。「物色するみたいに」という言い方に関しても同様で、飼育員が担当動物を観察しているところだって、見ようによっては「物色」になってしまう。

「教えてくれたその人は、一応、っていう感じの言い方だったんだが」伏見さんはまた頭を掻いた。困った時のこの人の癖である。「でも、わざわざ言ってくるほどだからなあ。やっぱり目についたんだと思うが。……それでどうしろって言われてもなあ」

「確かに、困りましたね。気のせいかもしれないし、どんな人かも分からないんじゃ気をつけようがないし」

「そうなんだよ」伏見さんはこちらを向いた。「これ、さやちゃんにただ言っても怖がらせるだけなんだよな」

「かといって、黙っていていいかというと。……危険人物かもしれませんよね」

「そうなんだよなあ」伏見さんは広い額をつるりと撫でる。「俺が小学生の頃、ウサギ小屋のウサギに毒食わせてストレス解消してる奴、いたし」

「村田さんの同級生には、飼育当番と喧嘩してキレて、ウサギ踏み潰した奴がいたそうです。……粗暴な人間っていうのも、いますからね」

「そう」伏見さんは頷いて僕を指さした。「どうするよ？」

「……一応、明日のミーティングで言っておくべきだとは思います」

「どう言う？」

なぜか伏見さんは僕に下駄を預けてしまっている様子なので、僕は考えた。「……とりあえず、怪しい人を見た、と教えてくれたお客さんがいる、ということだけでも言っておくべきだと思います。注意を促す、という意味で」

「ううむ、やっぱりそうか」

「『ふれあいひろば』にいた、とかは言わなくてもいいと思います。他のところにも来てるかもしれないし」

「そうだなあ」伏見さんはうん、と大きく頷いた。「よし、任せた」

「あ、はい。……了解です」なぜか任せられた。

伏見さんは僕の返事を聞くと、じゃ、任せたな、と言いながら帰ってしまった。まあ、こういう人だから、代番中の事件に関しても「まーしょうがねえや。せいぜい明日から泥棒対策考えるとすんべ」で済ませてくれたのである。

僕は一つ息をついて椅子に座った。背もたれがきしむ耳障りな音が、ひと気のない飼育員室に響いて消える。

正体は分からないが、楓ヶ丘動物園の周囲を、何かがうろついているようだ。

6

飼育員の主な仕事は何ですか、という質問に一言で答えるとしたら、僕は「掃除です」と答える。先輩飼育員に同じ質問をしても、半分は同じ回答をするだろう。そう僕が確信するほどに飼育員は一日中掃除をしている。午前中に寝小屋を掃除し、午後に放飼場を掃除し、合間に餌籠その他を掃除し、最後に自分を掃除して帰る。防疫上の観点からシャワーが義務付けられているのだ。

したがって当然のことながら、担当場所の掃除には慣れきってしまっている。開園日休園日問わず必ず日課に組み込まれる寝小屋の掃除などは特にそうで、フンの状態を観察しながらでも、いつもの作業効率を極限までブラッシュアップした手順を寸分の狂いもなくなぞることができる。その上で頭の隅では他のことを考えていたりする。だから、薄暗い寝小屋の排水溝をデッキブラシでこする間、僕は他のことを考えていた。つまり、一昨日発生したイリエワニ盗難事件と、昨日、伏見さんから聞いた話のことである。

昨日の退勤前に伏見さんから聞いた話は、今朝のミーティングで僕が話した。隅の方にいたので七森さんの表情は分からなかったが、聴いている皆の間に緊張が走ったのは話している僕にも分かった。お客さんを疑いの目で見るわけにはいかないが、とにかく注意喚起をしておくに越したことはなかった。

デッキブラシを動かす手を止め、腰を伸ばしたついでにちょっと捻ってストレッチをし、それからまた腰を曲げてホースを取る。現場仕事の例にもれず、飼育員の仕事も基本的に腰を酷使するので、ベテラン飼育員は大抵腰痛持ちである。僕はまだ腰痛持ちまではいっていないが、長く腰を曲げていると違和感を覚えるようにはなってきている。腰は大事にしなければならない。

ミーティングの後で、僕と伏見さんは園長から詳細を尋ねられた。伏見さんも僕もミーティングで言ったこと以上は答えなかったが、園長は特に委細を尋ねることはせず、「そうですか」としか言わなかった。あの人が何を考えているかは分からない。

ホースの水勢を調節して汚れを流しきり、水を止めてホースを収納し、軽くブラシを動かして水切りをする。デッキブラシは屋外に立てかけて自然乾燥させるので、持ったまま扉を開ける。すると、日差しで明るい外のアスファルトの上で灰色の何かが動いた。

「ああちょうどよかった。ああ一昨日はどうも。南署の都筑《つづき》です」

灰色のものは刑事の背広だった。扉を開けるといきなり目の前に立っていたので僕は驚いてのけぞったが、都筑というらしい刑事は笑顔である。「いやあ実は昨日もお邪魔したんですが」

一昨日、昨日、と言われてようやく思い出した。この人は一昨日の夜、僕に対して事情聴取をした「冗談を言うわりに目だけは笑っていない刑事」である。

「あ……一昨日は、どうも」全く同じ台詞を返してしまい、我ながらなんだか間が抜けている、と思った。

「大久保《おおくぼ》です」都筑刑事の隣にいる若い刑事が会釈をし、軽く笑みを浮かべながら言った。「一昨日はどうも」

会釈を返す。この人とも一昨日、事情聴取で会っている。だが、まさか寝小屋のすぐ裏までやってくるとは思わなかった。

「あの、ええと」

ここは関係者以外立入禁止なので、まず管理棟の受付で許可をもらい、ついでに歩き回る時の注意点を説明してもらってから来てください――そういったことをまとめて話そうとするが要領よく喋れずに身ぶり手ぶりを交える僕を見て、都筑刑事はああ、と微笑んだ。「管理棟の方にはすでに伺いました。桃本さんはどちらですかと伺ったら、こちらだろうということでしたので」

「あ……はい」

つまり、この二人の刑事は僕に用があってわざわざ来たということらしい。別にやましいことがあるわけでもないのに、なんとなく落ち着かない気分になった。

「お仕事中すみませんが、ちょっとお話を伺っていいですか？」

少しもすまなそうでない調子で都筑刑事が言う。僕は返答に困った。特に急ぎの用事があるわけではないが、表に出て動物たちの様子を見ておきたい。十分やそこらなら時間をとられても困りはしないが、「ちょっと」というのがどれくらいか分からない。

僕が困っていると都筑刑事は手を上げ「いやいやちょっとですから」と言った。その横で大久保刑事が手帳を出す。もともと僕の返事を聞くつもりはなかったらしい。

「いやあ話といってもたいしたことではなくて、一昨日の確認なんですがね」

都筑刑事はそう言って、本当に一昨日と同じ質問を繰り返した。事件発生時の状況。何時頃で、誰が一緒にいて、その人たちの態度はどうだったか。僕は思い出すままに答えた。細部が一昨日話したことと違ったらしく、都筑刑事はその度に手帳を覗きながら「一昨日は確かこう言われましたが」と確認してきた。僕よりよほど一昨日のことをよく把握している様子であり、要するに僕の証言にぶれがないかを確認しているらしい。

「ふうん、やはり一昨日おっしゃった通りですねえ」都筑刑事は笑顔のまま頷いた。「なかなか、記憶力がよくていらっしゃる」

「はあ」

「それでですね」都筑刑事は背広のポケットをごそごそと探り、折り畳んだ紙を出して広げた。書いてあるのはどうやら現場である爬虫類館の見取り図のようだが、手書きで動物の配置が書き込んである。

「これが現場の見取り図なんですが」

「はい。……正確ですね」

「いやいやどうも」都筑刑事はなぜか微笑んだ。「こういう細かいものは職員の方も作っていないそうで、庶務の方にわざわざ書いていただいたんですよ」

「あ、それはお手数おかけしました」僕が言うことでもないな、と思うがつい言ってしまう。

「いえいえ。それでねえ、例のスタンガンなんですが」都筑刑事は見取り図の一点を指さした。「ここに落ちていた、という話なんですが、間違いはありませんか?」

「はい。鴇先生が……獣医の者が拾いましたが」

都筑刑事はぎょろりとした目でこちらを見た。どうもこの人は蛙《かえる》に似ている。「その時、何かいじりました? 電源を入れたとか」

「いえ、特に……」僕は一昨日のことを思い出して訂正した。「鴇先生が一度くらい、電源を入れたかもしれないですけど」

「はあ。やはりそうですか」

都筑刑事と大久保刑事は目配せをしあい、頷きあっている。

「すいません。遺留品ですよね、あれ」

「いえいえ、その点は大丈夫ですので御心配なく」都筑刑事は笑顔で首を振った。「それよりもですね。奇妙なんですよ」

「はあ」

都筑刑事は蛙に似た目でぎょろりと僕を見上げた。「桃本さん、どうしてあんなものが現場に残っていたと思われます?」

「それは、犯人が……」僕はなんとなくのけぞり気味になる。「展示場内にいる他の三頭を脅すために使ったんじゃないですか？　そうでないと、展示場内に入るのは危険ですし」

「そうですよねえ」確認する調子で語尾を落とし、都筑刑事は頷く。「でもねえ、だとすると、犯人があのスタンガンを一度も使っていないっていうのは、どうなるんでしょうかねえ」

「……は？」

「ですからね、使った形跡がないんですよ。一度も」都筑刑事はまだ僕を見たまま、ゆっくりと言う。「鑑識に回したわけですがね。使った様子はあるようなんですが、バッテリーの状態からして最近放電した様子がないっていうんです。どういうことでしょうかね？」

「じゃあ、事件の時は使わずに済んだということですか？」

「できますか？」

都筑刑事は僕の目を覗き込んでいる。じっとりと見られていては落ち着かないので、視線をそらして考える。

「難しいと思います。ワニに慣れた人でも、それは……」

イリエワニの展示スペースはそれほど広くない。一頭だけが、他の三頭と全く接触せずに盗める位置にいた——というのは考えにくいし、陸地の獲物に無音で忍び寄って突然食らいつく、というワニの狩りを知っている人間なら、心理的に不可能なはずだ。

「だとすれば、犯人はもう一つ別のものを用意していたということになるのでしょうが」都筑刑事はゆっくりとした喋り方のままで言う。「でもそれなら、現場にあったものは一体何のために持ってきて、捨てていったんでしょうね？」

「足が……つきやすいですよね。スタンガンって」

都筑刑事は大きく頷いたので、僕は続けた。「つまり、警察の目をそちらに引きつけるためですか？　足のつきそうなものをわざと残しておくけど、そこからは絶対に身元が割れない……っていう」

「かもしれないと、考えているわけです」都筑刑事は僕の答えに納得した様子で、ようやく僕を見上げるのをやめた。「となると犯人には誰か、罪を着せたい人がいるのかもしれませんね」

都筑刑事の言い方は独り言のようだったが、目は僕の表情を窺っていた。都筑刑事の斜め後ろを見ると、大久保刑事も僕を窺っていた。

僕は肩をすくめてみせた。「……心当たりなんてありませんよ」

「ほ、何にですか」

分かっているだろうに、とは思ったが口には出さない。「スタンガン持ってる人とか、その人と仲の悪い人とか」

「……そうですか。まあ、スタンガンの持ち主はまだ分かっておりませんのでね。単に捜査を撹乱してやろうということなのかもしれませんが」

都筑刑事はかすかに残念そうな表情を浮かべたようだ。その顔の前を蠅が横切ったので、僕は一瞬、この人がぴゅっと舌を伸ばして獲るのではないかと期待したが、彼は舌を出すかわりに内ポケットから煙草の箱を出した。

当然、禁煙である。僕は手を上げて止めた。「すいません、喫煙所が設けてありますので、お煙草はそちらでお願いできますか」

「ほ。……あ、ああ、すいません、つい」都筑刑事はポケットから出してくわえるところまでいっていた煙草をあたふたとしまった。煙草を出したのは無意識だったらしい。

「いや申し訳ありません。癖でつい。あなたはお吸いにならない？」

「うちの職員は吸いません。吸っちゃいけない、というほどでもないんですが、相手が動物ですから」

「ご立派ですねえ。私はもう十回は禁煙に失敗していますが」都筑刑事は弱りきった顔で頭を搔いていたが、唐突に話題を変えた。「ところで犯人の目的、何だと思いますか」

「いえ、僕にも……僕には、ちょっと」

話題と同時に声と表情もいきなり変わったので僕は面食らった。会話に緩急をつけるのがこの人の癖なのかもしれない。

都筑刑事はうってかわって真面目な顔で言う。「どうもこの犯人の考えていることはよく分からんのですわ。金ならワニでなくていい。嫌がらせだとしても、わざわざ危険を冒してワニを盗まなくてもいいはずでね。殺しゃいいんですから」

金か怨恨以外に犯罪の動機などない、と言わんばかりのいかにも警察的な考え方だが、そういえば鴇先生や服部君も同じことを言っていた。確かに現実には、犯罪の動機などそれ以外にないだろう。

「ワニがいなくなったことで何か、職場の方に影響はありませんでしたか？」

「いえ、特に……いつも通りですが」

「そうですか」都筑刑事は背広のポケットから名刺を出した。「まあ、些細なことでもいいので、もし何か思い出されるようなことがありましたら、こちらにご連絡を下さい。もちろん、秘密は守ります」

私も、と言って大久保刑事も名刺を差し出す。あいにくと僕は今、名刺を持っていないので、頭を下げて受け取るしかなかった。

「直接、事件に関わることでなくとも構いませんし、何かおかしな……いや、いつもと違うことがあった、というだけでも構いません。もちろん、どなたかから聞いた話でも」都筑刑事は頭を掻いた。「いやあ正直なところ、私どもも情報がなくて苦労しているんですよ。なるべく現場の方の話を伺いたいわけで。何かありませんかね？」

「おかしなことは……」思い出したことがあったので、僕は言った。「昨日でしたら」

僕は伏見さんから聞いた不審者の話を繰り返した。ミーティングで話した通り「ふれあいひろば」云々は言わなかったが、都筑刑事はうんうんと頷きながら聞いていた。

「……まあ、主観的な話ですけど」

僕が話し終えると、都筑刑事は頷いた。「いえ、実はその話、事務の方に聞いているんですがね」

話し終えた僕はがくりとなった。だったらそう言ってくれればよかったのだが、どうも「聞ける話はすべて聞く」というスタンスでやっているらしい。

「でしたら、僕もそれ以上は知らないですが……」

「そうですか」詠嘆調で「そうですかあ」と語尾を伸ばし、都筑刑事は言う。「他には何かありませんか？　どんな些細なことでもいいし、それこそ主観でもよろしいんですが」

それを聞いて、僕の脳裏に一瞬、七森さんの顔が浮かんだ。いつもと違うこと、というのは、なくもなかった。事件前、彼女が悩んでいたのは何だろう。

だが、僕は黙っていた。彼女の悩みはおそらく事件と全く関係のない仕事のことだろうし、話したところで彼女が疑われるだけなら気が進まない。それに刑事たちが彼女のもとに来たことをきっかけに、職員内に変な噂が流れてしまったりしたらかなわない。

僕は一度開きかけた口を閉じた。

しかし都筑刑事は僕の頭の中を読んだかのように訊いてきた。「何か心当たりがおありですか」

「いえ」

都筑刑事はにこやかな顔のままである。だが目だけは僕をなんとなく観察しているようで、やはり刑事というのは怖い、と思った。

答えずに済ますにはどうすればいいかと悩んでいると、横で何かごつりという音がした。見ると、ダチョウのボコが放飼場の隅まで来て、柵ごしにこちらを観察していた。知らない人間が僕と喋っているので見にきたのだろう。二人の刑事はおや、という顔でボコを見た。

「ダチョウですか」

「好奇心旺盛なんです。あいつは特に」

「ほう」

ボコの方は来客が男だと分かったからか、つい、と反転して表の方に出ていってしまったのだが、話を終わりにしたい僕にはちょうどよかった。「すいません、仕事中なので」僕がそう言って放飼場を見ると、都筑刑事は「ああすいません」と言ってまた頭を掻いた。小さく舌打ちしたのが聞こえたように思えたが、これは気のせいかもしれない。話が終わりそうになってしまったからだろう。大久保刑事がやや慌て気味に、メモを見ながら訊いてきた。「ちなみにですね、一昨日の午後三時過ぎから五時までの間に、どこにいたか分かる人というのは」

僕は肩を落とした。「アリバイなんて、確認してませんよ」

「アリバイを確認してみたのですが」

僕に話しかける時の癖なのか、服部君はずい、と顔を寄せてきつつ言った。「庶務係や施設管理係等、事務方はわりと確認できています。アリバイがはっきりしないのは今のところ渉外係の時田さんと庶務係の高橋さんです。事業課の方はこれから当たりますが、広報係の村田さん及び遠藤さんは除外できます。午後四時頃からは机を離れなかったそうなので」

「……ああ、そう」

「一方、飼育係はほとんどがアリバイなしです。治療室にいた獣医の鴇先生と江川先生は午後から事件発生まで一緒に行動していたため、アリバイがあるのですが、あとは園長を含めて全員、未確認ですね」服部君はそこまで一気に言った後、付け加えた。「ちなみに僕も未確認です」

「自分が未確認ってどういうこと」僕は尻を浮かせて椅子を横にずらし、服部君と距離をとった。「……いや、っていうよりそれ、訊いて回ったの？　他の人たちに」

「はい」服部君は眼鏡をぐい、と押し上げる。「証言者が嘘をついて同僚をかばう可能性がありましたので、複数の人から確認をとりました。正確な情報かと」

「ええと」なんて奴だ。「……お疲れ様」

「いえ、それほどでも」服部君は真面目に応じる。「ちなみに、先輩は一昨日の午後から事件発生まで、どこで何をしていましたか」

「いや、あのね服部君」

「いえ、形式的なことですから」服部君はそう言いながらも、ポケットからメモ帳を出して何か書きつけた。

見ているこちらはつい溜め息が出る。「僕だってないよ。アリバイなんて。午後は自分のとこにいたし」

十二時四十分。名目上はミーティングルームだが、広くて会議用のお茶セットもあり、いつの間にか誰かが電子レンジと冷蔵庫を設置したため実質的には食堂になってしまっている管理棟一階の大部屋。僕が弁当を持って適当な椅子に座ると、服部君が隣にやってきて報告を始めた。むろん、頼んだ覚えはない。というよりも。

「あんまり、職員が犯人だっていう見方をしない方がいいんじゃや……」

「僕もしたくはありませんが」昼食の時間帯なのでミーティングルームは賑わっており、一つ離れた机でも施設管理係の人たちが話をしているのだが、服部君は声をひそめる気配もない。「状況からして職員を疑うのが筋です」

「でも、あんまり騒ぐなって、園長の指示もあったのに」僕は施設管理係の人たちを見る。こちらの会話はとりあえず聞かれていないようだ。「それに、ワニの扱いに慣れた人が犯人なんだから、事務方は違うんじゃ」

服部君も彼らを見た。「仕事以外でワニの扱いに慣れる機会があるかもしれません。除外はできません」

もっともではあるのだが。

僕は箸を取り、「はにかみ屋」と弁当屋の名前が印刷されているケースを開けた。この店の弁当にはどぎついショッキングピンクで極めて塩辛い謎の漬物が入っていて、なぜかどの弁当を選んでもこの漬物だけは必ずついてくるので、とりあえずそれから片付けようと箸を伸ばす。「アリバイって、訊いて回ったの？　嫌な顔されなかった？」

「さあ。そのあたりは」服部君も食べかけの自分の弁当に箸を伸ばした。コロッケ弁当なのにコロッケがまるまる残っているのはどういうわけだろう。「あまり注目していませんでしたので」

「そのあたりは、って」そこを気にしなくてどこを気にするのだ。

とはいえ、服部君は職員間でも変人で通っている。職員相手に捜査活動をしても、それほど驚かれないのかもしれない。

「それと、遠藤さんや村田さんに話を聞きました。電話をしてきた『怪盗ソロモン』と見られる人物ですが、どうも機械じみた妙な声だったようで、遠藤さんは男性なのか女性なのか、年齢がどのくらいか、声では判断できなかったということです」

「機械か……。でも電話をしてきたんだよね、わざわざ」予想通りに塩辛い漬物をお茶で流し込み、シュウマイに箸を伸ばす。「もう少し待っていれば僕か服部君が見つけたと思うけど、どうして電話なんかしたのかな」

「貼り紙も謎です。なぜわざわざ、あんなことを？　愉快犯でしょうか」

「それで片付けられれば簡単だけど」

頭上から声がした。顔を上げると、鴇先生が弁当とお茶を持って立っていた。僕がどうぞ、と目で言って隣の椅子を下げると、先生はすとんと座って、やはり謎の漬物が入っている「はにかみ屋」の弁当を開けた。

服部君が体を捻り、僕の肩越しに鴇先生に話しかける。「先生は、ただの愉快犯ではないとお考えですか」

「愉快犯なら、もっと手軽に目立つ方法がいくらでもあるわ」先生は焼魚の骨を芸術的なまでに綺麗に取りながら言う。「他の目的で盗《と》って、ちょっとした遊び心で貼り紙を残した、というのも考えにくいと思う。貼り紙がなければ事件発覚が遅れて、犯行時刻の絞り込みが難しくなった可能性があるのに、用意周到なこの犯人がそこを考えなかったとは思えない」

「つまりあの貼り紙は、何かはっきりした目的があってやったということですか。……あ、先輩、漬物はいかがですか。僕はいらないので」

僕もいらないのだが、僕が断る前に服部君は自分の漬物を僕の弁当に移した。

「桃くん、この漬物が好きなの？　これ塩分過多よ」鴇先生も自分の漬物を僕の弁当に移した。いらないんですが。

「それ以外にも、いろいろ変なところがあるみたいね」鴇先生がお茶を一口飲み、湯呑みを持ったままこちらを見る。「たとえば、なぜ他の三頭ではなくルディなのか」

「ルディが亡き祖母の面影を」

「うちにいるのは四頭」鴇先生は服部君を無視して言った。「ルディは小さい方から二番目。サイズ的に、ルディを選ぶ理由がない気がするの」

うちにいる四頭のイリエワニを思い浮かべる。一番大きいワリーは二メートル近くあり、一人で運べるサイズではないから、選ばれなかったのも分かる。だが残り三頭のうちからルディが選ばれた理由は、確かによく分からなかった。一番小さいコンは一メートル二十センチ程度だから、運びやすさならそちらを選ぶ。一方、運べる範囲で一番大きなものを選んだ、というなら、二番目に大きいサトシだってぎりぎり一人で抱えられるサイズなのだから、そちらを選ぶはずである。

「……貼り紙には『イリエワニ一頭』としか書かれていませんでした。どの個体かには、特にこだわらなかったんでしょうか。たとえば麻酔をかける時、ルディがたまたま狙いやすい位置にいたとか」

「もちろん、そうかもしれない」

だが釈然としない――鴇先生はそういう顔をしていた。確かに、引っかかるものはなくもない。僕は処理に困った漬物を玉子焼きと一緒に口に入れながら、ルディの姿を思い浮かべた。彼は普通の健康なイリエワニだったはずで、事件当日にもおかしい様子は見せなかった。

確かに、こうしてまとめてみると妙なところがいくつもあるようだ。犯人には何か、僕たちには窺い知れない意図があるのかもしれない。

「それ以外にも、いろいろとね。あのスタンガンとか」

「ああ、それでしたら」

僕は午前中、都筑刑事から聞いた話をした。鴇先生も服部君も、ぴくりとも箸を動かさずに聞いている。

「……なるほど。陽動ですか。確かに、あれをわざわざ残していったのは変でしたからね」

「だとすると、盗品という可能性もありそうね」

話を聞いた二人はそれぞれに頷いた。

「もしかしたら職員の中に、盗まれた被害者がいるのかもしれません」

僕が言うと、服部君は頷いた。「そこも調べてみないといけませんね」

「そこもって、まだ調べるの？」

「はい」服部君は当然という顔をしている。「さしあたっては、アリバイ未確認の人にあたります。スタンガン関連も同時に聞き込みですね」

「聞き込みか……」

なんとなく周囲を見回す。凝った肩を揉みほぐしながら弁当をぶら下げて入ってくる人、午後のイベントの準備にそそくさと出ていく人。ミーティングルームは賑やかである。朝のミーティングで顔を合わせているから、僕は事務方の人も含めて全員の顔を知っている。この中に犯人がいるとは思いたくなかった。

だが、このまま放っておくというのも落ち着かない。それも確かである。

僕は溜め息を一つついて、箸を取った。「とりあえず、食べようか」

「そうですね」服部君も箸を取った。「ところで先輩、僕のコロッケを食べませんか」

「コロッケ取っちゃったらコロッケ弁当じゃなくなるよ」

「いえ、コロッケは苦手なので」

「じゃあなんでコロッケ弁当にしたの」

「仲いいのねあなたたち」


服部君は昼食後にも事業課の人を捉まえて何やら聞いていたようだった。どうやら彼はとことんまでやるつもりらしく、二日後の昼、調査結果を報告してきた。事業課の人の約半数がアリバイありで除外されたらしい。もちろん、職員全体に関して言えばアリバイなしの人の方が多かったのだが。

服部君はその後もスタンガンや職員間の人間関係についてを皆に訊いて回っていた。何度か先輩にたしなめられたこともあったようだが、全く省みなかったらしい。職員間で彼の渾名はすっかり「探偵」になってしまったが、もともと変人で通っている上、彼がミステリ好きであることは皆知っているので、ほとんどの職員は苦笑するだけだったようだ。僕も別に彼を止めたりはしなかった。僕が代番である時に起こった事件であるし、ルディのことは心配だから、正直なところ止めるどころか手伝いたいくらいなのである。だが、僕までが犯人捜しを始めれば嫌な顔をされるのは確実だし、同僚に対して「あなたを疑ってます」と言わんばかりの質問をする勇気もない。聞き込みの時には露骨にそういう質問をぶつけていながら、仕事の時にはなぜか同僚とのチームワークも保てている、という彼のキャラクターは、ある種の奇跡と言ってもよかった。

だが、そんな服部君の頑張りも空しく、めぼしい情報は何も見つからなかったようだ。それは警察の人も同じようで、最初の数日は管理棟内や園内でちらほらとあった警察関係者らしき人の影も、一週間を過ぎる頃から次第に見なくなった。その頃にはお客さんたちもとっくに事件を忘れているようだったし、職員の雰囲気も徐々に事件前のそれに戻ってきていた。事件後、園長は即断で爬虫類館と猛禽館に監視カメラを導入したが、それに何か不審なものが映るということもなかった。二週間が過ぎ、ゴールデンウィークのイベントラッシュを終えた夜は、皆、事件のことなど完全に忘れた顔で打ち上げに参加していた。

だが、事件は終わったわけではなかった。楓ヶ丘動物園の周囲をうろつく怪しい何かは、僕たちが日常業務にかまけている間にも確実に距離を詰めてきていたのだ。

それも、僕に向かって。

第二章　ごろごろポットベリー

1

ゴールデンウィークの喧騒が終わって数日。イベントこそ無事に済んだが、子持ちの職員が世間に遅れて家族サービスを始めるため、今度はその穴埋めで忙しくなる時期だった。

閉園後、屋外での仕事を終えた僕は、退勤前にいつも通り飼育日誌をつけていた。時間はまだ五時過ぎだったが、例によって飼育員室は閑散としていて、僕の他には反対側の隅でパソコンに向かっている先輩が一人いるだけだった。

僕は研究報告の原稿を早々と切り上げて帰ることにし、ワープロソフトを閉じた。事件の後にゴールデンウィークが続いて精神的に休まる暇がなかったので、なんとなく疲れがたまっている。

突然、すぐ近くで携帯電話が鳴り始めた。メロディではなく、おそらく初期設定のままの着信音だ。

他人の携帯電話が鳴っているからといって、もちろんどうしようもない。僕は自宅に持ち帰ることにした資料を束ね、パソコンの電源を落として椅子から立ち上がった。

発信者は相手が出ないからといってすぐに切ったりはしないようで、着信音はまだ続いていた。なんとなく音源を探すと、隣の七森さんの机の隅で、携帯が着信表示のランプを点滅させていた。忘れていったのかもしれないが、勤務中は無線機で連絡をとれるので、置いていったのかもしれない。

着信音はまだ続いている。反対側でパソコンに向かう先輩は一度ちらりとこちらを見たが、すぐに視線を画面に戻した。僕はなんとなく七森さんの机を見ていた。綺麗に片付いているものの、隅の方に大根だのサングラスだのといった意味不明の折り紙が並んでいる。

着信音は一旦切れたが、またすぐに鳴りだした。緊急なのか、それとも発信者がよほどせっかちなのか。この時間は勤務中に決まっているのに、と思いながら携帯のディスプレイを見る。ディスプレイには、発信者の電話番号と登録名が表示されている。電話番号は携帯電話のもので、登録名はなぜかアルファベットだ。「Valefor」……ヴァレフォー。いや、ワレフォルだろうか。英単語なのか他の言語なのかもはっきりしないが、どこかで聞いたような気がしないでもない。

着信音が切れた。僕はなんとなく、まだ携帯を見ていた。「Valefor」。

一体、どういう意味なのだろう。僕の知らない単語だが、七森さんには意味が通じるのだろうか。ニックネームだろうか。だが、カタカナ表記をしないのはなぜだろう。ニックネームで登録してしまうとアドレス帳から見つけ出す時に混乱するから、僕は携帯のアドレス帳はすべて本名で登録しているが、七森さんは違うのだろうか。それとも何か、本名で登録したくない理由がある人なのだろうか。例えば、つきあっていることを秘密にしている彼氏。あるいは彼女は飼育員に化けた某国のスパイで「Valefor」は雇い主のコードネーム。いや、「Valefor」は世界を股にかける凄腕ハッカーで、本名や顔は誰も知らない。彼女はその一味。

などといろいろ想像をしながら机の上の携帯を凝視していたら、部屋の反対側でぎし、という音がした。見ると、パソコンに向かっていた先輩の飼育員が伸びをしていた。

「あー終わった終わった。じゃ、桃くんお先」

「あ、お疲れ様です」

会釈をすると、先輩は手を振りつつ出ていった。

僕は携帯に視線を戻し、少し考えてから、無線機を出した。はっきりとは思い出せないがやはり、「Valefor」という言葉はどこかで見たことがある気がするのだ。そしてそれは、誰かのニックネームという感じの単語ではなかった気がする。

無線機を個別通信モードにして発信する。「もしもし服部君、桃本です。今、話せる？」

――服部です。どうしましたか。

「ごめん、ちょっと質問。仕事と関係ないことなんだけど」

――はい。仕事と関係ないことならいくらでも。

なんだそりゃ。「服部君、ヴァレフォーだかワレフォルだか、そういう単語、聞いたことがない？……ええと、スペルはv、a、l、e、f、o、r。最初のvは大文字」

――V、a……ヴァレフォル、ですね。それがどうかしましたか。

さすが文系人間。知っているようだ。「いや、何だっけそれ？」

――ヴァレフォルは悪魔ですよ。ヴァラフォール、マラファル等とも呼びます。ソロモン王の使役する七十二柱の魔神の一柱でエノクのデーモンの一人。ライオンとガチョウ・ウサギの合成、あるいはロバの頭に……。

「ごめん、ちょっと待った。今、何て言った？」

――は？

「ソロモン王？」

――ヴァレフォルはソロモンの霊七十二柱のうちの一柱です。

アナウンサーのような口調で淡々とそう言った服部君は、そこで初めて不審げに語尾を上げた。――先輩、なぜいきなりそんなことを訊くんですか？

「いや、その」

――何か面白いものにとり憑かれましたか。それとも、やはり先輩が怪盗ソロモンでしたか。

「いや、まさか。違う」

――はあ。……先輩、大丈夫ですか。大丈夫でない場合はとりあえず神の名を唱えて悪魔を牽制してください。ヤーウェ、アドナイ、テトラグラマトン……。

「いやいやいや、大丈夫だから」本気なのか冗談なのか分からない服部君を止める。

「ありがとう。いや、ちょっと頭に浮かんだだけで、何のことなのか気になっただけだから。邪魔しちゃってごめん。それじゃ」

強引に通話を終了させる。

僕の脳内には電撃的にいくつもの疑問符が出現していた。ソロモンの霊？　なぜそんなものを携帯に登録している？　発信者がヴァレフォルだというのだろうか。なぜヴァレフォルが七森さんに電話をかけてくるのだ。発信者がヴァレフォルだというなら、そいつから電話を受けた七森さんは？

僕の脳裏に、事件直後の鴇先生の言葉が蘇った。「どちらかというと職員の方が怪しいでしょう」先生はそう言っていた。

「……まさか」

口に出して呟いていた。

「ソロモン王の使役する……だって？」

無意識のうちに携帯に手を伸ばしかけていたが、廊下に足音を聞いてはっとした。誰が入ってくるか分からないのに、ひとの携帯をいじったりはできない。

僕は急いで荷物をまとめ、廊下ですれ違った同僚に頭を下げ、早足で更衣室に逃げ込んだ。更衣室のロッカーから私服を引っぱりだして抱え、シャワー室に飛び込む。とにかく、ひとの来ない場所に入りたかった。服を脱いで無人のシャワー室を進み、一番奥のドアを開ける。

シャワーを頭から浴びながら、僕は壁に両手をついて考えた。

……確実ではない。犯人が「怪盗ソロモン」を名乗っていた。ソロモン王に関係のある名前で登録された人から電話がかかってきた。それだけのことだ。動物関係の仕事をする人ならソロモン王の名前ぐらいは知っていておかしくないから、それに関係する名前をどこかで使っていることは充分に考えられる。だが。

……もしかして僕は、とんでもないものを見てしまったのではないか。

それなら、どうすればいいのだろう。

このまま見なかったふりをするわけにはいかない。誰かに相談するべきだ。では、誰に。

鴇先生や服部君の顔が浮かび、園長の顔が浮かんだ。それから都筑刑事と大久保刑事の顔が浮かび、そういえば名刺をもらっていた、と思い出した。「何か気付いたことがあったらこちらに」と言われて渡されたのだ。

シャワーを止めて、両手で顔の雫《しずく》を払う。

あの刑事たちにこのことを教えるとして、どう説明すればいいのかが分からなかった。あの電話がうちの事件についての電話だったという確証はないのだ。

備え付けのシャンプーを出して泡立てる。

……教えたとして、刑事たちが僕の話をどう聞くかは分からない。そもそも信用するかどうかも分からないし、信用したところで、「こういう登録名の相手から電話がかかってきた」というだけでは、事件と関係があると考えるかどうかも分からない。刑事たちはウァレフォルのことなんて知らないだろうから、もし刑事たちに話すのなら、ウァレフォルが何者で、ソロモン王とどういう関係なのかも併せて説明しなければならない。こじつけと思われそうな気もする。もし刑事たちがまともに聞いてくれないならば、話すだけ無駄、ということになる。

一方、逆に「無駄」でなかった場合はどうなるか。その場合、彼女は容疑者になるだろう。場合によっては逮捕されるかもしれないし、少なくとも警察は、彼女に注目することになるだろう。それでいいのだろうか。

蛇口を全開にして湯を出し、ノズルの真下に移動して頭に湯をかける。男性用のシャワー室は設備が古く、湯もあまり勢いよくは出ないので、こうしないとなかなか泡が流れない。

目を閉じて泡を流しながら考える。

……逮捕などということになれば大騒ぎだ。七森さんはすでにテレビで顔が売れてしまっている。先日のワニ事件については運よくそれほど報道されなかったが、今度はそうはいかないだろう。一体どういう事情があってワニなど盗んだのかはマスコミ各社にも理解不能だろうが、飼育員が、それもテレビに出た人が動物を盗んだとなれば確実にニュースになる。楓ヶ丘動物園にとっても大スキャンダルになってしまう。

だが、そうなってしまって本当に大丈夫なのだろうか。

シャワーを止めて目を開け、備え付けの石鹸に目をやる。そのまま石鹸と睨めっこをしながら考える。

……そもそも、彼女が犯人だというのが信じられないのだ。動物園の飼育員は欠員が出た時しか募集のない狭き門だ。なりたいと思っている人は山ほどいて、一つか二つの採用枠に数十人が殺到するのが通常のこととなっている。少なくとも現代においては、飼育員になるのは、なりたくてなりたくて仕方がなかった者だけなのだ。彼女もその一人のはずだった。実際、彼女が入る前は事務方を含めても三年ほど採用がなかったわけで、新人の頃、卒業と同時に採用枠ができた自分はすごくついていると、嬉しそうに言っていた。その彼女が私利私欲のために動物を盗み出したりするだろうか。

知らず知らずのうちに奥歯を嚙みしめていた。……それは、ありえない。では、もし彼女が犯人だとしたら、考えられる可能性は何だろう。

たとえば、彼女は脅されていたのではないか。何かの弱みを握られているのかもしれない。あるいは、彼女は人には言えない何かの理由で、電話をかけてきた主に協力したのかもしれない。何か……たとえば動物たちのため、あるいは誰か他の人間のために、そうするべき事情があったのだろうか。

そう考えてみれば納得がいくこともある。他の三頭は元気だったし、ルディもまだ元気である可能性が大いにあるし、何より、私利私欲のためにイリエワニを盗む、という構造がまずおかしすぎるのだ。もしかしたら、怪盗ソロモンを名乗るこの犯人はそう悪い人間ではないのかもしれない。そうであるなら、七森さんが協力したことにも納得がいく。

僕の脳裏におかしな想像が浮かんだ。想像の中でルディは怪盗ソロモンと七森さんに連れられ、病室のベッドに横たわった子供に撫でられていた。子供が笑い、怪盗ソロモンと七森さんも笑う。

そこまで想像したところでくしゃみが出た。シャワー室は今ひとつ寒いので、裸のまぼけっと立っているといると風邪をひいてしまう。僕は石鹸を摑んだ。まさか、いくらなんでもそんな事情はないだろう。

少しもさっぱりしないシャワーを終え、作業服を洗濯機につっこみ、悩みながら更衣室に向かう。いつもより職員が少ない廊下は静かで、足音がよく響いた。

歩きながら悩んでいると目の前のドアがいきなり開き、スーツ姿の園長が出てきた。

僕が少し驚きながらも挨拶をすると、園長も軽く頭を下げてお疲れ様です、と言った。

園長はそのまま通りすぎていこうとしたが、僕は園長を呼び止めた。「あの、園長」

園長は振り返った。「何ですか」

「いえ……」

とっさに呼び止めてしまったが、そもそも何のつもりで呼び止めたのかはっきりしない。呼び止めた癖に次の言葉が出ずにもぞもぞしていると、園長は眉をひそめた。

「どうしました?」

「いえ、あの……先月の事件のことなんですが」

そう言った途端、園長の纏《まと》う空気が変わった。表情はそのままだが、目の光に厳しいものが宿ったのが分かる。

僕は視線をそらしながら言った。「……犯人がうちの職員だったら、どうなるでしょうか」

「それは、ありえません」

園長は静かな声でそう言ったが、その後にすぐ続けた。「ですが、仮定の話をするとこうなります。うちとしては、そういう人間を許しておくわけにはいきません。発見次第警察に突き出し、園としては速やかに、どこよりも早く事実関係を把握してお詫びし、信頼回復に全力を尽くさなければなりません。私はまあ辞職、よくて懲戒でしょうね」

「……どんな事情があっても、ですか」

園長はまた眉をひそめ、足音をたてずにこちらに歩み寄った。「何か、知っているようですね」

「いえ」とっさにそう言っていた。「もしも……の話、です」

「事情があれば考慮しますよ？　犯人の側に考慮すべき事情があるのに考慮しないというのは、筋が通らない」

園長は抑揚をつけながらそう言ったが、しかし目はまだ僕を観察していた。「……何かありましたか」

「いえ、何も」僕は全力で否定していた。「何もないです。ただ、状況が状況なもので、そう思っただけで。すみません」

園長はまだ僕を観察している。

「どうもその」僕は自分でもわざとらしいと思いながらも頭を掻いた。「うちの職員がそんなことをするわけはないし、でも犯人はワニの扱いに慣れた人だろうし、と思うと、いろいろ」

園長はまだ僕を観察している。

「すいません。いえ、もちろんそんなことを触れまわったりはしないんですが、やはりその、気になってしまって」

園長はまだ僕を観察している。それでも僕が謝りながらごまかしていると、園長はようやく口を開いた。「まあ、余計なことは考えないことですね。事件のことは警察に任せておきましょう」

「はい」

「それよりも自分の仕事のことを考えてください。あなたは事件のことより、今月の月例会議で出す企画書のことで悩むべきです」

「……はい」

僕の担当する「アフリカ草原ゾーン」はゴールデンウィークのイベントが終わったため、次の企画を求められている。そのことを思い出した。

園長は僕の内心を読んだかのようなタイミングで頷くと、じゃ、と言ってやはり足音をたてずに歩いていった。

その背中がドアのむこうに消えるまで見送り、僕はようやく深く息を吐いた。

園長には相談できない。そう思った。

だが、それなら僕はどうすればいいのだろう。

切れかけた蛍光灯がちらつく廊下で、僕は立ったまま考えていた。

2

更衣室には人がいなかった。僕はそのことになぜかひどく安心し、自分のロッカーに背を預けてしゃがみこんだ。五分前までは何も感じていなかったのに、今は体が重い。立っていられる気がしなかった。

とにかく、この状況をどうするべきか、早く決めなくてはならない。警察には相談できない。園長にもだ。だが、はたして僕一人で動いていいのだろうか。まずすべきは何だろう。一番避けるべき事態は。僕はどういう解決を望んでいるのか。

いろいろ考えようとするが、頭の中は賑やかになるばかりで一向に考えがまとまらなかった。あるいは一度にいろいろ考えようとするからまとまらないのかもしれなかった。僕は下を向いてコンクリートむき出しの床と睨めっこをしていたが、随分長い時間考えていたように感じるのに、結局何も思いつかなかった。そもそも何を思いつけばいいのかすらよく分かっていなかったのだから、当然といえば当然だ。天井を見上げ、切れかかってちらつく蛍光灯の光に目を細める。

と、廊下を足音が近づいてきた。何もやましいことはないはずなのに、僕はとっさに立ち上がってロッカーの扉を開け、帰り支度をするふりをしていた。あまり分かりやすい仕草で悩んでいると同僚に心配をかけるし、何より女性飼育員を採用し始めた時に予算をケチったため、更衣室は男女兼用なのだ（もちろん、女性用ロッカーとの境にはカーテンがひかれているが）。当の七森さんが入ってこないとも限らない。

　ドアを開けて入ってきたのは服部君だった。服部君はどうも、と礼をしてロッカーから私服を出すと、なぜかくるりとこちらを振り向いた。「ところで先輩、何をしているんですか」

「ん、いや、ちょっと」

「誰かを待っているんですか」

「いや、そうじゃないんだけど」

　別にそこまで必死になってごまかさなくてもいいかな、と思ったが、服部君は僕の言葉を完全に無視して眼鏡を光らせた。「誰を待っているんですか」

「いや別に誰も、待ってないから」

「ですがロッカーの扉の低い位置が濡れています。しゃがんだ姿勢のまま、扉に頭をつけて寄りかかっていましたね」

　鑑識かこいつは。「いや、あのね」

「さては七森さんですか」

　いきなりその名前が出て、ぎくりとした。「いや、別に……」

「ただ待っていただけなら許しますが、今の反応を見ると、もしかして七森さんのロッカーを」

「違うってば」

「おーす。賑やかだな」ドアが開いて、笑顔の本郷さんが入ってきた。「何やってんの？」

「これは本郷さん」服部君は折り目正しく礼をする。「桃先輩がどうやら、七森さんのロッカーをあさっていたらしく」

「うお」本郷さんは目をまん丸にして、僕にむかって両手でバツを作った。「桃くん、そりゃちょっとアウト」

「いえいえ、あさってません。ただ」

「ただ七森さんを誘い出そうと思って、たまたま更衣室で顔を合わせた、というシチュエーションを狙って待っていただけ、と言うんですね」服部君は眼鏡を押し上げた。

「まあ、そういうことにしてあげましょう」

そういうことにされてしまった。「違うんだけど……」

「なんだおい可愛いことしてんな」本郷さんはにやりとした。「桃くん、真面目そうな顔してちゃんと目つけるとこにはつけてんじゃねえの」

「もちろん僕は応援しますよ」服部君はずい、と寄ってきた。「なんなら、うまくいくようにさりげなく手助けを」

「いいよ」

「一度やってみたかったんです。親友のためにわざと暴漢に扮し、相手に見せ場を作ってやるというつまりN作戦。Nは『泣いた赤鬼』のNです」

「わけわかんないって」どこがさりげないのだ。「頼むからやめて。服部君が関わると絶対ややこしくなる」

「まあまあまあ。まあまあまあまあまあまあ」本郷さんはまあを乱射しつつ後ろから服部君の首に腕を回してロックした。「そう慌てなさんな。ここは邪魔しないで静かに応援してやろうや」

「それも一興、いえ」服部君は首をロックされながら眼鏡をぐい、と押し上げ、言い直した。「それが友情というものですね」

「すいません。ありがとうございます」僕は本郷さんに頭を下げた。七森さんを口説くという前提はいつの間にか確定してしまっているが、どうすればいいのだろう。

「まあ俺たちは結果報告を楽しみにしてるから」本郷さんは服部君の首をぐっと締めつけながら、笑顔で言った。

服部君が生真面目な口調で問う。「しかし七森さんはすでに恋人がいるのではないでしょうか」

「いや、俺が見る限りあの子は今フリーだね」本郷さんはにやついて答える。「それにそんなの関係ねえぞ。俺はかみさん口説いた時、男いるって知ってたしな」

「略奪しましたか」

「おうよ」

「なるほど。確かに、略奪愛は古代ギリシアから連綿と続く伝統文化ですね」服部君はやはり生真面目に言う。「では先輩の文化的活躍を期待します」

「どこが文化的なんだよ」

「まあまあ。よし服部君。邪魔者はいなくなろうぜ。邪魔者はシャワーだシャワー。防疫だ」本郷さんはロッカーを開けて私服を出すと、服部君を引っぱった。服部君も引っぱられるままに入口に向かう。

　すると、ドアがいきなり開いて、当の七森さんが入ってきた。七森さんは本郷さんと、本郷さんに首根っこを摑まれている服部君を見て驚いたように目を見開いた。

「おっ」本郷さんはフレーメンめいた笑顔になった。「噂をすればなんとやら」

「先輩、来ましたよ」

「いや、あのね」

「じゃあな。頑張れよ」

「先輩にアフロディーテの加護がありますように」

「戦争になるって」

　七森さんは好き勝手なことを言いながら出ていった二人を振り返り、それから僕を見て怪訝な顔をした。「……どうしたんですか？」

「いや、まあ。ええと」頭を掻く。変な流れになってしまったが、もういい。確かに、口説こうとした、と思われているうちは僕の行動は怪しまれないだろう。「七森さん、これから空いてる?」

「あ、はい」最初は仕事のことだと思ったのか、七森さんはちょっと居ずまいを正すようにしたが、すでに私服に着替えている僕に目をやっておや、と思ったらしい。「ええと、これからって」

「いや、退勤後なんだけど」目をそらすのもおかしいが、かといってまっすぐ見るのも辛い。こんな気分はそれこそ中学時代、友達に冷やかされながら好きな人を呼び出した時以来だな、と思う。「ちょっと話したいことがあるから。もしよければ、夕飯を一緒にどう?」

七森さんは一瞬、気をつけをするように背筋を伸ばしたが、すぐにぱっと笑顔になった。「はい。いいですね。行きましょう」

ほっとした。断られたら話も聞けないまま笑いものになるところだったが、とりあえずそういうことはないようだ。

「あっ、すいません私まだ」七森さんは着ている作業着にぱたぱたと手を当てる。「すいません。ちょっと急いでシャワー浴びてきます」

「いや、急がなくていいから。僕もちょっと野暮用あるから」本当はないがついそう言ってしまう。「じゃ、門のとこで……あれ、七森さん何通勤だっけ」

「私はバイクで、あっ、いえ、いいです今日は歩いて帰るんで」七森さんはカーテンを開けたまま自分のロッカーに駆け寄った。「じゃ、門のとこで待っててもらっていいですか？　すぐ行きますから」

「あっ、でも、そしたら」

「いえっ、ほんと平気です。バスでも来れるので」

じゃ、と言って大急ぎで七森さんが出ていくと、ようやく肩の力が抜けた。意外な展開になってしまったが、確かに、悩んでいても事件は解決しない。勢いで誘ってしまえたのはよかったのかもしれなかった。やれやれと思いながらロッカーの扉に手をかける。

だが、扉を開けて鞄を引っぱりだそうとした僕は、違和感を覚えて手を止めた。

ロッカーの上部には文庫本が積まれている。服部君に貸していて、数日前、彼がまとめて返してきたものだ。一度に持ち帰るとすごい重さになるので気が進まず、つい置きっ放しにしていたのだが。

妙だった。積み方が違っている気がするのだ。場所もずれている気がする。

僕は一番上の一冊を手に取った。服部君から受け取った時にどう置いたかまでは詳細に覚えていないが、一番上に置いたのはたしかシリーズ一巻目のものだったはずだ。今、一番上になっているのは最新刊で、それだけでもう、順番が違っているのが確信できた。

動かされているのだ。誰かが僕のロッカーを開けた。先刻、シャワー室に行った時はちゃんと見ていなかったが、今朝はこうなっていなかった気がするから、やられたのはおそらく今日の勤務中だろう。そしておそらくロッカーを開けた人間は、何かの拍子に積んであった本を落としてしまったのだろう。慌てて積み直したが、しっかりと元通りにするのは無理だった。

泥棒、という言葉が浮かんだが、どうもしっくりとこなかった。人によってはロッカーに貴重品も入れているし、勤務中、一階の一番隅にあるこの部屋までわざわざ来る職員はいないから、ここには出勤時と退勤時以外には人が入ってこない。考えてみれば随分と不用心なことで、泥棒が狙うのは分からなくもない。

だが、泥棒がこんな建物のこの部屋のロッカーをあさるだろうか。職員は全員が全員の顔を覚えているから、それ以外の人間が入れば目立つ。夜間は管理棟自体にオートロックがかかっていて、パスコードを知らない人間は出入りできない。そうまでして泥棒が入るだろうか。それとも内部の誰かが泥棒なのだろうか。

内部の誰かが泥棒、と考えた僕はとっさに、今は開けられているカーテンのむこう、七森さんのロッカーを見た。まさか、彼女が僕のロッカーをあさったのだろうか。だが、何のために。

自分のロッカーに顔をつっこむようにして中身を点検する。上着も鞄も手をつけられた様子はなかった。

僕は事件に関わるものなど何も持っていない。代番の時の鍵は飼育員室のキーホルダーにとっくに返しているし、事件の日の飼育日誌だってオンラインなのだから、職員なら誰でも閲覧できる。そういえばデジカメはロッカーに置いていた、と思って手に取り、電源もつけてみたが、特に誰かがいじったような様子はなかった。中の写真もすべてそのままだ。

どうやら有形物無形物合わせ、なくなったものはなさそうだった。泥棒ではないとすると、何かを捜したのだろうか。だが何を捜したのだろう。なぜ僕のロッカーを捜したのだろう。

後ろを振り返る。名札のついたロッカーが並んでいる。ロッカーの上に物を置く人、部屋の隅に洗濯ロープを張る人、中央に置かれた机に衣類を置きっ放しにする人、いろいろいて、これで汗の臭いがあればそのまま学生時代の部室、というような更衣室である。他のロッカーに開いているものはない。女子用ゾーンに一つ、扉がきちんと閉まっていないものがあるが、これはさっき七森さんが閉めそこねた彼女のロッカーだ。彼女はロッカーの中に異状を見つけた様子はなかった。さっきの服部君と、本郷さんもだ。

「僕は、事件には関係ないはずだよな……？」

僕の口から洩れた呟きが、静まりかえった更衣室にふわりと拡散して消えた。

「……でも、気がつくと野菜の扱いが飼料みたいになってます」

「分かる。スーパーで小松菜見ると[1]『飼料！』って思っちゃうよね」

「小松菜さんってそうですよね。あと人参さんとか。この間、カレー作ってたら、人参さんの切り方が雑になってるのに気付いて、あっ、これ自分が食べるんだった、って」

（1）小松菜さんは飼料室で出番が多い。洋画の吹き替えの山寺宏一なみに多い。

「皮むくの忘れるとかね。切ってから気付くの」

「桃さん、けっこうお家で料理するんですか？」

「うーん、休みの日に作るくらいかなあ。いつもはこうやって外で食べてる」僕はサイコロステーキの最後のひと切れにフォークを刺した。

事件の話をしなくてはならないのである。普段どのくらい自炊するかどうかの話など本来どうでもいいはずなのだが、どうしてこんな話をしているのだろう。

考えてみるが、なんとなくそんな流れになってしまったから、という答えしか出てこなかった。いきなり真っ向から呼び出されたのだから、七森さんはもっと硬くなって言葉少なになるものだと思っていたのだが、もともと彼女は明るくて人懐っこい。バスを待つ間、乗車中、駅前で下りて適当な店を探す間……と、僕たちは終始にこやかに話し続けていた。普段は飼育員同士、休憩時間がばらばらであるし、仮に休憩時間が重なっても女性陣は基本的に女性同士で集まるから、これまであまり話す機会がなかった、という事情もある。最初こそぎこちないように見えなくもなかったが、七森さんはずっと笑顔で、なんだかもう事件などどうでもいいから、楽しい夕食を満喫すればいいのではないかと思えてきた。実際、僕も彼女も普段着なので仕事帰りには見えないし、お肉が食べたいですという彼女に応じて入った最寄り駅近くのステーキハウスでは、間違いなくカップル用と思える窓際のいい席に案内してもらっている。話は弾み、話題が次から次へと飛ぶ。

「――いや、学生のころは結局、半年に一度も行かなかった。キャンパス、東京っていうか厚木だしね」

「何軒か行きつけのお店を作ればもっと行くんですけどね。私も渋谷駅周辺を半日うろうろしたのに、結局ユニクロでタンクトップ買っただけとか」

「あるよねそれ。そういえば、うちの職員ユニクロ多いかも。園長と服部君はブランドもの着てるけど」

「園長さんと服部さん、二人だけ私服が貴族ですよね」

七森さんは笑顔でフォークを使い、ステーキ皿の隅に残ったフライドポテトをはむはむと食べている。彼女が頼んだのは四百グラムの特大ステーキだったのだが、僕が話に夢中になっている間に肉はみるみる減っていき、テーブルの五分の三を占める巨大ステーキ皿は今や、隅っこの方にインゲン二本を残すのみである。こんなちっちゃい体のどこに入るのだろうか。

「服部さんと園長さん、仲がいいんですよたぶん」

「うーむ。性格とか、全然違いそうだけど……」

「でも服部さん、休憩中に園長さんのところに行ったりしてますよ。私、見たことあります」

「服部君が？」

意外な話だった。服部君と園長、という組み合わせがそもそも意外なのだ。これまで服部君の口から、園長についての話が出たことなどなかった。

「……ふうん」

園長はもとより、服部君も謎の多い人物であることは確かである。謎の人物同士、気が合うのか、それとも服部君は園長に何か用があるのか。

僕は無意識のうちに黙り込んでいたらしく、視線を感じて顔を上げると、七森さんが「どうしたんですか?」という顔でこちらを見ていた。「いやいや」と適当にごまかすと、ナイフとフォークを置いて水を飲み、喋る態勢を整える。今は服部君より彼女自身が問題なのだ。ちょうど会話が切れたところだし、七森さんも食べ終わったことだし、本題に入らなければならない。

「七森さん、話は変わるけど」

「はい?」空のステーキ皿に手を合わせ、ありがたくいただきました、とどうやら肉牛に対して礼を言っていたらしい七森さんは、大きな目をさらに大きくしてこちらを見た。

「ええと」どう切りだしてよいのかが分からない。七森さんがこちらをまっすぐに見ているのでそれも落ち着かない。僕は膝の上に手を置いて、座り直した。「真面目な話なんだけど」

「……はい」七森さんも緊張した様子になり、座り直した。

「最近、その」どう訊けばよいのだろう。「……何か、困ってることとってない?」

七森さんは背筋を伸ばしてこちらを見ているが、反応がない。僕は言葉を足した。

「いや、何か困ってるよね？　トラブルというか」

トラブルという言い方は随分と曖昧だな、と言いながら思ったが、しかしどこまで言ってしまってよいのかが分からなかった。もともと携帯の着信を勝手に覗いたという後ろめたさがあるせいか、電話をかけてきた「ヴァレフォル」とは何者だ、という質問がどうしてもできない。そもそも心の準備が足りなかったのだ。もう少し質問内容をはっきりさせてから誘い出すべきだったし、さりげなく話題をもってくるべきだったと思う。だが、「やっぱり今のなし」とはいかない。僕は息を止めて七森さんの目を見た。彼女も僕の目を見ているが、わずかに視線が揺れている。動揺しているのか、迷っているのか。

「……何もないです」七森さんは目を伏せたが、すぐに付け加えた。「いえ、何もないのではないです。でも」

俯いて口をつぐみ、上目遣いでこちらの顔を覗き見てすぐに目を伏せる。迷っているようだった。

「……でも、自分でなんとかします。私の問題ですから」

僕は動かずに待ったが、彼女は黙っていた。厨房の方で派手な音がし、失礼いたしました、という店員さんの声が響いたが、僕も彼女も動かなかった。

七森さんはまだ俯いている。また一度、僕の顔を覗き見るようにしてからすぐ目を伏せたが、それ以上に動こうとはしないようだった。僕は待ちながら、続けてかける言葉を探していた。どうやら彼女は、僕がどこまで知っているかを言わない限り話してはくれないらしい。だとしたらどういう言い方をすべきだろうか。

と、七森さんがぱっと後ろを振り返った。何だ、と思って彼女の後ろを見ると、少し離れた通路で遠藤さんが立っていた。

遠藤さんは逃げ腰になった。「やばっ、見つかった」独り言のつもりだったのだろうがしっかり聞こえている。

「遠藤さん」

「んー。まあ、ちょっとね」遠藤さんは極めて適当にごまかした。

七森さんがさらに体を捻って真後ろを見ようとしているので、僕もそちらに目をやった。遠藤さんの後ろには四人掛け席があり、そこに座っている人たちがこちらを見ていた。庶務係の高橋さんと広報係の村田さん、もう一人はおそらく村田さんの息子さんだろう。父子《おやこ》二人暮らしだと聞いているし、なにより顔がそっくりである。

「……聞いてたんですか？」

「ううん、たまたま」遠藤さんは慌てた様子で手を振ったが、明らかに興味津々という様子なのが分かりすぎるほど分かった。「村田さんが息子さんと一緒にご飯食べるっていうから、じゃあ私たちも一緒にって」

「それって思いっきり邪魔してませんか」

「ううん、村田さん喜んでたよ。いつも息子さんと二人だからって」

本当なのかと思うが、きっちりとネクタイをした村田さんの息子さんはこちらに向かって丁寧に会釈している。その隣で同じ顔をした村田さんが、すまなそうにこちらに頭を下げていた。「遠藤さん、やめなさいって」

「じゃ、僕らも一緒になりますか？　こっちはもうデザートですけど」

思い切り話の腰を折られたので、僕はなんとなく投げやりな気分で言った。

「いや、いい、いい。そんな邪魔しないって」遠藤さんは遠慮してみせたが、目が爛々と輝いている。「でもちょっとびっくりした。桃くん、何も言わないんだもん」

「遠藤さん、何か誤解してます」僕はつとめて平静を装い、言った。「仕事の話、してただけですから」

「ええー。いいよそんなごまかさなくても」

「本当です」

「またまたあ」

遠藤さんは信じる気配が全くない。気持ちは分かるが、こちらは困る。

「いや、本当にそうなんで、誤解されると困るんですが」

「そんなに意地にならなくていいのに。お似合いだよね、って話してたのに」

「遠藤さんちょっとちょっと。やめなさいよもう」ついに村田さんが立ち上がってこちらに来た。「桃さん、ごめんね」

「ええー。でも、びっくりじゃないですか？」遠藤さんは実に嬉しそうな声色で村田さんに言う。「私全然気付かなかったですよ。村田さん知ってました?」

「いや僕も知らなかったけど、桃さん困ってるじゃないですか」村田さんは遠藤さんをたしなめ、眉を八の字にして僕に頭を下げた。「ごめんね桃さん。お邪魔虫で」

その誤解こそ困るんですが、と返す間もなく、村田さんは遠藤さんを促して席に戻ってしまう。遠藤さんは村田さんに従って席に戻りかけたが、くるりと回れ右をして僕の隣に来た。「……別れ話?」

「遠藤さん、目が笑ってます」両手で隠してはいるが頬の筋肉も上がっている。「仕事の話ですよ、本当に。七森さんに聞いてください」

遠藤さんは七森さんを見下ろし、ふうん、と呟いてかすかに失望したような顔を見せ、ま、いいや、と言って席に戻っていった。

僕は溜め息をついて席に戻った。七森さんは居心地が悪そうにもじもじしながら、なぜか紙ナプキンで折り紙をしていた。テーブルにはすでに紙ナプキンで折られた犬とアダムスキー型UFOが並んでいる。

しばらく二人とも黙っていた。俯いている七森さんが折っているのは人の顔らしき何かである。僕も無言でそれを見ている。

話を続けられなくなってしまった。何より七森さんの背中の向こうで、遠藤さんたちはまだちらちらとこちらを窺っているのだ。

「あー……出ようか」

「……はい」

「ちなみに、それは何」

「黒柳徹子です」

脱いでいた上着を着直し、誘ったのはこちらだし、と思って伝票を取ろうとすると、七森さんはカルタ取りでもするように、すぱあんと伝票立てを押さえた。「お会計は別で」

「……うん」まあ、財布の中身は似たようなもののはずである。

僕たちが席を立つと、むこうの席の四人組はこちらを見た。遠藤さんは笑顔で手を振り、村田さんは申し訳なさそうに会釈したが、僕たちがいなくなったらなったで、「あの後どこに行ったのかな」という形で話の種にされそうだな、と思った。

店を出て、ネオンと排気ガスで生暖かい駅前通りを歩きながら、僕は七森さんに言った。

「ごめん。遠藤さんには後でちゃんと説明しとくから」

遠藤さんは仕事外でも広報係なので、後日と言わず今晩すぐにでも電話をしておかないと噂が広まってしまう。

隣を歩く七森さんを横目で窺うが、彼女はこころもち下を向いたまま無言で歩いている。暗がりに入ったり街の明かりで逆光になったりするので表情は分からない。

しばらく静かに歩いていると、七森さんがぽつりと言った。

「……話、途中になっちゃいましたね」

見ると、彼女はまだ下を向いたままだ。

「……まさか遠藤さんが登場するなんてね」

しかし、職場の最寄り駅近くの店に入ったのは失敗だった。夕食をあのあたりで済ませて帰る人もけっこういるのだ。

七森さんは無言だった。駅の構内に入ると明るさで表情が見えるようになったが、なんとなく微笑んでいるように見えたのは気のせいかもしれない。彼女が切符を買うのを待ち、無言のまま改札をくぐる。遠目に見れば別れ話をしてきたカップルそのものだから、この場面を誰かに見られたらまた誤解されるな、と思った。

階段を上ってスーツの人がひしめくホームに出る。そこで七森さんが立ち止まった。

「桃さん」

呼ばれて彼女の方を見るが、彼女は俯き加減で、表情は見えなかった。僕がそのまま次の言葉を待つと、七森さんは少し間を置いてから続けた。

「……動物園の役割、って、何だと思いますか」

七森さんは俯いている。僕は横に一歩ずれて、人の流れを遮らない位置に移動してから考えた。飼育員になる前に、あるいはなった後に、誰でも一度は考える問題だった。

「……啓蒙、種の保存、研究活動の場、ついでに癒し。先輩はそれに加えて、『動物園は人間の知的好奇心に奉仕するものでなければならない』って言ってた」

むろん、借りものの言葉で済ませるわけにはいかない。僕はちょっと考えて、続けた。

「僕が学生だった頃は動物園不要論っていうのが今より強かったから、僕も悩んだよ。友達に言われたことがあるんだ。動物が好きで飼育員になりたいって言うけど、動物園は自然の中で幸せに暮らしている動物を捕まえてきて見世物にするところじゃないか、って」

きつい言葉である。七森さんの表情を窺ったが、変化は見られなかった。そういえば、これを言った友人とは、大学を卒業してから連絡を取りあっていないなあ、と思い出す。

「でも、動物は自然の中が一番幸せだっていうのは人間の意見なんだよね。現に、動物園で飼育される動物の寿命は野生のものよりはるかに長いし、その理由の一つは、命の危険にさらされ続けるストレスがないことだと考えられている。そもそも、動物園で本物の動物を見なければ、『動物が可哀想』なんて感覚は生まれないと思う」

以前に何度も考えたことなので、一息で言える。「それに、そのことと飼育員になるっていうこととは関係がないって気付いたんだ。ペンギンには散歩の時間が必要で、ナマケモノにはぶら下がる樹が必要。同じように、知的活動をすることで生存してきたヒトには、未知の世界を知る活動が必要なんだと思う。どんなにお金がかかっても宇宙開発や海外旅行をやめないのが、その証拠なんじゃないかな。……だから、ヒトの社会がある程度成熟したら、動物園や水族館は自然と発生するし、必要とされるはずなんだ」

七森さんを見ると、彼女も遠慮がちにこちらを見ていた。先輩風を吹かせて演説をぶつのは気が引けるし、そもそもだいぶ照れくさいのだが、今は照れている場合ではなく、本気の答えを返さなければならない。僕は目をそらさずに言った。

「それなら、僕が飼育員になって仕事を頑張ればいいじゃないか、って思った。自分が頑張れば頑張るほど動物園の役目はしっかり果たせるんだし、動物たちが快適に暮らせるようにもなる。動物が好きなことと、動物園で働くことはぜんぜん矛盾しないって思った」

しばらくの間七森さんと視線を合わせていたが、彼女はふっと目を伏せると、口許をかすかにほころばせた。

「ええと……なんか、ずれたこと答えたかな」

「いえ、嬉しいです」七森さんは少しはにかんで、こちらを窺うようにした。「桃さん今日、そのために誘ってくれたんですよね」

「ん、まあ」実はかなり違うのだが、それはまあいい。

「ありがとうございました。元気、出ました」七森さんは丁寧に頭を下げた。

「いや……それは、よかった」

実際には違うことを話したくて誘ったのだから、正直なところ感謝されるとなんとなく後ろめたい。だが、ここからあらためて彼女に問いただす余裕はなかった。七森さんの方が笑顔に戻り、「おやすみなさい。またそのうち、ごはんでも」と言って電車に乗ってしまうと、僕は溜め息をついた。結果的に、こちらが聞きたかったことは何一つ聞けていない。

　そしておそらく、さっきのやりとりだけでは、七森さんの問題も何一つ解決していない。そもそも、彼女がどうしていきなり「動物園の役割」などという話をしだしたのか、そこから分からないのだ。

　帰宅後、とりあえず余計な誤解は解いておこうと遠藤さんにメールを送ったが、遠藤さんから来た返信は「隠さなくても祝福するよ？」であり、翌日に出勤した僕は本郷さんに肩を叩かれ、「なんだよ。もうつきあってたんなら隠すことないじゃねえか」と実に嬉しそうな顔で言われた。七森さんに訊けば否定するだろうから、いつまでも誤解されたまま、という事態にはならないように思えたが、とにかくさしあたって僕は、同僚に訊かれるたびに丁寧に否定して、おこしてもいない火を消して回らなければならなかった。それにしても、これまでほとんど話をしたこともない人からも七森さんとの関係を訊かれるのは驚きだった。やはり彼女は職員間でも人気で、皆ひそかに動向を気にしていたらしい。

　だが、楓ヶ丘動物園の周囲をうろつく何者かは、僕が火消しに気をとられている数日の間にも動いていた。

3

　その日の朝、いつものように早めに出勤した僕が着替えを済ませて動物舎に向かうと、無線機のバイブレータが震えだした。まだ飼育員が出揃っていないこの時間に無線機が鳴るのは珍しいことだったが、僕は急いで取った。無線機が朝一番に鳴るというのは、歓迎すべからざる事態であることが多い。

　──あの、七森です。どなたか……。

　一斉送信で言っているらしい。僕は無線機のモードを同じく一斉送信にして返信した。

「こちら桃本。七森さん、どうしたの?」

　意図的にゆっくりと喋ったのがよかったのか、七森さんは少し落ち着いた様子になり、今度は個別送信にしてきた。

　──桃さん、あの、私のところのケージに……。

　個別送信時は携帯電話同様、こちらもむこうも同時に喋れる。僕は彼女の言葉を繰り返した。「ケージに何があったの?」

　──貼り紙が……アイさんと、ハナさんが……。

　七森さんは震えた声で答える。分かったすぐ行く、と言いながら僕はもう駆け出していた。「ふれあいひろば」は「アフリカ草原ゾーン」のすぐそばなので、直接見た方が早い。

七森さんは「ふれあいひろば」の柵の中、メスのミニブタがいるケージの前でへたりこんでいた。七森さん、と声をかけ、バックヤードと「ふれあいひろば」を隔てる柵を乗り越えて近道する。とにかくまず、動物とケージの状態を確認しなければならない。

「桃さん……」

七森さんはへたりこんだままこちらを見上げた。ひと目で分かるほど顔色が白くなっている。

「落ち着いて。何があったの？」

「さっき来て、見たら……」

七森さんはケージの金網を指し示すが、もちろんその前から僕の目にも入っている。金網には印刷した文字で三行だけ書かれた貼り紙が、ダブルクリップで留められていた。

楓ヶ丘動物園飼育係御中
ミニブタ二頭を頂戴しました。
怪盗ソロモン

ケージの金網には大きな穴ができている。ペンチか何かで切って開けたらしく、中途半端に切り取られて曲げられた網の残骸がぶら下がっていた。メスのミニブタは四頭いたはずだが、奥に目をやると、確かに「アイ」と「ハナ」の二頭がいない。残った「モモ」と「ヤヨイ」は何事もなかったように隅におがくずを集めてごろごろしているから、無事なようだ。

「怪盗ソロモン」がまた現れた。しかし、これはどういう状況だ？

「桃さん、どうしてこんな……」

僕は呟く七森さんの傍らに膝をつき、肩に手を置いた。「それは後で考えよう。残った二頭は大丈夫みたいだから安心して。七森さんは怪我してないね？」

「立ちなさい」

いきなり後ろから声がした。あまりに鋭い声なので、僕は背中から貫かれたような衝撃を受けた。慌てて立ちあがる。「すいません」

「あなたに言ったんじゃない」

声の主は鴇先生だった。僕と同時に無線を聞いて駆けつけたらしい先生は、腰に手を当てて七森さんを見下ろしている。

「七森さん、あなたよ。立ちなさい。何してるの」

ばっさりと切り捨てるがごとき口調で、鴇先生は言う。「座ってる場合じゃないでしょう。動きなさい。状況は？　他の二頭は？　オスのケージはどうなの？」

「あ、他の二頭は」

僕は答えようとしたが、鴇先生はさっと手を上げて僕を遮った。「七森さん、あなたに訊いてるの」

びくりとしてケージと先生の間で視線を往復させる七森さんを見下ろし、鴇先生は強い調子で言う。「あなたの担当でしょう。あなたが動かなくてどうするの。腰のそれは飾り？」

七森さんは腰に手をやり、指に触れる鍵束を見た。

それから唇を引き結び、何かに気付いた様子で立ちあがった。

声をかけようとする僕を手で制して、鴇先生は冷静に言う。「あなたが指示して、私と桃くんを動かすの。まず最初にしなきゃいけないのは何？」

「あの、ええと」

「落ち着いて考えなさい。一番避けるべき事態は何？　そこから考えて」

「だ、脱走です。それから怪我と病気」七森さんは言いながら、ケージの金網に手をついて中を見る。「まず、モモさんとヤヨイさんが怪我をしてないか確認しないといけないです。それからオスと、他のみなさんに被害がないかを。あ、モモさんっていうのはミニブタの方で」

「そりゃそうよ。他には？」

七森さんはケージの穴に手を伸ばす。「このままだと残った二頭がぶつかって怪我をするし、よじ登って逃げるかもしれないので、まずここを」

言いながらなんとか頭の中を整理しているらしく、七森さんの表情は徐々に落ち着いてきた。背筋を伸ばして「ふれあいひろば」の管理棟を振り返る。「とりあえず、管理棟のペンチと針金で応急処置を」

「待ちなさい」駆け出そうとする七森さんの肩を鷲摑みにし、鴇先生が言う。「担当のあなたが一番に離れてどうするの。誰にでもできることなら人を使いなさい」

「あ、はい。ええと」七森さんは頷くと、僕と鴇先生の間で視線を往復させる。「桃さん、お願いします。あ、今お願いしたのはミニブタでない方の桃さんにです」

「うん。そりゃそうだね」

「人間の桃さん、針金でケージの応急処置をお願いします。管理棟の鍵、これです。工具箱、分かりますか」

「大丈夫。それより先にやることはないね？」

「はい。お願いします」

七森さんから鍵を受け取る。七森さんは続いて鴇先生を見た。「鴇先生は、残った二頭が怪我をしていないか確認してください。鍵はこれです。私は他のみなさんが被害に遭ってないか確認して回ります。……あ、貼り紙はそのままで。それと手袋ありますか？　中に入るのは仕方ないですけど、なるべく他のものは触らないように」

「そうね」鍵を受け取りながら、鴇先生は七森さんの腕をぽん、と叩いた。「できるじゃない。でも、まだやることはあるからね」

「はい」

急速にしっかりした七森さんは、オスのケージの方に歩き出しながら無線機を出した。

「こちら七森です。『ふれあいひろば』のミニブタ舎で盗難が発生しました。念のため大至急、他の動物舎も確認をお願いします」

僕も突っ立っている場合ではないから、ケージの金網を直しにかかった。とりあえず、管理棟から道具を持ってくる前に壊れてぶら下がっている部分を取ってしまった方がよさそうだと判断し、腰に差しているペンチを抜いた。鴇先生はとっくにケージの中に入り、隅にいたヤヨイをさっと保定《ほてい》して体をチェックしている。

ペンチで網を切りながら、僕は鴇先生の背中に言った。「ありがとうございます」

「……何？」さしあたって異状がないと確認したらしく、ヤヨイを解放した先生が振り返った。

「いえ。さっきの……」僕は手に力を込め、網の破損部分を切断した。「確かに、担当の七森さんに動いてもらわなきゃいけませんでした。僕だって先輩なんだから、本当は一番にかけつけた僕があの役、やってなきゃいけなかったのに。……すいません」

「いいのよ。どうせああいうのは私みたいな……」

鴇先生は言いかけてやめ、膝をついてモモを観察し始めた。「……ああいう役回りは私向きだから」

前回の事件と同様、貼り紙に書かれている通り、被害はミニブタの二頭だけだった。

予断を許さない状況ではあるが、他の個体にはとりあえず異状はなかったので、こちらとしては一応ほっとした、というのが本音である。

　それでもとにかく、警察には窃盗事件として届けなくてはならない。念のため、一一〇番通報の前に園長に電話をしたのだが、園長の返事は大雑把に言えば「速やかに警察に来てもらい、速やかに仕事をして帰ってもらい、なるべく早く平常に戻すようにしなさい」というものだった。七森さんの事件発見が早かったのが幸いし、園長の指示のもと、九時半の開園までに職員へは事件が周知されたし、「ふれあいひろば」はなるべく早く再開、という方針のもと一時閉鎖、他は通常通り開園、という方針が、ミーティングの時点で決定していた。警察の現場検証を開園前に終わらせる、というのは無理だったが、さしあたっては混乱もなかった。

　もちろん、警察官が園内で動いている以上、お客さんも何かがあったことには気付く。午前中の「ふれあいタイム」は中止になったため、七森さんが「ふれあいひろば」にやってきたお客さん数名に事情を説明しているのを見かけたし、僕も一度「なぜなのか」と訊かれ、「ちょっと不都合がありまして」と曖昧な答え方をするしかない状況になった。それでも、園長の指示により、警察の現場検証が終わった昼過ぎには「ふれあいタイム」は再開した。その時にはもうテレビ局のスタッフが来ていて、僕と七森さんは終了後、事件について訊かれた。突然マイクを向けられた上にレポーターの横ではカメラを回している人もいたため、僕は胃と心臓が直に押さえつけられるような感覚を味わった。テレビカメラというのは、向けられる人にとっては銃口のようなものだった。怖くて訊けなかったし、喋る間、考えないように努めてはいたが、横にレポーターがいた以上、僕が喋ったところは全国のお茶の間に生中継されたのかもしれなかった。園長があらかじめこうなることを予想し、視聴者の反感を買わないような回答内容や口調、目線や体の向きまでをこと細かに指示してくれていなかったら、どんな顔で何を口走っていたか分からない。一方、事件発生時に頼りなかった七森さんはカメラを向けられても落ち着いたもので、いつもの仕事用ボイスで受け答えをしていた。さすがである。

そういう日にも日常業務があるのだった。僕の担当する動物は今のところ病気も出産もなく、発情の兆候以外に気をつけるべき点のない穏やかな状態だったが、そうなればその分、担当以外の仕事が増える。僕はこの日もレッサーパンダの人工保育やコアリクイの看病やペンギン軍団のお散歩に駆け回り、その間に都筑刑事と大久保刑事に呼び止められ、結局、昼食をとる暇がなかった。それらが済み、お客さんの前で腹が鳴らないかとびくびくしながらキリンの食事の実演をし、放飼場の掃除にかかった時には午後三時半を回っていた。

僕は腰を曲げて箒を動かしながら、今の自分は随分動きが緩慢だな、と自覚していた。昨夜はあまり眠れなかったし、空腹、物理的疲労に精神的疲労、集中を妨げる心配事……と、動作を遅くする要素はすべて揃っていた。ぼけっとしていてはいかん、ちゃんと動物とフンと施設の観察をしながら掃除しなければ、と思うとますます作業が遅くなり、いったん腰を伸ばすとつい、そのまま静止してしまう。

……「怪盗ソロモン」が再び現れた。

事件発生後に鴇先生らと話したことと、都筑刑事らが話していたことから推測するに、今度の犯行は単純なものだったらしい。外周の有刺鉄線が一部壊されており、犯人はここからフェンスを乗り越えて侵入、「ふれあいひろば」のミニブタ舎の金網をペンチで壊し、中で寝ていたアイ（メス・六歳）とハナ（メス・十一歳）を抱えて逃走した……ということのようだ。〇時ごろに警備員が見て回った時には異状が確認されていなかったそうで、犯行時刻はそれ以降とみて間違いないらしい。

僕はアイとハナを連れ去る怪盗ソロモンを想像した。くるくる回るサーチライト。ざわめく警察官。月をバックに屋根の上で哄笑する怪盗ソロモン。上質なシルクハットに、皺ひとつない夜会服と白手袋。そして、両脇にブタ。台無しである。どんなに紳士的に決めても両脇でブタがフゴフゴいっていたのでは美しさのかけらもなく、怪盗紳士どころか戦後の田舎の家畜泥棒だ。もっとも、ミニブタといっても成獣は五十キロ以上あるから、小脇に抱えてちょいと拝借、というふうにはいかなかっただろうが。

園としては不覚をとったということになる。先の盗難事件から半月しか経っていないのに、また動物が盗まれてしまったのだ。ワニの事件以後、爬虫類館やバードハウスといった屋内展示場に関しては園長が監視カメラの導入を即決したのだが、正直なところミニブタ舎が狙われるというのは予想外だった。

イリエワニを盗む時点で犯人の行動は常識外れだが、ミニブタとくればそれどころではなく、もはや意味不明である。ミニブタは数万円出せば、ペットショップで普通に買えるのだ。アイもハナもうちの園で生まれた普通の個体で健康そのもの。職員やお客さんとの間で何かがあったというわけでもなく、盗まれる理由など見当たらない。嫌がらせだの何だのであるならば連れ出す必要はないし、わざわざミニブタを抱えて逃げる（いや、抱えて持っていったという保証はないが）苦労をしなくたって、カイウサギやモルモットを狙えばいいはずだし、被害が二頭、というのも不思議である。一頭とか全部ではいけない理由が何かあるのだろうか。僕はもう、犯人の動機については「何かの儀式にでも使うんだろう」ということにして考えることを放棄したかった。むろん、儀式に使うのならワニでもブタでも、まっとうに入手する方法がいくらでもある。

だが、理解不能な犯人の動機よりも、僕の脳裏に粘りついて糸をひいている問題がある。

犯人はなぜ七森さんのところに現れたのだろう。「怪盗ソロモン」は彼女ではないのか。

今度の事件を見る限り、犯人は職員であるとも外部の人間であるともいえる。だが第一発見者が七森さんだというのはどういうことなのだろう。自作自演なのだろうか。それとも被害者なのだろうか。事件発生時の彼女の様子からは判断できない。七森さんと「ヴァレフォル」の間に何かがあったのだろうか。

「随分、悩んでるみたいね」

低血圧めいた声がした。顔を上げると、鴇先生が柵の外に立ってこちらを見ていた。

「鴇先生……」

「来園者が見てるんだから、ぼけっとしてちゃ駄目。それと、後ろに気をつけなさい」

言われて振り返ると、キリンの巨大な顔が目の前にあった。口から鼠色の長いものがびゅるりと飛び出て、僕の顔面をざらりと舐める。生温かい感触が顔に残った。

「むっ、いつの間に」

メイがすぐ後ろまで来ていたのだ。急に飛びすさったりしてはびっくりさせるからゆっくり離れようとするが、彼女は首をぐうんと伸ばしてもう一度顔を舐めてきた。このままでは舐められ放題なので背を向けるが、メイはお構いなしで首の後ろを舐める。僕は首をすぼめた。確かにいつもと違って僕は隙だらけだったが舐めすぎだ。おいしいわけでもないだろうに。

「七森さんが心配なのは分かるけど」鴇先生は呆れ顔で言う。「少なくとも動物と同じスペースにいる時は気を張ってなさい。事故の九割は、今みたく集中力がない時に起こるんだから」

「はい。すいません、つい……うおっ、舐めるなっての」

確かに今だって、鴇先生が教えてくれなければ後ろのメイに気付かずに振り返って、彼女の足にぶつかっていたかもしれない。当然、びっくりして駆け出した彼女が何かにぶつかるか、僕が蹴飛ばされるぐらいのことは充分考えられた。

鴇先生は舐められ続ける僕を呆れ顔で見ている。「七森さんが気になるなら、退勤後にいくらでも会う時間があるでしょう。つきあってるんだから」

「いえ、それ誤解です」鴇先生にまで広まっていたらしい。「別にそういう関係では」

「そうなの？　遠藤さんはそう言ってたんだけど」

「ただ話してただけです」

「服部君は『どうも認知するか否かで揉めていたらしいという噂です』って言ってたけど」

「尾鰭《おひれ》どころじゃないです」

「じゃあ、何の話をしてたの？」

「いえ、実はその……」

キリンにべろんべろん舐められながらも即答していた僕が急に言い淀んだのが気になったらしく、鴇先生は眉をひそめた。「何かあるのね？」

「いえ、あの。……ちょっ、メイ舐めるなって」

「じゃ、後で聞くわ。今は勤務中だから退勤後に外で」

僕が舐められている間に鴇先生はさっさと了解し、先生の姿を見つけて駆け寄ってきたボコも無視して行ってしまった。急いで呼び止めれば断れたのだろうが、僕はそうしなかった。どうせごまかし通すことなど不可能だし、放っておいてもいずれ誰かに相談することになっていただろう。

先生の背中に向かってわっさわっさと羽を広げ、空しく求愛するボコを眺めながら、僕は考えていた。この状況で一番頼りになるのは、もしかしたらあの人かもしれない。


閉園後、鴇先生と無線で話し、通用門のところで待ち合わせた。僕はそのままそこで話すなり、近くで夕食がてら話すなりで構わないと思っていたのだが、先生は「そんなところを誰かに見られたらまた噂になるでしょう」と言い、略取するがごとき勢いで僕を自分の車に乗せた。とりあえず、家まで送っていってくれるらしい。

僕は車が駐車場から出るや否や即「で、何があったの？」と訊かれたので、七森さんのことを最初からすべて話した。先生はずっと無表情で前を見ている上、相槌も一切打たないので、話している僕は本当に聞いてくれているのか不安になったが、僕が話し終えると先生はかすかに目を細め、口を開いた。「……で、その『ウァレフォル』っていうのは何？」

「服部君から聞いたんですが、悪魔の名前だそうです。ヴァラフォールとかマラファルとも発音するそうで、ライオンと、ガチョウか何かを合わせた姿をしていて……」僕は運転席の鴇先生を見た。「ソロモン王が使役する七十二柱の魔神の一柱だとか」

鴇先生はハンドルを回し、車を左折させた。「……七森さんの携帯にそれが登録されていた、というの？」

「はい。アルファベットで『Valefor』でしたが、明らかにそれのことかと」

「で、その後すぐにあの子と話したわけね」

「はい。……結局、遠藤さんたちに見つかって中途半端になっちゃったんですけど、ただ」僕はその時の七森さんの表情を思い浮かべた。「何もないわけではないけど、自分の問題だから自分で解決する――と、言ってました」

行く手の信号が黄色に変わった。停まるかと思ったが、鴇先生はアクセルを踏んでそのまま交差点を突き抜けた。

しばらく二人とも無言のままで、車のエンジン音だけが聞こえていた。鴇先生はわりとスピードを出すので僕は最初、落ち着かなかったのだが、本人は慣れている様子である。

「……七森さんは『怪盗ソロモン』ではなさそうね」

鴇先生はおもむろに言った。いきなり核心をついてきたので僕は驚いたのだが、先生はこちらをちらりと一瞥しただけで、表情一つ変えていない。

「……そうなんですか？」

「確かなことは言えないけど」先生は落ち着いた声で言う。「ソロモンとウァレフォルなら、主犯はソロモンということになるでしょう。でも、あの子が犯行を主導したというのは考えにくい」

「……ですよね。七森さんは飼育員で」

「そういう話じゃないの。あなたはヴァレフォルからの着信を見て、その後すぐにあの子を誘ったわけでしょう。そしてその席で、何かトラブルはないか、と訊いた。あなたの席はあの子の隣だし、ヴァレフォルからの着信があったのはあの子も知っているはずだから、そのタイミングであなたに呼び出されてそんなことを訊かれれば、あの子だって勘づいたはずよ。もしかしたら、ヴァレフォルからの着信を見られたのかもしれない、って」

「……その、はずです」こちらは半ば、勘づかせるつもりで誘ったのだ。

「だとすれば、もっと警戒しているはずでしょう。それから何日もしないうちに次の犯行をして、自分の担当動物を狙って、それどころか自分が第一発見者になるなんて無謀もいいところよ。あの子が主犯なら、少なくともあなたがどのくらい自分を疑っているのか、ヴァレフォルのことを警察に話したのか、確かめてからでないと危険でしょう。犯行の日時をもう少し遅らせてるはずよ」

確かに、この点については僕もおかしいと思っていた。「……そうですよね」

「それに、あなたと会った時の態度から考えれば、あの子は犯行に関わっていたとしても、おそらく従属的な立場ね。というより、自発的に犯行に関わってはいない」

「僕と会った時の態度、ですか」

「そうよ」

鴇先生は何をかいわんやという顔である。直接、七森さん本人に会っている僕が分かっていない、ということが、ひどく恥ずかしく感じられた。

「自発的に犯行に参加した人間なら、あなたに呼び出されてもとぼけ通すはずよ。トラブルなんてありません。そんなふうに見えたんですか？　って。……ええと、ここは右折？　ずっと国道でいいの？」

「あ、直進で」

「そう」先生はまたアクセルを踏んで続けた。「……それなのに七森さんは、トラブルはあるけど大丈夫、という答え方をしたんでしょう。おそらくはあなたに打ち明けるべきかどうか悩んだのね」

鴇先生はそう結論を言い、考え込む表情で無言になった。

僕は横を向き、ガラス越しに流れる景色を見た。すでに日が暮れているので、一定のリズムで通りすぎる街路灯の明かりが眩しい。

しばらくして、鴇先生がぽつりと呟いた。「……うちのアイドルに犯罪をさせるなんて、許せないね」

先生を見ると、先生もこちらを見て頷いた。僕も答えた。「……確かに、許せませんね」

なんとかしなくてはならない。だが、どうすればいいのだろう。七森さんを助ける方法が思いつかないどころか、そもそも彼女を何からどう助ければいいのかも分からないのだ。

僕が悩み始めて何秒もしないうちに、鴇先生はあっさりと言った。「とりあえず、その『ヴァレフォル』を呼び出して、素性を調べましょう」

「えっ」

「桃くん、あなたヴァレフォルの電話番号、見てるんじゃない？」

「あっ」

言われてみれば、携帯のディスプレイには登録名と一緒に番号も表示されていたのだ。そして僕自身気付いていなかったことだが、ヴァレフォルからの着信を見た時のことを思い出してみると、表示された番号もかなり正確に思い出せた。「覚えてます。はっきりしないとこもありますけど、たぶん０８０の……」

この番号、とはっきり断言できるわけではないが、たしかこれかこれ、と言える程度の記憶力は持ち合わせているつもりである。僕が何パターンかの番号を言うと、鴇先生は満足げに頷いた。「全部試せばいいんだから大丈夫よ。どうやら、あの子の携帯を盗み見る手間はかけなくてよさそうね」

先生は平然とそう言い、驚く僕を尻目に、顎に手をやって考え始めた。

「あとは、どう言えば呼び出せるか、ね。そうね……」

「……呼び出せますか？」

「一番簡単なのは、七森さんの名前で呼び出すことだけど」先生はそこまで言うと、僕をちらりと見て続けた。「……ただそれだと、呼び出しが罠だとばれた時に、あの子に危険が及ぶかもしれない。避けた方がよさそうね」

僕が否定的な表情になったのを見たらしい。僕も頷いた。「そう思います」

「でも、知らない人間からいきなり呼び出されて出てくるか、というと……」鴇先生は一人でそう呟くと、急にハンドルを切って車を路肩に寄せ、停めた。「……公衆電話の方がよさそうね」

「はい？」

鴇先生は口で説明する前に手が動く人なので、くっついていないと話が聞けない。僕はさっさとドアを開けた先生に続いて車を降りた。ハザードを点けた鴇先生の車は、シャッターが下りた商店の前で停まっていた。

先生は公衆電話の受話器をとった。「桃くん、あなた明日、休みよね」

「はい」

「じゃ、明日ね」

先生はそれだけ言うと、電話機のプッシュボタンを高速でプッシュした。しばらくして受話器から「おかけになった番号は」という合成音が流れ始めると受話器を置き、別の番号を押す。今度はつながったらしく、先生は髪をかき上げて一つ咳払いをした。

相手が出たらしく、傍で聞いている僕の耳にも男の声が届いた。先生は普段と違う声で、いきなり言った。「ワニの話だ。急ぎだ」

先生の声はもともと低いが、今のは完全に男の声にしか聞こえない低音である。

「……誰でもいいだろう。いや、後で教える。電話はヤバい」

相手の男が何か言っているが、先生は無視して続けた。「今どこだ。周り、誰もいないな？　……喋って大丈夫かどうか訊いてるんだ。いないなら言うぞ。あんた、ヤバいぞ」

いきなりそんな台詞が飛びだしたので、僕はぎょっとして先生を見た。先生は人差し指を唇に当てる。

「詳しいことは今、言えない。電話じゃヤバい。出てこれるか。今日は無理だ。明日どこか……あそこだ、市の歴史民俗資料館ってあるだろう。あそこがいい。あそこの玄関に明日の午後四時に来い。……何、じゃねえだろう。あんたのせいでこっちもヤバいんだ。いいな。午後四時、歴史民俗資料館の玄関だ。来る前に後ろ、気をつけろよ」

先生はそれだけまくしたてると、がちゃん、と無造作に電話を切った。

「先生」

「どうやら、当たりね」先生は電話機を見たまま言った。「いきなり『ワニの話だ』って言ったのに、『何だ。あんた誰だ』と返してきた。普通なら事態が飲み込めずに黙るか、訊き返すところなのに」

「じゃあ……」

「電話の男、ウァレフォルで間違いないみたい。年齢は四十代か五十代。アクセントは関東」先生は言いながら車に戻り、運転席に回りこんでドアを開けた。「来るかどうかは五分五分ね」

　僕も急いで助手席のドアを開けて車内に滑り込んだ。「もし来なかったら……」

「電話番号を頼りに興信所に探してもらうしかない。プリペイド式携帯でなければだけど」先生は運転席のシートに背を預けると、はあ、と一つ息を吐いた。「桃くん、明日手伝ってくれる？」

「もちろんです。僕にできることなら何でも」

　窺うようにこちらを見る鴇先生に視線を返し、頷く。先生も軽く頷いた。

「明日……呼び出すのはいいとして、どうしますか？」

　仮に会うことができたとしても、そこからどうすればいいか分からないのだ。相手の素性が分かったとして、事件に関わったという証拠をどうやって探すか。七森さんとの関係をどうやって調べるのか。

「出て来さえすればなんとかなると思う。もちろん、会って話すことなんてできないけど」

「なんで……あ、そうか」

　先生に言われて気付いた。仮に呼び出せたとしても、僕たちはウァレフォルに顔を見せることができないのだ。僕も鴇先生も日常、仕事でお客さんの前に顔をさらしている。ウァレフォルがもし僕たちを見て楓ヶ丘動物園の職員だと気付いたら、七森さんが裏切った、と思われかねない。

するとこれは、相当困難な状況なのではないだろうか。

そう思うが、先生は無表情で車を発進させた。「明日、この車で迎えに行くから。準備をしておいて」

「あ、はい。……って、何か用意するもの、ありますか？」

「気力と体力。よく寝て、食べておいて」

「……はい」かえって不安だ。何をすることになるのだろうか。

「一応聞いておくけど、免許は持ってる？　あと、歴史民俗資料館の場所は」

「持ってますし、場所も知ってます。大丈夫ですけど……」ハンドルを握る先生の横顔に訊く。「どうしてあそこなんですか？　駅前とかじゃなく」

「展示替え中で人がいないからよ」先生は前を見たまま答えた。「それに交通の便が悪いし、駐車場も一つしかない」

それがどうしてあの場所を選ぶ理由になるのかよく分からなかったが、僕はとにかく頷いた。

第三章　ばさばさピーコック

1

翌日の午後二時半頃、鴇先生は車で僕のアパートまで迎えにきてくれた。僕は言われた通りに充分な睡眠と食事を摂って待っていたものの、他にどんな準備をするべきか分からず、とりあえず双眼鏡とか、変装用のキャップとマスクとか、役に立ちそうなものをリュックサックに詰め込んでおいた。ジーンズにスニーカーという動きやすさ重視の恰好で来た先生はそれを見ると苦笑し、まあ、一応持っていきましょう、と言った。

市の歴史民俗資料館までは車で二十分といったところである。指定したのは午後四時だから時間的には余裕があるはずだったが、先生は僕に「トイレに行っておきなさい」と旅行時の子供に言うようなことを言うと、すぐに出発した。

「昨夜、聞きそびれたことですけど」僕は運転席の先生を見て尋ねた。「場所、どうして歴史民俗資料館なんですか？　その、人が少ないのは分かりますけど、交通の便が悪いから、っていうのは……」

「交通の便が悪いということは、ヴァレフォルが自家用車で来る可能性が大きい、ということよ。午後四時あたりならバスはほとんどないし、こういう呼び出しにタクシーで行くのは心理的に抵抗があるはず。自家用車で来てくれる確率は高いと思う」ハンドルを握る先生は、いつもの低血圧な声で言う。「車で来てくれれば尾行がしやすいもの」

「尾行するんですか？」

「桃くん、何をする気だったの？」

「いえ、それは」

確かにそうだ。会うこともできない相手を呼び出したとして、できることはそれくらいしかない。

「でも……できますか？　僕そういうの、やったことないんですけど」

やったことがある人間などそういないだろう。それに、もしヴァレフォルが呼び出しに応じたならば、尾行にも警戒しているはずだった。ドラマや小説では簡単そうに見えるが、自分が実際にあんなことをできるとは思えなかった。

「自家用車で来てくれたなら、そう難しくないはず」

鴇先生は平然としている。常識的に考えれば、僕たちはこれから随分と突飛なことをやろうとしているはずなのだが、先生の様子があまりにいつも通りなので、なんだか仕事でイベントを開催する時と同程度の緊張感しかない。

鴇先生は言った。「歴史民俗資料館の駐車場は一つしかないし、玄関から見えない位置にあるもの」

待ち合わせ場所に着いたのは午後三時頃だったが、ウァレフォルが来る前にやることは多く、僕たちは急いで動いた。到着後、鴇先生はバッグからおもむろに双眼鏡を出すと、僕に渡して玄関周辺に人が来ていないかどうか確認させた後、双眼鏡で玄関を監視できる場所を探して敷地周辺をうろうろした。資料館に付設された喫茶店は距離が近すぎて見つかりかねなかったり、周辺の道路は狭すぎて車を停めたままにしておくと目立ちすぎたりして、待機場所を探すのは難航したが、とにかく到着から三十分後、僕と鴇先生は準備を完了してそれぞれの持ち場についた。僕の役目は隣接する公園の東屋から双眼鏡を使い、資料館の駐車場を監視することである。一方、鴇先生は敷地の外に待機し、生け垣越しに玄関を監視している。

――桃くん、位置についた？

携帯につないだイヤホンから鴇先生の声がした。わりと開けた場所なので、通話状態は良好なようだ。

「つきました。今のところ駐車場は動き、ありません。さっきのバン一台だけです」

——了解。一番端まで行くのに何分かかる？

「ここからだと走って一分、怪しまれないように歩いていくと三分くらいです。歩いていった方がいいですか？」

——ウァレフォルが来る時刻と、挙動次第ね。四時を過ぎても来なかったり、周囲を気にして急ぐ様子があったら教えるから、走って。最悪の場合、私がウァレフォルに電話をかけて裏に誘導する。

「お願いします」

——じゃ、電話はこのままね。

はい、と答え、鴇先生に言われて自宅から持ってきた文庫本を出す。資料館の駐車場に入る車のエンジン音はここからでも聞こえるから、双眼鏡でずっと監視し続ける、という怪しい挙動をせず、本でも読んでいる方がいいのだ。

とはいえ、当然のことながら読書に集中できるはずもなく、また集中してしまってはいけないのである。僕は東屋のベンチに腰を据え、携帯を通話状態にしたまま、本を読むふりをしてひたすら待った。駐車場側に向けた右の耳だけに神経を集中しつつ、それらしく見えるよう、時折ページをめくる。めくってから、ページをめくるスピードが早すぎて不自然かもしれない、などと考える。それから、あまり気を張っていても意味がないな、と思い、ちょっと伸びをしてみる。

　幸いなことに暖かくて風もない、気持ちのいい日である。ぶらりと散歩に出て公園で読書、という人がいても怪しまれない。本から顔を上げて屋根の外を見ると、青空にぽつんと一つ、白い雲が浮かんでいる。あれはマレーバクに似ているな、と思って見ていたら、じきに形を変えてただのお団子形になってしまった。

「……先生」

　──来た？

「いえ。……いい天気ですね」

　──あのねえ。

「いえ、すいません。つい」

　──のんびりしてるのね。それと、後ろから何か、犬の声がするけど。

「あ、いえ、散歩中の犬ですが」僕は振り返った。中年の女性に連れられたトイプードルが必死で紐を引っぱり、僕の背中にじゃれつこうとしてぜいぜいいっている。「すいません。どうしますかこいつ」

　──遊んでる場合じゃないからね。

「そうですよね」

　僕は手を伸ばして犬をひと通り構い、飼い主の女性に頭を下げた。犬の方は二足歩行をしてまで僕の手を舐め続けようと頑張っていたが、飼い主の女性は全力で彼を引っぱり、去っていってくれた。引っぱられる犬は興奮状態らしく、首に紐を絡ませつつぐるぐる回転している。

「えーと、いなくなりました」

——そう、それはなにより。

先生は気の抜けた声で答えたが、しばらくするとぽつりと言った。

——いい天気ね。

緊張感がない。

それから三十分の間、僕たちはヴァレフォルの到着を待った。来るかどうか分からない相手を、来たらいつでも動ける状態で待つ、というのは、普通の待ち合わせよりもはるかに体力を消耗するものらしく、僕は待つ間、まだかな、まだかな、と何度も腕時計を確認したが、かなり待ったと思っても八分しか経過していなかったり、さっき見た時計を四十秒後にまた見てしまったりで、なかなか時間は進んでくれなかった。待っている間、駐車場に動きはなく、隅に一台だけ停められたバンも、いつまでもそこにあった。

しかし午後四時ちょうど、本を開きながら横目でなんとなく駐車場を監視していた僕の耳に、車のエンジン音が届いた。駐車場に目を向けると、白のセダンが一台、入ってきたところである。

「一台来ました」僕は携帯につないだマイクに言い、双眼鏡を構える。レンズの中で動くセダンに狙いを定め、倍率を上げた。「白のセダン。クラウンです。ナンバーは……」相手がまだ動いているので、四桁の数字しか分からない。だが鴇先生は落ち着いて言った。

――了解。ナンバーの細かいところはすぐ見られるから、焦らないで。

「はい」答えながら立ち上がる。レンズの中のクラウンは頭から乱暴に停車し、ドアが開いた。「出てきました。男性、ベージュのニット帽に眼鏡、青のデニムに、袖が白で他が黒の、背中に何か絵のあるブルゾンです」

――一人？

「一人です」

――了解。そいつがウァレフォルね。玄関前に来たら教えるから、動いて。周囲に人がいなければ、走った方がいい。

「はい」

双眼鏡をつっこんだリュックサックを肩にかけ、先生の合図を待つ。ほどなくしてイヤホンから声が聞こえた。

――玄関前に来たわ。お願い。

「了解」

言いながら立ち上がり、小走りで芝生と植え込みを抜ける。周囲に人はいない。膝までの高さの柵をひょいと飛び越え、クラウンに駆け寄る。リュックサックを探りながらナンバーを確認し、鴇先生に報告した。

リュックサックから出したライター大の機材に鴇先生が用意した強力な磁石がしっかり巻きつけてあるのを確かめ、車の下部に手をつっこむ。ばちん、と音がして、磁石が車体に吸いついた。「GPSロガー、付けました」

なんとも便利な時代になったもので、重さ数十グラム、長さ数センチにして精度は誤差三メートル以内、という便利なGPS発信機が、一万円も出せば買えるのである。山歩きなどする人が記録と遭難防止に使うものなので、秋葉原の怪しい店ではなく普通のアウトドアショップで売っている。

——了解。ウァレフォルが動いたけど、引き留める?

僕は小走りでクラウンから離れつつ、マイクに向かって言った。「大丈夫です」

さっき飛び越えた柵を反対向きに飛び越え、東屋に戻った。ベンチにどっかりと座ると、思いがけない息苦しさを感じて呼吸が荒くなった。背中にもうっすらと汗をかいているようだ。

「東屋に戻りました」

——御苦労様。ウァレフォルは車に向かってるから、反対側から出て私の車に戻って。

「はい。今行きます」

答えながら動悸を感じていた。やっている最中は落ち着いていたつもりだったが、やはり僕は相当緊張していたらしい。当然だ。他人の車にこっそり発信機をつけるなどという行為は人生初で、また、そうでなければおかしい。

続けて何度か、大きく呼吸をして心臓を落ち着かせる。立ち上がったところで、後ろの駐車場から車のエンジン音が聞こえてきた。振り返ると、クラウンがゆっくりとスタートしている。ヴァレフォルは呼び出しに応じたものの、誰も来ていないと分かってさっさと帰ることにしたのだろう。

駐車場の反対側に路上駐車してある鴇先生の車に戻り、助手席に乗り込む。先に戻っていた運転席の先生は膝の上でノートパソコンを開いていた。

「どうですか？」

僕が訊くと、先生は黙ってパソコンをこちらに向けた。周辺の地図が表示され、道路上を丸いポイントが動いている。「成功ね」

先生はそう言うとパソコンを僕の膝の上に置き、シートベルトをして車をスタートさせた。ＧＰＳロガーのリアルタイム機能で相手の車の位置が分かるのだから、後ろにぴったりくっついて尾行する必要はない。これなら車一台でも簡単だった。あとはヴァレフォルが自宅なり何なりに帰ってくれれば、素性が分かる。

先生の車が加速する。軽くシートに押しつけられる感覚があり、僕はようやく肩の力を抜くことができた。知っている人の車の中というのは、護られているような安心感がある。

「それにしても、素直に来てくれましたね」

僕が言うと、鴇先生は前方から注意をそらさずに答えた。「どうやら、外れじゃなかったみたいね」

どういう理由をつければ、ウァレフォルが見ず知らずの相手の呼び出しに応じるか。ウァレフォルの素性——社会的地位や趣味嗜好についての情報が全くない以上、ウァレフォルが確実に関心を持つ、と考えられるのは事件のことしかなかった。そして、イリエワニを生きたまま盗んだ以上、事件がウァレフォルと七森さんの二人だけで完結するはずがない。盗んだワニを管理したり移動させたりする役は七森さんがやっているのかもしれないが、たとえそうだったとしても、最終的にルディを引き取る人間がいるはずだった。当然、そいつはウァレフォルの犯罪を知っているから、ウァレフォルにこっそり「ヤバいぞ」と忠告することも不思議ではない。

鴇先生の呼び出し方は正解だった。そして。

「呼び出しに応じたということは、七森さん以外に仲間がいるようね。そしてウァレフォルは間違いなく、事件に関わっている」

鴇先生はそう言うと、スピードを上げて前のトラックを追い抜いた。「周囲をチェックしたけど、ウァレフォル以外の不審者はなかったわ。本当に一人で来たようね」

尾行しているこの車が逆に、ウァレフォルの仲間に尾行されているという可能性もなくはないのだ。僕はついミラーを覗いてしまう。

「一人だとすると、ウァレフォルが主犯でしょうか?」

「さあ、そこは」先生は前方から目をそらさない。「これから確かめましょう」

2

尾行は予想外に長く続いた。ヴァレフォルのクラウンは最初こそ国道を走っていたが、じきに高速に乗り、首都高という厄介なところを通って東京を横断した。時間帯的に車が少ないということもあり、僕たちはクラウンのかなり後方、双方の車が見えない位置につけざるを得なかったが、逆にそのお陰で、クラウンが首都高を降りるタイミングを逃さずに追跡できた。クラウンはその後も移動を続け、東京都を出てもまだ国道を走り続けたが、GPSロガーは確実に機能してくれており、おかげで相手に気付かれる危険も、相手を見失う危険もなかった。

周囲に高いビルがなくなり、民家の周囲に小規模な畑が見られるようになる頃、クラウンはようやく国道を外れ、スピードを落とした。運転席の鴇先生はぐっとハンドルを握り直し、僕はパソコンの画面を見ながらクラウンの予想進路を細かく伝えて追跡を手伝った。

しばらくすると画面上のポイントが動く速度が、急にゆっくりになった。僕はすぐに言った。「クラウン、徐行します」

「路地に入った？」

「はい。目的地みたいですね。どうしますか?」

「見えるところまで移動するから、指示して」

「はい」

画面にしたがって住宅地の路地を移動すると、前を見ていた先生が「あれね」と言った。そろそろ日が暮れる時間帯ではあるが、先生の視線の先を追うと、外壁がダークグレーに塗られた三階建てのマンションがあり、その前の駐車場にクラウンが入っていくのが僕にも見えた。僕は手元の画面と前方のマンションを見比べる。「間違いありません。あれですね」

「自宅のようね。どの部屋に入るかまで見たいところね」

「どうしますか?」僕は体を捻って周囲を見回した。住宅地の路地であり、車通りや人通りが全くないから、わざとらしく近くをぐるぐるしていては怪しまれる。だが道が細いため、路上駐車もできない。

先生は無言でハンドルを回し、躊躇なくマンションの駐車場に車を入れた。

「うわ」

「きょろきょろしない。それよりヴァレフォルがどの部屋に入ったか、見逃さないようにして」

「はい」外を見る。「今、入りました。一階で、むこうから三番目のドアです」

「一〇三号室ね」先生はちらりとマンションの方を確認しつつも、当然という顔をして隅のスペースに、車を前向きにつっこんだ。

「先生、ここに停めて大丈夫ですか？」

「リアガラスはシールドしてあるから大丈夫よ」先生は双眼鏡を出し、体を捻って後ろを見た。マンションは真後ろなので、ここからならいくらでも観察できる。

僕も振り返り、マンションを見た。黒く塗られた一階のドアは、今はすべて閉まっている。

「ここが自宅でしょうか」

「一〇三号室だけ、ドアポケットに入っているチラシがなくなってる。ウァレフォルがさっき入る時に取ったとすれば、おそらく自宅ね」先生はマンションを観察している。

「2Kということろね。築年数は浅いし、単身者向け」

「何をやってる人なんでしょうね？」

「さあ。ただ……」

先生が言葉を切る。一〇三号室のドアが開き、ウァレフォルが出てきた。入った時より重装備で、ボストンバッグを提げている。

「出かけるようね」

「バッグの中身が気になりますね」

しかし、顔をさらして呼び止めるわけにはいかない。僕と鴇先生は車の中で、出ていくクラウンを見送った。

ようやく緊張が解け、僕は発車以来約二時間ぶりにシートに背をあずけた。窓越しに周囲をぐるりと見回すと、街並みはすでに灰色に沈んでいた。

「……とりあえず、住所は分かりましたね」

では、そこからどうすればいいか――僕がそう考え始めた横で、鴇先生はすでにバッグをがさごそとあさり、何かを準備していた。

「先生」

「行きましょう」

先生はさっさとドアを開け、出ていってしまう。僕も急いで車を降りた。

「あの、先生」

「さっきの荷物からして、そうすぐには戻ってこないでしょう。桃くんはパソコンを持って、相手の現在地を確認して」

「はい」先生が押しつけてくるパソコンを腕に抱く。「……って、え？」

「ここからは小声で」先生は僕の鼻先で人差し指を立て、いきなり呼び鈴を鳴らした。

反応がないのを確かめると、バッグから何か小さなものを出して鍵穴に挿し込んだ。

「居留守の可能性もあるから、ドアに耳をつけて、中の物音を聞いてみて」

「あっ、はい」

日差しで温まったドアに耳をつける。ドアの中からかちゃかちゃという音が直接響いてくるが、部屋の中では物音がしていないようだ。

「先生」

「開いたわ」先生は鍵穴に挿し込んでいた細長い何かを抜き取った。「物音、ないでしようね？」

「はい。って、あの」

僕が事態を飲み込むより先に、鴇先生はさっさとドアを開けた。

「えっ」

「静かに。さっと入りなさい」

どうやって開けたのだ。いや、それ以前に他人の家だから犯罪、とうろたえる間もなく、僕は先生に引っぱられて一〇三号室の玄関に入った。

「靴は脱いで手に持って。ドアはそっと閉めなさい」

「あの、先生」とは言いながらも、反射的に言われた通り、ドアを押さえて静かに閉める。「あの、ちょっと」

「鍵をかけておいて。チェーンはいいから」

先生は耳元に囁く僕を無視してさっさと靴を脱ぎ、上がってしまう。僕は言われた通りにして後に続きながら「まずいですよ」と囁いたが、先生は平気な顔でキッチンを抜け、戸を開けて手前側の部屋を抜け、奥の部屋の戸も開け放した。

「ちょっ、先生」

僕が追いつくと、先生は窓を見て肩をすくめた。「鍵が開いてる。ドア、開ける必要なかったみたいね」

「あの」

「靴はここに。緊急時にはここから逃げるから」先生はフローリングの床に靴を置いた。

「逃げる、って」

「じゃ、急いで探しましょう。桃くん、静かに戸を閉めて、パソコンでヴァレフォルの位置を確認して」

「はい」有無を言わせぬとはまさにこの人の口調のことで、僕はもう条件反射的に指示に従った。

パソコンを開きながら、動き回る先生の背中を見る。「あの先生、探す、って……つまり、あれですか。七森さんの状況が分かるような何か」

「それと、犯罪の証拠とか特殊な趣味とか、ヴァレフォルの弱みになる何かよ」

「ええっ?」

「七森さんを助けるんでしょう?　あの子が脅されているというなら、脅している人間の口を封じる以外に手がないでしょう」

先生は当然という顔で言うが、僕にとっては尋常でない内容の話だ。「ということは……」

「人間の口を封じる方法は三つ。殺すか拘束するか、こちらから逆に脅すか」先生は部屋をうろうろと歩き回り、調度品を観察しながら指を三本、立てた。「殺すのも拘束するのも無理なら、脅す材料を探すしかない。……ああ、残念ながら本当に単身者みたいね」

「残念、って」

「妻子がいれば、脅すのが楽だったんだけど」

「ひ」ひどい、と思わず言いそうになった。

「ぼやぼやしてないで、相手の位置をチェックしてなさい」

「……はい」

僕はとりあえず相手のことを調べて、対策はそれから——という程度にしか考えていなかった。しかし確かに、脅迫をどうやってやめさせるかといえば、有効な方法は他に考えつかないのだ。

「モデムはあるのにパソコンがない。持って出たようね」先生は勝手に部屋を観察し、押入れを開けたりしている。「すると、七森さんとの関係を探るのはなかなか……」

鴇先生にだけやらせておくわけにはいかないのだが、僕は何をどう探してよいか分からない。部屋自体はわりと片付いていたが、それだけに一見して怪しいところはなく、僕はローテーブルの上の煙草の銘柄を見たりしていた。集めてでもいるのか、ローテーブルの上には金属製のオイルライターが何種類か置いてある。「高そうなライター持ってるな。喫煙者……」

「煙草より、覚醒剤か何かが出てくるといいんだけど」

が不安だった。

先生が戸を開けて隣の部屋に入っていったので、僕もそちらへ移った。一人になるの

先生は隣の部屋をひと通り見回し、腰に手を当てて溜め息をついた。「パチンコと風俗の雑誌があるだけ。動物関連の本の一冊もないとなると、この男はどうやら、犯行には直接、関与していないみたいね。それらしい道具も全くない」

「うちの事件に関しては、この男は犯人じゃないわけですね」覚醒剤、と聞いたので、僕はなんとなくソファーの後ろを覗いたりしてみた。「とすると、やっぱり七森さんが……」

「そうだけど、それよりこの部屋……」隣の部屋から何か聞こえたのか、先生は言いかけたところでやめ、獣のようにぴくりと反応して戸を見た。

先生が奥の部屋の戸を開けると、窓のまん前にいつの間にか車が停まっていた。

「まずいですね。これだと、窓から逃げにくいんじゃ……」

先生はカーテン越しに、停まっている車をじっと見ている。「ヴァレフォルは？」

僕は腕に抱いたパソコンの画面を見る。「今のところずっと離れていってます」

ふむ、と言って窓側の部屋に移動した先生に続く。

だがその時、背後からかちゃかちゃかちゃという音がした。

先生と同時に振り返る。聞き間違いかと思ったが、ドアの方からはっきり、かたん、という音が聞こえてきた。

「誰が……」

「まさか、そんな」僕はパソコンの画面を見た。ウァレフォルのクラウンを示すポイントはどんどん離れていっている。「家主は今、国道走ってますよ」

鴇先生はぱっと振り返り、窓の外の車と玄関側の戸を見比べて舌打ちした。きい、という音が鳴って玄関ドアが開いた。

「しまった」

どちらからともなく漏らす。奥の部屋にいては、玄関脇のトイレや風呂場に隠れることもできない。

玄関から複数の足音が聞こえてきた。男の、のんびりした声が続く。――菊島さん。おおい、菊ちゃん。

僕は動けなくなった。背筋を冷たいものが這い上がる。気持ちは焦るが、足がフローリングに癒着してしまって全く動かない。玄関でがさがさと音がして、すぐにどすどすという足音に変わった。

……どうする？

「先生」

「黙ってなさい」先生は部屋を見回すと、隅にあった屑籠を指さした。「あれを持って」

「はい」僕は急いで屑籠を取る。金属製のもので、見た目より重い。

「……これで、どうするんですか？」

「殴って」

「はい？」

「戸の陰に隠れて、相手が入ってきたら殴りかかって。本当に殴らなくていい。殴りかかるだけで」

「ええっ？」

言っている間にも足音はどすどすと鳴り、近づいてきた。もう躊躇う時間はない。戸ががらがらと開いて、紫色のシャツを着た中年の男が入ってきた。僕は屑籠を頭上に構え、声をあげて入ってきた男に殴りかかった。

とはいえ、こんなもので思いきり殴ったら怪我をしてしまう。僕は殴りかかったはいいが、相手のどこを狙ったらよいか分からず、結局、力加減をしながら適当に振り回すだけに終わった。男は驚いた声をあげて身をかわし、後退する。「何だてめえ」

その間に僕はバランスを崩し、つんのめって床に膝をついた。

「こっちの台詞よ。あなたたち誰です。どうして鍵を持ってるの」先生が言った。「勝手に入ってきて何よ。警察呼ぶわよ」

「ああ？」入ってきたシャツの男は眉間に皺を寄せて鴇先生を睨んだ。「てめえら何だ。ここで何してる」

「何すか？」シャツの男の後ろからもう一人、ジャージを着ている男が入ってきた。こちらは若い男だ。「うわ、何すかこいつら」

僕は屑籠を離して立ち上がったもののどうしてよいか分からず、とにかく鴇先生に寄り添った。「そ、そっちこそ何ですか。いきなり入ってきて」どうしても声が震えてしまう。

「俺たちは菊ちゃんの友達だけど」シャツの男がポケットに手をつっこみ、僕と先生を品定めする様子でじろじろと見た。「お兄さん、どっから来たの。そっちの女はあんたの何？」

「どうでもいいでしょう、そんなこと」鴇先生が憤然として応じる。「私は自分のもの、取りにきただけよ。あなたたちには関係ないでしょ」

シャツの男は黙り、鴇先生を上から下まで舐めるように見た。それからすぐににやついて何度も頷く。「なんだ。あんた菊島の女か」

「今は何の関係もありません」鴇先生は苛々した様子で言う。「どいてよ、顔合わせる前に帰りたいんだから。もういいでしょう」

「よくはねえなあ」シャツの男は余裕ありげに言う。「俺、さっきそっちのお兄ちゃんに殴られたんだけど？」

「当たっちゃいないでしょ。いきなり入ってきたから泥棒か何かと思ったのよ。鍵持ってるからって、インターフォンぐらい鳴らしなさいよ」鴇先生は大股で窓際に寄ると靴を取り、僕にも靴を渡してくれた。「どいて。さっさと帰りたいのよ。もう関わりたくないんだから」

「はああ、なるほど。よく分かった」シャツの男がにやつく。「菊ちゃんとはもうこれっきりってか。で、こっちが新しい男」

シャツの男が親指で僕を指す。

「ほっといてよ」鴇先生は僕の腕を取り、部屋から出ようと引っぱった。「行こう」

「うわあ。おいおい何だよ。すげえ面白いとこに入ってきちゃったね俺たち」シャツの男がひょうきんな調子になり、ジャージの若い男を見た。

「修羅場っすね」ジャージの男も遠慮がちに笑い、シャツの男と顔を見合わせる。

「いやあごめんごめん。俺たちすっごい邪魔だったね」

シャツの男は笑いながら体を引き、道を開けた。どうやら信じてくれたらしい。

鴇先生は菊島というらしいウァレフォルの「昔の女」で、菊島と喧嘩をしたあげく、「新しい男」である僕を連れて菊島宅に忍び込み、私物を回収しようとした——ということのようだ。僕は鴇先生をちらりと見て、内心で感嘆していた。とっさによくこんな、すらすらと嘘が出るものだ。

シャツの男はにやにやしている。ジャージの男も笑いながら戸を開け、どうぞどうぞ、と手で示す。内心はほっとしているはずだが、先生はふん、と鼻を鳴らして、あくまで腹立たしげに僕の腕を取り、歩き出す。

次の瞬間、僕の腹に鈍痛が走り、僕は呻き声をあげていた。息ができなくなって膝をつき、指に引っかけていた靴が床に落ちた。シャツの男が僕の襟首を乱暴に掴んだ。

「バレてんだよ。ボケ」

振り返ってこちらに手を伸ばそうとしたらしい先生は、ジャージの男に肩を掴まれ、部屋の中に押し戻された。シャツの男は首だけそちらに向け、先生に言った。「菊島の女にゃさっき会ってきたばかりなんだ。見えすいた嘘言ってんじゃねえよ」

僕の腕からパソコンが落ち、フローリングの床にごつりと当たる。僕は襟首を掴まれて立たされ、また腹を殴られた。声が漏れ、膝から力が抜けるが、シャツの男が襟首を掴んでいるので倒れることもできない。男のごつごつした手が喉を締めつけてくるので苦しい。

「ちょっと、あんたたち」先生が声色を変えた。ジャージの男がその肩を掴み、部屋の壁に押しつける。

僕はシャツの男に襟首を掴まれたまま引き上げられ、反対側の壁に押しつけられた。男の手を振りほどこうとすると、顔の前にナイフがつきつけられた。ナイフの冷たい刃が頬に押しあてられ、僕は動けなくなった。

「なあおい。随分、頑張ってお芝居してたけどさあ」

僕を押さえつけているシャツの男は、さっきとうって変わって無表情になっている。じっとりとこちらを見る目からは一切の感情が消えていて、僕は顔から血の気が引くのを自覚した。

「あの女と二人で、何するつもりだった」

ナイフの刃を頬に当てられたまま視線だけ動かすと、鴇先生を壁に押しつけたまま、ジャージの男がこちらを見ていた。二人とも、まず僕を尋問するつもりらしい。

「お前、菊島の何だ。誰に言われて来た」

シャツの男が、何の感情も込めない声で言う。

どう答えればいいのか分からなかった。さっきの嘘を続ければ男が逆上するかもしれないし、素直に吐くのはもっと危険に思えるが、答えずに黙っているのも同じくらい危険な気がする。視界の隅でナイフの刃が光っている。少しでも受け答えを間違えればすぐにこれが動く。手加減はしてくれそうにない。

「黙っててもいいけどさあ」男は僕の目を覗き込むようにして、それからナイフを動かして僕の耳に当てた。「障害とか、持ちたくないでしょ」

「ちょっと、あんたたち」

先生がジャージの男の手を振りほどいてこちらに踏み出す。しかし、ジャージの男は先生の腕を摑み直し、乱暴に引っぱって壁に叩きつけた。「引っ込んでなよ、おばはん」

「先生。……ちょっと、待ってください」

シャツの男がまた僕の腹を殴った。「声がでけえよ」

思わず腹を押さえる。あらかじめ力を入れていたので今度はそれほど痛くはなかったが、顔を上げて見ると、壁に叩きつけられた先生の方は俯いている。どこか打ったのかもしれない。

シャツの男がそちらを振り返ると、ジャージの男は目顔でそれに応じ、先生の頬をぺちぺちと叩いた。「おばはん。あんたも黙ってるといいことないよ」

俯いたまま、先生がぼそりと言った。「……今、何つった？」

「あ？」

ジャージの男は先生を睨みつけた瞬間、顎に大振りのアッパーをくらってのけぞった。

「誰がおばはんだ！」

突如豹変した先生に反撃をくらったジャージの男は体勢を整えて前を向いた瞬間、顔面に頭突きをくらってもう一度吹っ飛び、背中から壁にぶつかった。

「ちょっ、待て」男は鼻を押さえて呻き声をあげながら、慌てて手を突き出した。「そんなこと、言って」

「言ったじゃねえかよ！」先生は男に金的を入れ、髪を摑んで顔面に膝蹴りを叩き込んだ。「聞こえてんだよ！　誰がババアだ！　誰がお局様コースだ！　何が『行き遅れると歪んじゃうよねー』だ！　陰口なら陰で言え！」

先生は怒鳴りながら、猛烈な勢いで男を蹴り続けた。「私がいつまで独身やってようが私の勝手だろ！　てめえらに見下される筋合いはねえんだよ！　何が『未婚の人間は半人前』だ！　腰掛けのつもりで半端に仕事やってたてめえらに言われたくねえんだよ！」

ジャージの男はとっくに崩れ落ち、うずくまっているのだが、どうやら何か変なスイッチが入ってしまった様子の先生は蹴りを止めない。「仕事好きで悪いかよ！　男より稼いじゃいけないのかよ！　男のプライドとか言うんなら実力で勝ってみせろよ！　こっちの足引っぱんじゃねえよ！」

僕とシャツの男はぽかんとしていたのだが、しばらくして、シャツの男がようやくあたふたと止めに入った。「おい、こら」

シャツの男は先生の肩に手をかけた瞬間に後ろ蹴りをくらって仰向けに吹っ飛び、ローテーブルに後頭部をぶつけて伸びてしまった。

「……何が『俺、やっぱり結婚したら、女性には家庭に入ってほしいな』よ」ようやく蹴りを止めた先生は、ぜいぜい息をしながら両の拳を握り、ぶつぶつ言っている。「なんで私が仕事辞めなきゃいけないの？　家のこと全部やれなんて言ってないじゃない」

「……あの、鴇先生」

「今まで通り仕事したいっていうだけじゃない。私、そんなに勝手な女なの？」

「いえ、あの」とりあえず落ち着いていただきたいのだが、下手に触ると僕まで蹴り飛ばされそうである。

荒く呼吸をしながら肩を震わせている先生をどうするべきかで悩んでいると、玄関のドアを激しく叩く音が聞こえてきた。――ちょっと、何やってんですか？

「まずい」

隣の人か誰かが物音、というより先生の怒声を聞きつけて不審に思ったのだろう。このままでは倒れている男二人と一緒に不審者扱いされてしまう。「先生、逃げましょう。靴を履いて」

　僕がおそるおそる先生の背中に手を添えると、袖で涙を拭いながらしゃくりあげていた彼女は意外なほど素直に従ってくれた。落としたパソコンを抱え、玄関からは出られないので靴を履いてカーテンと窓を開け放つ。すぐ外には車が停まっているので、僕は窓の外の柵に乗り、車との隙間を移動して道路に飛び降りた。振り返って柵にとりつき手を伸ばすと、先生も涙を拭きながら僕の手を握り、飛び降りてきた。

「な、えっ？　おい」

　車の横で煙草を吸っていた男が面食らった様子でのけぞっている。僕は手でまあまあ、とジェスチャーをしながら、先生の手を引いてマンションの建物を回りこみ、駐車場に戻った。早足で駐車場を横断して車に向かい、彼女を促して鍵を受け取る。建物の方をちらりと見ると、ドアを叩いていた若い男は、頭を掻きながら隣の部屋に戻っていったところだった。

「乗ってください」先生を助手席に押し込み、自分は車を回りこんで運転席に入る。シート越しに身を乗り出してパソコンを後部座席に置き、ドアを閉める。

　周囲の音が遮断され、ようやく気分が落ち着いた。ふう、と息をついて助手席を見る。

　先生は隣でまだ泣いていたが、泣きながらドアに手をかけた。「ごめん。いま代わるから」

「いや、いいですいいです」僕は彼女の手を摑んで止め、急いでエンジンをかけた。「僕がやります。泣いてる人に運転させられません」

「……ごめんね」

「気にしないでください。……とにかく、帰りましょう」

どう声をかけていいか分からないので、僕はルームミラーを彼女の方に向け、ポケットからハンカチを出して差し出した。「とりあえず涙拭いて、メイク直してください。道具持ってますよね?」

先生はこくんと頷くとハンカチを受け取り、目頭を押さえながらバッグを引き寄せ、膝の上に載せた。「……ありがとう」

すっかりおとなしくなってしまった鴇先生を見ながら、そういえばこの人は中途採用組なのに、以前どこに勤めていたかは全く聞いたことがないな、と気付いた。それにそもそも、この人は一体いくつなのだろうか。物腰からして二十代ということはないだろうが、この外見で五十代だったら妖怪である。

とはいえ、泣き顔をいつまでも見ているのは悪い。僕は前方に視線を移すとゆっくりアクセルを踏み込み、車を発進させた。

3

「さっきの二人、堅気じゃなさそうね」

顎に手をやって考え込む姿勢のままずっと動かなかった鴇先生が、おもむろに言った。

「堅気じゃない、って、つまり……ヤクザですか」僕はハンドルを握ったまま、視線だけちらりと移して訊いた。

「普通の人間はナイフなんて持ち歩かない」先生は前を見たまま答える。「それにあの二人、人の殴り方や脅し方に慣れている様子だった。桃くん、やられたのなら分からなかった？　シャツの男もそうだし、ジャージの男の方も、シャツの男があなたを殴った時に少しも慌てず、自分の役割をこなしていた」

「……確かに、そんな感じでしたね」

特にシャツの男の方だ。にやついたと思ったら無表情になり、人にナイフを突きつけて脅す時も、こちらを怖がらせる台詞がすらすらと出てくる様子だった。

「あの二人は日常的に……つまり、仕事で暴力を振るっている人間なのよ。主犯格が中年で、若い男が見習いと補助についていた。とすれば、あの二人は組織に属していると見るべきでしょう。ただのチンピラやフロント企業(1)の従業員ではなくて、暴力団の、本物の構成員ね」

言われてみればそうとしか思えない。とすれば、もし鴇先生が弱かったら、事務所に

(1)　暴力団が資金調達のために作る企業のこと。従業員イコール構成員、というわけではなく、一見まっとうな企業のように見えるものも多い。

連れ込まれて拷問されるとか、そのくらいのことはありえたのだ。僕はとりあえずあの場を逃れて、今こうして鴇先生の車を運転していられる状況に心の底から感謝した。

「菊島の友達、って言ってましたよね」

「となれば、菊島……ヴァレフォルも暴力団員か、それに準ずる立場ということね」

先生は目を細め、窓の外を流れる景色を見ている。

菊島宅で泣いていた鴇先生は、メイクを直すと五分もしないうちにいつもの口調に戻り、菊島宅でのことを冷静にまとめ始めた。僕は今、「楓ヶ丘動物園に行って調べものをする」という先生の指示に従って車を走らせている。

「暴力団……」

そんな連中が動物園と、ましてや七森さんに関係があるとはどうしても思えない。

「だとすると、暴力団がどうしてイリエワニやミニブタを?」

僕の脳裏には一瞬、サングラスにパンチパーマのヤクザがミニブタを撫でて可愛がる絵が浮かんだが、すぐに消えた。ギャグ漫画じゃあるまいし。

鴇先生はすぐには答えず、少しだけ窓を開けた。走行音とともに風が車内に入り込み、先生の髪を軽やかに舞い上げる。

「暴力団と動物」先生は外を見たまま言った。「……この二つから何を思いつく?」

僕は前を見たまま数秒間考え、答えた。

「密輸、ですか」

日本は世界屈指の野生動物輸入大国である。猿から昆虫まで、世界中の珍しい動物が日々、ペットとして日本に輸入されている。当然、その中には国際取引が禁止されている種もいれば、密猟された個体も、違法に繁殖させられた個体もいる。そうしてまで欲しいという人がいて、しかし輸入は違法、となれば、密輸を始める集団も出てくる。そしてそういう違法な儲け話に飛びつくのは、一にも二にも暴力団だ。

「ですが、イリエワニは生息地域によっては合法に取引ができます。わざわざ密輸する必要はないし、したとしても商売になるかというと……」

「それ以前に」鴇先生が続けた。「うちのイリエはみんな、三年前に戸田のワニランドからトレードされてきた普通の個体のはずよね。保護されたわけでもないし」

税関で摘発された密輸動物は生息地に返すのが困難なことが多く、動物園が引き取るケースもよくある。だが、うちにいる個体はそういった経緯とは無縁の、文字通り温室育ちのものばかりだったはずである。

「それに、ミニブタはどうなるんですか？　ミニブタなんて普通すぎて、密輸みたいな話とは無関係なはずですよね」

「そう。暴力団というものは要するに営利企業だから、動くとしたら金銭目的か示威行動しかないはずなの。それなのに、どうしてイリエワニやミニブタなのか」

ワニの事件の後に話していたことでもあるし、都筑刑事たちとも話したことだった。動機は金銭か怨恨。なのに、どちらだと仮定してもつじつまが合わない。

「……何かが、あるはずですよね。盗まれたルディやミニブタ二頭に」

「そう」先生は髪を風になびかせながら頷く。「まずは楓ヶ丘《うち》に戻って、それを探しましょう」

「了解です」

ますます探偵じみてきたな、と思う。頷いた僕は、なんとなくそうするのがふさわしいような気がしてアクセルを踏み込もうとしたが、前方の信号が赤になりそうだったのでそっとブレーキを踏んだ。恰好はよくないが、交通法規は大事である。

「安全運転なのね」

「それはもう。他人の車ですし」僕は肩をすくめた。安全運転を心がける探偵など聞いたことがない。「それに、先生を隣に乗せてますから」

「なっ」先生はなぜか、強烈にびっくりした様子でこちらを見た。「……心にもないこと言わないでよ」

「いえ、別にそんな」そこまでびっくりされるようなことは言っていないはずだが、いつも冷静なはずの彼女が予想外に反応したので、こちらもつられてびっくりしてしまう。

「桃くん、女たらしなんじゃないの」

俯いた先生が口を尖らせて呟く。なんだか赤くなっているようだが、それにしてもこの人、本当にいくつなのだろうか。

楓ヶ丘動物園に着いた時にはすでに午後八時をまわっていた。もちろん二人ともパスコードを知っているから管理棟には入れるのだが、ひと気がなく静かな夜の管理棟を私服で歩き回るのは、なんとなくスパイでもしているようで気が引ける。飼育員室では獣医兼レッサーパンダ担当の江川先生が一人で残業をしていて、案の定、僕たちは入った途端に「おや」という顔で見られた。

「あれ桃くん、今日、休みだよね」

「ちょっと、やることを思い出しまして」

「偉いけど、休みの日はちゃんと……」言いかけた江川先生は、僕に続いて私服の鴇先生が入ってきたのを見て目を丸くした。「あらま、鴇さんまで」

江川先生は僕たちを見比べると、納得したように頷いた。「ああ、デート中に仕事の話が出て」

「違います」鴇先生がねじ伏せんばかりの勢いで否定した。「事実無根です。誤解なさらないように」

そんなフルパワーで否定しなくてもいいのに、と思いながら、僕も続ける。「調べものなんです。ちょっと今日、フィールドワークみたいなことをしに行ってきまして」

「ああ、なるほど」

「そういうことで、よろしいですね」鴇先生が威圧した。

「はい。すいません」江川先生はなぜか謝った。「それじゃ、ぼくはこれで」

江川先生が頭を掻きながら帰っていくのを見送り、とりあえず僕はほっと息をついた。まあ、フィールドワークといえばフィールドワークであるから嘘をついたわけではないし、江川先生はあまりお喋りではないから、また変な噂が広まるということもなさそうだ。たとえばこれが遠藤さんなどであった場合、七森さんのこととの合わせ技でひどいことになっていたかもしれない。服部君だった場合はひどいことどころかこの世の終わりである。

ところが、廊下を足音と話し声が近づいてきた。ぎょっとして振り返ると、コンビニのビニール袋を提げた服部君と伏見さんが、僕たちの後ろから飼育員室に入ってきた。

服部君は眉をひそめた。「……桃先輩。あなたという人は」

この世の終わりだ。

と思ったら、鴇先生が猛禽類のごとき目で服部君と伏見さんをロックオンし、ばっさりと言った。「二人とも、変な誤解はしないように」

なぜか二人は気をつけをした。「はい」

二人は担当する爬虫類館の新企画に使うパンフレットのデザインのため、コンビニで夕食・夜食を買い込みつつ残業をしているとのことだった。ミニブタの事件が報道された際、イリエワニの事件も併せて触れられたため、野次馬根性からか、爬虫類館に来るお客さんが増えている。どうせお客さんが多いなら、多いうちに目立つ企画をやってしまおう、と考え、突貫工事で準備を進めているらしい。したたかなことである。

「イリエなあ。いや俺も考えたんだけど、分かんないよねえ」伏見さんはそう言って自分の席にどっかりと腰を据え、コンビニの袋からおしぼりを出して広い額を丁寧に拭き始めた。「桃さん、要するにありゃ何なの？」

随分とざっくり訊かれたものだが、もちろん、それが分からないからこうして調べているのである。「いえ、僕にもさっぱり」

「金目当てじゃないだろうし、誰かへの嫌がらせってのも無理あるよなあ」伏見さんは警察と同じことを言った。

「ルディに何か狙われる理由があったか、あるいは他の三頭のどれかと間違われたのかもしれません。ルディって昔何か、トラブルみたいなことありませんでしたか？」

「ねえなあ」伏見さんは割り箸を割り、ミートソーススパゲティを蕎麦のようにずるずると食べ始めた。「飼育日誌見てもらえりゃいいけど、うちのイリエ、四頭とも超、普通の経歴だよ？　三年前のトレードもスムーズだったし」

「そもそも、出自の怪しいイリエワニ、という存在自体が、そうそうあるものではないと思いますが」隣の席に座った服部君は納豆巻きの海苔を巻かずに放置し、酢飯と納豆だけ箸で食べる、という奇妙なことをやっている。「珍しさで言うなら、チョッキを着て懐中時計を見ながら『たいへんだ、遅刻しそうだ！』とつぶやくウサギと同程度に珍しいかと」

「戸田の方のワニに何かあるんでしょうか。もしかして、それと間違えられたとか」

「トレードは三年も前よ。そんなに放置するはずがないと思うけど」いつの間にか少し離れた自席に座り、パソコンに向かっていた鴇先生が言った。

先生はかちかちとマウスをクリックすると、ふう、と息をついた。「医療記録にも特に何もないみたいね」

「うちの四頭、健康そのものだしなあ」ずるぴっ、と豪快に音を立ててスパゲティを吸い込み、伏見さんが頷く。「戸田にいた時から特に目立った病気もしたことがないし、怪我もなかったっていうしなあ」

「体重の増え方も自然だし、事件前にした健康診断でも何もなかった」鴇先生は机に肘を載せて頬杖をついた。「みんな、普通すぎるほど普通の個体なのよね」

「テレビでも、なんでワニとミニブタなのか、って感じでやってたなあ」伏見さんがスパゲティのケースを袋にしまいながら言う。「俺にゃもう、わけわからんよ」

「報道、されてましたか?」

僕は伏見さんに訊いた。ミニブタの事件は新聞にはばっちり載ってしまったが、自分が映っているかもしれない、と思うと怖くて、昨夜、今日と報道番組は避けていたのだ。伯母からも留守電が入っていたが、返答していない。

伏見さんより先に服部君が答えた。「御存知ありませんでしたか。それはもう、先輩のインタビューは見事なまでにエンターテインメントだったのですが」

「どういう意味だよ……」

「ちゃんと録画してありますから心配はいりません。ＤＶＤとＢＤ、どちらで御覧になりますか」

「いらないよどっちも」録るな。

「あれ、園長にああ言えって言われたんだろ?」伏見さんが苦笑混じりに言う。「うまいよなあ園長。村田さんから聞いたけど、お客さんから抗議みたいなのはほとんど来てないってさ」

鴇先生が言う。「起こったのは盗難事件で、うちは被害者。そういう扱いでないと困りますからね」

伏見さんも頷いた。「あれが脱走事故だったら、正木《まさき》みたいになってたかもしんないからなあ」

「正木」僕はゴミをまとめている伏見さんを見た。「……何ですか?」

「イリエワニっていえば、正木動物園の脱走事件が有名でね」伏見さんは楊枝をくわえた。「俺が三十くらいだったから、もう十……何年か前だなあ。正木動物園って、わりと小さいとこなんだけどイリエワニ飼ってて、そこのが脱走してさ。しかも、下水道に逃げたそいつが作業員に嚙みついて大怪我させちゃったんだよね。で、もともと来園者が減ってたところに賠償とか責任問題が来ちゃって、結局、動物園は閉鎖されたんだよ。近所の子供なんかはだいぶ残念がって、嘆願書とか出したらしいんだけど、その親が『こんな街中で危ない動物飼うな』って感じだったらしいからなあ」

「爬虫類の担当者なら、どこかで必ず聞く話です」服部君が言う。「事件発生時にイリエワニと聞いて、ぞっとしましたよ」

「確かに、下手をすれば大事件だったね」動物園の飼育動物は「危険物」なのである。戦時中の飼育員は「空襲で檻が破損して脱走したら危険」という理由で、動物たちの殺処分を命じられた。「展示場に破損でもあったら大変だったけど、なくてよかったよね」

「ミニブタの時はなぜか、破損があったのよね」鴇先生はそう言い、腕を組んで考え込んでいる。

「しかし、それは当然では？　ミニブタのケージは、鍵を持っていない限り壊さないと開けられないわけですから」

服部君が言うと、先生は前を見たまま答えた。

「でも、私たちが見た時は脱走のおそれがある壊れ方だった。ああいう壊し方をしなくても、鍵をねじ切るとか、脱走のおそれのない壊し方ができたはずだけど」

「ミニブタなら、脱走してもまあいい……と？」

先生は無言で服部君に頷いた。

無言だった理由は僕にも分かった。犯人がもしそう考えたとするなら、犯人は動物園の内情に詳しい人間——つまり職員か元職員である、ということになる。だが、この場には伏見さんもいるのだ。職員が犯人、などという話は口に出しにくい。

服部君が言った。「ちなみに、ミニブタの事件の時の職員のアリバイを調べているのですが」

「うっ」僕はずっこけそうになった。少しは場の空気を読め。

「犯行時刻が絞れず、加えて深夜です」服部君は眼鏡を押し上げた。「家族以外に証言する者がいないことがほとんどでして、今のところアリバイが確認できたのは庶務係の三名だけですね」

「おいおい、訊いて回ってたのはそれかよ」伏見さんはコンビニのおしぼりで広い額を拭いながら、いかにも人のよさそうな笑顔を見せた。「俺まで疑うなよ」


その日は空腹でどうにもならなくなるまで残り、飼育日誌や医療記録、はては資料室の渉外記録まで当たった。原因不明の体調不良、お客さんとのトラブル、あるいは誤飲やワニ同士の喧嘩といった事故までチェックしたのだが、結局、怪しいものは何も出なかった。つまりうちのイリエワニもミニブタも、事件性は皆無なのだ。

鴇先生は僕を車で送ってくれたが、さすがにぐったりと疲れた様子だった。犯人は職員で、暴力団が関与している。事件の不穏さは増す一方なのに、謎はずっと謎のままだ。

それから数日、捜査は手詰まりのままだった。イリエワニとミニブタの記録をすべて当たっても何も出なかったし、服部君が調べて回っても、ミニブタの事件時にはほとんどの人が家族以外が証言するアリバイを持たない、と分かっただけだった。菊島の車につけたGPSロガーは都内某所まで移動した時点でバッテリーが切れ、その後の動向は分かっていない。鴇先生と僕はもう一度菊島宅に行ったのだが、人の目があって侵入はできず、ただ留守であることを確認しただけだった。

他に大きなニュースがなかったこともあり、報道は前回より派手だった。「怪盗ソロモン」の貼り紙があったことは伏せられていたが、それでもワイドショーは「なぜワニやブタを？」という切り口からいろいろと憶測しており、予想した通り、うちの職員の誰かに対する怨恨、という線も噂された。怨恨や業務妨害なら他にいくらでも簡単な手がある、ということを指摘する人もいたが、それでも番組では皆、この動物園には何かがあるのだろう、という見方をしていたようだった。事件が話題にならなくなるまでの間、職員たちにはずっと「目立つことをしたらどう報道されるか分からない」という緊張感があったようで、数日してマスコミ関係者の影がなくなると、疲れたような顔を見せる人もいた。もっとも、人が増えた隙を狙って一発もののイベントをやった伏見・服部組は逆に「今のうちに目立ってやれ」と考えていたわけであるし、今後どうするかで頭がいっぱいの僕と鴇先生も緊張どころではなかった。七森さんとはほとんど話す機会がなく、彼女の様子はよく分からなかった。

だが、そんな人間たちの憂鬱も葛藤も、動物たちには関係ないことである。彼らは職員がどう悩んで何に疲れていようと、勝手に食べ、遊び、時には繁殖する。五月の半ば、フタコブラクダとしては遅い時期だが、オードリーに出産の兆候が見られた。僕は以前、本郷さんに頼んでいた通り、勤務時間後も園内に残ることにした。

4

古くなって両端の黒ずんだ蛍光灯に茶褐色の大きな蛾がぶつかり、かち、という音をたてた。入口のドアは開いているし、煌々と明かりがついているのはこの建物だけなので、虫はいくらでも入ってくる。

切れかかった蛍光灯がちらつき、また一瞬、室内が暗くなる。あの蛍光灯はもう替えなければ、と思いながら、視線をモニターに戻す。蛍光灯に注意を向けたのは僕だけのようで、本郷さんと鴇先生は腕組みをしてパイプ椅子に座ったまま、モニターから一切視線をそらしていなかった。

画面の中のオードリーは一時も落ち着くことなく、立ち止まってふんばったかと思うとよたよたと歩き回る、ということをずっと繰り返している。すでに産道が開いていて、子供の頭と前肢は見えている状態だから、画面で見ているこちらは気が気ではない。動いたらますます辛くないか、転んで骨折だの大出血だのを起こさないか、とやきもきするのだが、オードリーの方も大変で、大人しくしてなどいられないのだろう。

現在、午後十一時三十分過ぎ。僕たちはオードリーのいる寝小屋のすぐ裏、「楓ヶ丘牧場」コーナーの管理棟で、寝小屋に設置した暗視カメラをひたすら見ていた。オードリーが今夜出産の可能性が大きい、と聞き、僕は本郷さんと鴇先生に申し出て、一緒に残らせてもらったのである。出産の日は確実に分かるわけではないからハズレの可能性もあるし、明日も勤務だから睡眠不足はよくないのだが、僕が担当するアミメキリンも同じ偶蹄目であるし、大型草食獣の出産、という点で、担当する動物たちとは共通点が多い。参考になるはずだった。

しかし、長かった。オードリーが眠るはずの時間帯に大人しくならず、かえってそわそわし始めたため、いよいよだ、と身構えてからすでに四時間。分娩の態勢に入るまでが長く、子供の頭が見えるまでが長く、前肢が出てくるまでが長かった。それなのにここでまた膠着状態になっている。正常分娩ではあったし、画面の白黒映像でも時折、子供がびくりと動くため、母子ともに今のところ問題はないのは分かるのだが、いつオードリーが倒れてしまうか、子供の方が動かなくなってしまうかと考えるとじりじりする。大学時代に立ち会ったことがある牛の出産の時は子供の前肢を摑んで引っぱり出していたが、今回は緊急の必要性がない限りそういうことはできない。自然界では、分娩は母親が自力でやるものだからだ。

「くそ、引っぱり出してやりてえな」

本郷さんも同じことを考えていたらしく、拳を握りしめたまま言う。

「時間はかかってますが、オードリー、思ったより落ち着いてますね」

僕は本郷さんをリラックスさせようと声をかけたが、どうもさっきから、何を言っても全く効果がないようだ。本郷さんは画面から目を離さず、握る拳にも力が入ったままである。

「見てるだけってのはもどかしいよな。男ってほんとこういう時、何の役にも立たないな」本郷さんは嫁さんの出産に立ち会っているようなことを言う。

「本当ね。横で見てるしかできない」鴇先生も男のようなことを言う。

画面の中のオードリーがまたよたよたと動き、前肢を露出させた子供がまた、びくりと肢を動かした。

外から、がこん、という音が聞こえてきた。

「この音、さっきから何度か聞こえてますが、何ですか?」

「隣のグレゴリーが壁を蹴ってるんだよ。オードリーの様子がおかしいのに気付いて、そわそわしてるんだ」

「やっぱり、心配してますか」

「気にはしているだろうが、オードリーを心配しているかどうかまでは分からないな」

本郷さんは画面を見たまま、冷静に答えた。「ラクダのオスはそんなもんだ」

ぱん、という乾いた音が聞こえてきた。今度はかなり遠くからのようだ。

「……今のは、何ですか?」

「いや、何だろうな。ここじゃないだろう」本郷さんは画面以外には関心がない様子で、音のした方を見もしない。

だが、僕には気になった。反響のしかたから考えても、今のはかなり大きな音だ。動物が何かにぶつかる音や動物の鳴き声が響くのは深夜の動物園ではいつものことだが、今の音はどうも、それらとは違う。

鴇先生を見ると、先生もこちらを見た。

僕は机から手を離し、背筋を伸ばした。「すいません僕、ちょっと見てきます」

本郷さんはおう、と言ったが、視線は画面から離れない。鴇先生も画面に視線を戻した。あの二人はオードリーに何かあった時のためにここにいなくてはならない。気になるなら、僕が確認しに行くべきだろう。僕は机の上のＬＥＤライトを取った。

ドアをくぐり、暗闇の中に出る。音のした方角はなんとなくしか覚えていないが、中央広場を挟んだ反対側、鳥類のケージの方角だったような気がする。

深夜の動物園は暗い。外周を囲む木々が街の明かりを遮るからで、むろんこれは自然状態に近づけるため、意図的にやっていることである。僕は小走りになり、ＬＥＤライトを点けた。行く手の地面が赤く染められて浮かびあがる。動物たちが眩しくないよう、赤い光を出すライトなのだ。

真っ暗闇の中、赤い光で照らし出される職場の風景は異様だった。見慣れているはずの植え込みも地面のアスファルトも妙に禍々《まがまが》しく、行く手に黒々とそびえるサル山にまで「魔の山」という印象を受ける。その中で自分の足音と呼吸の音だけが、やけにはっきり聞こえている。遠くの方でぎゃあ、という声が聞こえたので一瞬ぎくりと立ち止まりそうになるが、息を吐いてまた駆け出す。今のは明らかにハシボソガラスの鳴き声だ。

サル山の裏を抜け、大型鳥類のケージの前まで来たところで、ざっ、と何かが動く音がした。放飼場やケージの中からする音ではない。通路の石畳を、人が歩いた音だ。

人がいる。

そう認識した瞬間、全身に鳥肌が立つのが分かった。山好きの父が言っていたことだが、夜の山で不意に出くわして一番怖い生き物は人間だという。確かに、この場にどんな動物がいても僕は驚かない。だが人間は違う。職員は帰っている。残っているのは本郷さんと鴇先生だけで、二人は「楓ヶ丘牧場」の管理棟にいるはずだ。警備員なら、明かりを点けていなければおかしい。

つまり、ここに人間がいるのはおかしい。

僕が足音のした方に向かうと、前方で再び、ざっ、という音が聞こえた。相手にはまだ、僕に気付いて逃げ出すような様子はないようだ。何をしているのだろうか。

そこまで考えて、自分が重大なミスを犯しているのに気付いた。暗闇の中で怪しい人間の正体を見極めようとしているのに、私はここですよと言わんばかりに明かりを点けていてどうするのだ。僕は慌ててライトを消した。

息を殺し、足音も殺して慎重に進む。音がしたのは前方、建設中の新ペンギン舎のあたりだ。

ペンギン舎に向かう通路は「お散歩小路」と名付けられており、左右に木々が生い茂り、森になっている中を石畳の道が延びている。左右の森の中までは無理だが、自分の行く手は暗闇に目が慣れたせいか、見えるようになっていた。工事中のため通路に置かれている「立入禁止」の立て看板にぶつからないように避け、森の中の小路を進む。

がさがさ、という音が連続して聞こえた。右前方の森の中を大きな何かが動いた音だ。姿は見えなかったが、だいたいの位置は音だけで分かる。あのあたりだ、と見当をつけ、僕は森の中に踏み込んだ。こちらが動き出すと物音がやみ、周囲が静かになった。相手はどうやら、こちらに気付いて隠れたらしい。

森の中は月明かりが届かないためさらに真っ暗で、下生えが足首にからみつき、転びそうになる。僕は両手を伸ばし、樹の幹を探りながら進んだ。踏み込んだはいいが、その後どうすればいいかまでは考えていなかった。相手の位置が正確に分かるわけではないから、猫やフクロウのようにさっと襲いかかって捕まえるなどということはできない。こういう場合、普通はどうするのだろう。警備員なら? 警察官はどうしているのだろう。

しかし、僕は気付いていなかった。そうしている間に、相手は音をたてないようゆっくりと動いていたのだ。

かさり、という音が予想と違う方向から聞こえた。周囲を見回すが、もちろん暗闇で何も見えない。

ライトを点けるしかない、と思った時にはもう遅かった。

すぐ後ろから足音がして、僕は振り返る途中で頭に衝撃を受けた。ぎん、という音がして目の前に白いものが散り、次の瞬間、僕は膝と胸と顔面に何かがぶつかるのを感じていた。

冷たい何かが頬に当たる。ああこれは地面に生えた草だ、自分は倒れたのだ——そう理解するのとほぼ同時に、意識がなくなった。


周囲が妙にざわざわしていて煩い。それに、なにか眩しい。顔をそらそうとするが体が動かず、僕は全身に力を入れて必死で身じろぎをしようとしたが、呻き声が漏れただけだった。

何が煩くて眩しいのか分からないまましばらくもがいていると、ようやく目が開いた。視界が明るすぎて辛く、手で目をこする。

顔を覆った指の隙間から白い天井が見えた。眩しかったのは蛍光灯と、それが白い天井に反射した光であったらしい。周囲のざわめきは収まっている。気のせいだったのか、あるいは夢だったのかもしれない。

目をこすりながら何度もまばたきをする。桃くん、と呼ばれた気がして声の方を見ると、すぐ横に鴇先生が座っていた。

「ああ……」どうも、と言おうとしたが口が渇いて声が出ない。ここはどこだろう。

目をこすりながら周囲を見回す。見覚えのある場所だな、と思ったが、頭を巡らせてよく見ようとすると後頭部がずきんと痛んだ。「いてっ」

「痛むの?」

鴇先生がこちらに身を乗り出して訊いてくる。

「少し……いてっ」返事をしながら後頭部を探るとまた痛みが走った。大きなこぶができている。「……たんこぶができてます」

こんなものがいつできたんだろう、と一瞬考え、すぐに思い出した。自分はさっき、殴られて倒れたのだ。だとすれば本当は「お散歩小路」の草の上に寝ていなければならないはずなのだが、ここはどこだろう。

「救護室よ。楓ヶ丘動物園の」

僕の疑問を察してか、鴇先生が教えてくれた。ああなるほど、と思った。自分は救護室のベッドに寝かされているのだ。そういえば、体にはいつの間にか布団がかけられている。

「ええと、つまり……」

状況を整理しようと考え始めたところでドアが開き、なぜかスーツの人が顔をのぞかせた。おやと思ってよく見ると、南署の都筑・大久保両刑事である。

「おっ、起きましたな」都筑刑事が笑顔になり、大股で部屋に入ってくる。「ちょうどよかった。桃本さん、歩けるようでしたら」

「あとにしなさい」鴇先生が威圧した。

「ほ」都筑刑事は変な声をあげてぴょこんと飛び跳ねた。もちろん実際には跳ねてなどおらず僕の気のせいだったのだが、そんな感じに見えた。

「安静。今でなくてもいいでしょう」

「いやっ、はい。それはもちろん」刑事二人は鴇先生に一喝されて直立不動になった。都筑刑事は頭を下げつつ「いや失礼いたしました。また後ほど」と言ってあたふたと出ていってしまった。置いていかないでください、と言わんばかりの必死さで大久保刑事が続く。鴇先生がよほどおっかなかったらしい。

「ええと……ありがとうございます」

体を起こそうとしたら先生に止められた。「起きなくていい。楽な姿勢で寝てなさい」

「すいません」なぜか謝ってしまう。

「気分は？　吐き気や目眩《めまい》はしない？」

「大丈夫です」

「はい。この指、何本に見える？」

「三本です」

「手足をゆっくり動かしてみて。痛かったり、しびれたりは？」

「良好です」

「そう。よかった」

鴇先生は立ち上がると、タオルに包んだ保冷枕を出してきて頭に当ててくれた。最初は冷たさにびっくりしたが、慣れると気持ちがいい。

先生がずれた布団をかけ直してくれる。「暑かったり、寒かったりはしない？」

「はい」

「少なくとも朝まではここで安静にしていて、病院が開く時間になったら検査を受けに行きなさい。私はここにいるから、何かおかしくなったらすぐに言うように」

「了解しました」

すごく優しいことを言ってくれているはずなのだが、喋り方とご本人の纏う空気のせいで言われるこちらはつい硬くなってしまう。そういえば鴇先生は動物を診療する時も妙な威圧感を出していて、他の獣医が担当した時は逃げたり暴れたりしていたはずの患畜が、彼女の時は妙に大人しかったりするのである。職員は皆「野性の本能で、逆らった方が危険だと察知しているのだろう」と囁きあっていたが、実際に体験してみるとどうやら本当にそうであるらしい。

「ありがとうございます」

しかし、自分はどのくらい倒れていたのだろうか。状況がまるで分からない。

「……あの、ちなみにオードリーは」

「さっき無事に産まれて、授乳も確認したから安心して。本郷さんが今、御両親に報告している頃だと思う。産まれたらすぐ教えろと言われていたみたいだから」

それでは完全に嫁の出産だ。

「……で、ええと、僕は」頭を動かそうとしたが、痛いのでやめた。「殴られたんですよね。誰かに」

「園長も、そうらしいと言っていたけど」

「園長……ですか？」

僕がそう言った途端にドアが開き、作業着姿の園長が入ってきた。「桃本さん、気がつきましたか」

「園長」

園長は僕を手で制して「寝ていてください」と言い、ベッドの横まで来た。

「ええと、園長……」

「今日、帰り際にオードリーを見ましてね」園長は、なぜここに、という僕の質問を先取りして答えた。「もしかしたら今夜かもしれない、と思っていたんです。身内にトラブルがあって呼び出されていたので、来るのが遅くなりましたが、それがよかったようですね」

「それじゃ……」

鴇先生が横から補足してくれた。「あなたを見つけて、ここまで運んできたのは園長よ。私は園長から無線連絡を受けて救護室《ここ》に来ただけ」

園長を見る。園長はいつもの無表情で僕を見下ろしていた。

「園内で、妙な物音を聞きましてね」園長はいつも職員に話す時と同じ、官僚めいた調子で言う。「遠目にですが、あなたの点けていたライトの光も見えました。私が行った時には犯人はもう逃げていましたが、あなたはソロモンを見ていませんか？」

「いえ……すいません。暗かったし、後ろからいきなり殴られたので」

僕は事件時の状況を思い出して話した。ライトは新ペンギン舎の工事現場に入る前の時点で消していたから、僕も犯人も、お互いに相手の顔を見ていないのだ。

だがそれより、確かめておきたいことがあった。「園長、今『ソロモン』と」

「三度目です」園長は頷いた。「被害はインドクジャクのメス一羽。ケージの鍵が壊され、例によって、貼り紙が残されていました。幸いケージ自体に破損はなかったので、他の五羽はそのまま揃っています」

「インドクジャクですか……」

やはり金銭的価値は皆無に近い動物だった。生息地では普通に見られるし、移入したものが生態系を荒らすということで、沖縄では駆除の対象にすらなっているのだ。加えて、盗まれたのはメスだという。インドクジャクのメスはオスより小さくて地味で、何より尾羽を広げる例のディスプレイをしないため、ほとんど関心を払われることがない存在である。

僕は首をかしげるしかなかった。暴力団が関わっているはずなのに、金銭的にはこの無意味さだ。一体どういうことなのだろう。

「ケージの鍵を壊して、捕まえて逃げた……んですね」

「私は銃声のようなものを聞いています。犯人は麻酔銃を使用したようですね」

うちの園では六羽のインドクジャクを放し飼いにしていたが、繁殖制限のためと鳥インフルエンザの影響があって、現在では大型鳥類ゾーンの隅っこに仮設したケージに入ってもらっている。放し飼いにしておけばやられていなかったかもしれない、と思うと、ひどく申し訳ない気持ちになる。

「とりあえず、あなたはなるべく早く帰宅して、自宅で待機してください。病院で検査が済んでも、明日……今日一日はくれぐれも出勤しないように」

変な言い回しだが、どうやらそれを伝えるのが目的だったらしい。僕がはいと頷くと、園長は鴇先生にあとを任せて出ていった。

そのすぐ後に、遠慮がちなノックの音がした。僕がドアに向かって返事をすると、おそるおそる、という調子で「南署の都筑ですが」と声がした。

きいい……とか細い音をたてて、ゆっくりとドアが開く。都筑刑事がドアの隙間から顔をのぞかせ、目をぎょろりとさせて僕のいるベッドの方を見た。

「……あのう、お話だけでも、よろしいでしょうか？」

以前、僕のところを訪ねてきた時とは別人のように遠慮がちな声で言う。どうぞ、と応じると、都筑刑事は鴇先生を気にして頭を下げたりちらちら見たりしながらこちらに来た。

「何か？」鴇先生が猛禽めいた目で都筑刑事を見る。

「いえね、実は」都筑刑事は天敵に狙われているような顔で、傍らの大久保刑事に囁いた。

大久保刑事が出したのは、ビニール袋に入れられたライターだった。

「お二人に伺いたいんですが、これ……見覚えはありませんか？」

ベッドの脇で腰を曲げて差し出してくる。どうぞと言われたので、体を起こして袋を受け取ってみた。金属製のオイルライターだが、予想以上に重量があり、高級そうである。

うちの職員に喫煙者はいないから、こんなものを持っている人もいない。僕は首を振った。

「そうですか」都筑刑事は鴇先生にも確認し、僕から受け取った袋を大久保刑事に返した。

「あれ、何ですか？」

「現場近くに落ちていましてね」都筑刑事が、僕を見て答える。「鑑識がさっき見つけたんですが」

「職員のものではありません。来園者が開園中に落としたものでは？」

鴇先生が言うと、都筑刑事はこころもち体を引くようにしながら答えた。「ええまあ、その可能性もあるんですが。……ただですねえ、これ、檻のすぐ脇に落ちていたんですよ。あとで確認していただきたいんですが、お客さんが普通、入らないところのようでしてね」

「つまり、犯人が落とした」

「さあ、それはどうなのか分かりませんが」

都筑刑事は頭を掻きつつ言葉を濁した。それを聞いて思い出した。イリエワニの時、怪盗ソロモンはわざと未使用のスタンガンを残していったのだ。都筑刑事は「また陽動作戦ではないか」と疑っているのだろう。

「まあ、これの出所は、私どもも急いで調べますが」都筑刑事は頭を掻きながら、僕を窺うような目で見た。「こういうものに興味のありそうな方に心当たりがあれば、あとでも構いませんのでこちらに」

「あ、持ってますので」僕は都筑刑事が出しかけた名刺を断った。

「そうですか。……ではまた後ほど、話を伺いに参ります」

ようやくいつもの調子に戻ってきた様子で、都筑刑事は頭を下げて出ていった。大久保刑事も黙ってそれに続く。

ドアが閉じられると、しばらく沈黙があった。

「ああいうものに、興味のありそうな人というと……」

僕が呟くと、ドアの方を見たまま、鴇先生も言った。

「菊島の家にあったライターも高級品だったようね。銘柄は違うと思うけど」

「ですが、菊島は犯行には関与していないはずじゃ……？」

先生は答えなかった。だが、視線はドアの方を向いたまま動かない。おそらくこの人は今、すごい速さで考えを巡らせているのだろう。

僕はその後も寝ていたのだが、僕以外の人は忙しく動いていた。刑事たちは現場検証をし、一度は僕も同行して調書を作るのに協力した。園長は刑事たちと一緒に夜分構わず職員に電話をかけ、所在確認と明日の方針を伝えていたらしく、どうやら明日も平常通り開園するつもりであるらしかった。前回の事件の時点でさえそれなりに報道されていたのだから、朝、あるいは昼のニュースの前にマスコミが来ることは避けられない。園長は忙しくなるはずだった。

自宅までは鴇先生が車で送ってくれたのだが、車内ではあまり喋らなかった。鴇先生はもともと無口なのだが、理由はそれだけではなく、二人とも考え込んでいたのだ。

三件目のこの事件は、人的被害が出た、という点でそれまでの二件とは決定的に違う。イリエワニやミニブタの時までは、職員はともかくマスコミや世間の受け止め方もまだ「変わった事件」程度のものだっただろうが、今回はそれでは済まない。現場検証の時、都筑刑事は「いわゆる捜査一課に当たる人たち」(「強行犯係」というらしい)が出てくることになると言っていた。鴇先生が教えてくれたところによれば、それはつまり今後、この事件が「強盗事件」として扱われる、という意味なのだそうだ。捜査の規模自体も大きくなるだろうし、世間的にも、強盗犯人は「凶悪犯」として扱われている。事件そのものの持つイメージががらりと変わることになる。

そうなれば、もう細かいことにこだわってはいられないはずだった。菊島という、犯人につながる有力な情報を得ている僕たちが、後輩の立場を考えて、という理由で黙っていていい状況ではなかった。

だが、具体的にどうするかまでは結論が出なかった。ウァレフォルから七森さんへの電話。ウァレフォルと電話で話したこと。菊島宅でのこと。これらのことを、どういう形で警察に伝えればいいのかが分からない。何しろ、そっくりそのままを話したら眉をひそめられたり怒られたり、場合によっては逮捕されたりするようなことをやっているのだ。鴇先生は「私が明日、どう話せばいいか考えてみる」と言ってくれたが、僕の方も考えずにはいられなかった。

夜が明けたらとりあえず、病院に行かなければならない。朝一番で行くとしても五、六時間程度は眠れる計算だったが、自宅に戻り、頭を冷やしながらベッドに入っても、僕はなかなか寝付けなかった。今後の方針をどうするかが頭から離れない。目を閉じても七森さんと刑事たちの顔が浮かんできてしまい、かえって目が冴えてしまうのだが、僕はとにかく今は眠っておこう、と決めて羊を数えた。七十九頭まで数えたところで飼育スペースと飼料の手配が心配になってやめた。やめたら眠れた。

だが実際には、状況はそんな悠長なものではなかったのだ。今後の方針どころではなく、事件はこの後急転し、この日の日付が変わる前に終了することになる。

第四章　がっかりホモサピエンス

1

　事件は朝のニュースでしっかり報道された。園長が何やらうまく交渉したのか、警察発表では「犯人はフェンスを越えて園内に侵入、インドクジャク一羽を盗んで逃走中、居合わせた職員に暴行を加えた」とされているだけで、うちの職員が犯人では、と疑わせるような雰囲気はなかったが、スタジオのコメンテーターは「職員が犯人だろう」と指摘したくてうずうずしている様子で、「相当、内部の事情に詳しい立場の人間ですね」

と言っていた。むろんコメンテーターが直截に言わずとも、視聴者は誰だってそう考えただろう。報道の方向性がそもそもそういうものだったし、事実、その通りだと考えて間違いないのだ。

九時過ぎになって、例によって伯母から電話がかかってきた。普段なら勤務中であるはずの時間帯なので、この時間に自宅にいることがばれれば僕が関係者だと見抜かれかねない（伯母はそういうことに関してはやたらと鋭いのだ）。僕は電話に出ず、しばらく自宅で大人しくした後、近所の総合病院に検査を受けに出かけた。鴇先生から「問診の際にはどういう経緯で怪我をしたかをきちんと話すように」と言われていたため、僕はおそるおそる「殴られて気絶した」と話したのだが、医師はそこに特に興味を持つようなこともなく、淡々と対応してくれた。

病院は昼前に出られたが、さてこの後どうしようか、と考えると何も思いつかないのだった。今後のことを考え、閉園後に鴇先生に電話をしてみようとは思ったが、それまではどうしていればいいのだろうか。ぽかぽかと暖かく、青空の広がる気持ちのいい日だったが、職場の方は今頃大変だろうな、と思うとのんびり休む気になれない。予定外の休日によくあることで、僕はやることを思いつかないまま、とりあえず昼に鍋焼きうどんでも食べようと決めてスーパーに寄った。近所を歩いている間、僕は誰かに「あいつはニュースに出た動物園の人だ」と指さされそうな気がして落ち着かなかったのだが、そんなことはなかった。

レジ袋を提げてアパートの前まで来た僕は、自分の部屋の前に人影があるのを見た。届け物、新聞の勧誘、ガスの検針、いろいろと浮かんだが、立っているのは私服の小柄な女性だった。では宗教の勧誘かな、と思って近づこうとした僕は、人影が誰なのかを知って立ち止まった。

七森さんだった。

僕は驚いたが、すぐに路地の角まで逃げ、塀の陰に身を隠した。彼女は今日、出勤しているはずだ。こんな時間にここにいるはずがない。

塀の陰から顔を出し、再び観察する。彼女はドアの前に立っている。他の部屋を訪ねたのではなく、明らかに僕の部屋に来たのだ。そっくりさんかとも思ったが、双子の姉妹がいるなどという話は聞いていないし、七森さんのそっくりさんが僕の部屋を訪ねてくる理由も思いつかない。

そもそも、彼女に住所を教えた覚えはないのに、なぜここを知っているのだろう。適当な理由をつけて庶務係で聞き出したか、それとも自分で調べたかのどちらかだろうが、なぜそこまでして訪ねてきたのだろう。そして僕が帰ってくるのを待っている。なぜだろう。

そこまで考えてから思い出した。菊島宅に忍び込んだ時、僕と鴇先生は後から来たヤクザ二名に顔を見られているのだ。つまり僕にしろ鴇先生にしろ、すでに犯人側に素性が知られているとみていい。

……どうする？

　僕は物陰から彼女の様子を窺いながら携帯を出した。無断欠勤したというなら、庶務係がそのことを把握しているはずだった。

　が、七森さんがいきなり振り向いた。僕は急いで隠れたが、ちらりと見た限りでは、彼女は僕に気付いて会釈をしていたようだ。現に、塀の向こうから足音が近づいてきている。逃げようかとも思ったが、それももう遅い。

　僕は携帯をしまい、塀の陰から出た。彼女はすでに目の前に来ていた。

　七森さんは頭を下げた。「すいません。庶務の方に住所を訊いたんです」

　どういう態度に出るかを決めていなかったので、ああ、という中途半端な声が出る。

「……七森さん今日、休みじゃないと思ったけど」

「朝、園長さんから連絡が来たんです。今日は出勤しないようにと言われました」

　僕は背筋を伸ばすついでに少し後ろに下がった。

「そんな。……どうして？」

「私は顔が出ているので、マスコミさんに捉まると面倒なんだそうです」

　本当かどうかは分からないが、筋は通っている。

　七森さんはやや俯き加減で、緊張しているような様子である。

「ええと、どうしてここに？」

「……少し、お話があって来ました。あの」七森さんは周囲を見回した。「ここではちようなので、僕の部屋のドアもしっかりと見た。部屋に入れてほしいということのようで、つまりそれは、周囲の目をはばかるような話があるということである。

だが、はたして彼女を部屋に上げて大丈夫なのだろうか。見たところ周囲に仲間が隠れているような様子はないが、彼女自身が服のどこかでも、バッグの中でも、何かを隠し持つことは充分にできるのだ。まさか、とは思うのだが。

なんとなく背中を見せるのはためらわれたが、僕は彼女の脇を抜けて部屋の前に進んだ。住人の自転車が並んでいるスペースに、見慣れないスクーターが停められている。

僕がそれを見たのに気付いたのか、七森さんが慌て気味に言った。「あの、バイク、あそこに停めちゃったんですけど」

「いや、いいけど」僕はスクーターを指さした。「ええと、あれは」

スクーターのハンドルには、僕が提げているのと同じスーパーのレジ袋が下がっていた。

そして、ネギが突き出ていた。

「いえっ、あの」七森さんは慌ててスクーターに駆け寄り、レジ袋を取った。「お昼前だし、手ぶらで行くのもあれだし、もしかしたら桃さん、動くのが辛いかもと思ったので、ついでに、と……」

「いや、ええと……ありがとう」

僕はとりあえず安心した。タイミングがタイミングだったため、もしかして犯人グループの指図で僕を始末しにきたか、と考えないこともなかったのだ。だが、長ネギで人は殺せまい。

「病院に行ってたんですよね。大丈夫でしたか？」七森さんは訊いてから、僕の提げている袋をちらりと見た。「……大丈夫だったですよね」

「うん。たんこぶもじきになくなるってさ」

七森さんは微笑んだ。「よかった」

僕は鍵を出してドアを開け放し、七森さんを振り返った。彼女は小さい体をさらに小さくして、お邪魔します、と入ってきた。とりあえず彼女の提げている袋を預かり、玄関に上げる。

「……すいません。いきなり来てしまいました」

「いや、病院だから携帯切ってたし。……ああ、洗面所そこだから」

「はい。ありがとうございます」

七森さんは素直に洗面所に入って手を洗う。仕事柄手洗いにうるさいことは、お互いに知っている。

僕は台所で袋の中身を出した。どうも七森さんの袋の方にも、僕が買ってきたのと同じようなものが入っている。気が抜けると同時に空腹を覚えた。

「タオル、お借りしました。ありがとうございます」

「うん」僕は石鹼で手を洗いながら応える。どうしようかと思ったが、言った。「……とりあえず、昼飯だね」

「あっ、私やりますので、桃さんは」

「いや、今お茶出すからあのへんに座ってて」

「いえ、じゃあ私も一緒に」

「あー包丁とか一つしかないから」

これから強盗事件の話をしようというのに、この緊張感のないやりとりは何だ。


とはいえ、さすがに七森さんも雰囲気が硬かった。土鍋が一つしかないので鍋焼きうどんは諦め、サラダだのチキンライスだのを適当に作ったのだが、料理中は「この人参さん、古いですか?」「菜箸取って」「胡椒ってどこですか?」と料理についてしか口にしなかったし、食事中も「ごめんフォークこれしかない」「アスパラさん入れるのいいですね」「なんかこっちばかり肉入ってるかも」とやはり料理についてしか口にしなかったので、会話は断片的だった。こんな状況ではなくて普通に昼飯を作っただけだったら楽しかっただろうに、とも思ったが、こんな状況でなければ一緒に昼飯を作ったりなどしないだろうから、これは仕方のないことである。

七森さんは僕と同じ量のチキンライスをぺろりと平らげ、サラダにいたっては三分の二以上を食べ、ごちそうさまでした、と手を合わせて今は麦茶をごくごく飲んでいる。ちっちゃいのによく食べるということにかけては、まったくもって齧歯類である。

食べ終わった彼女は氷だけになったグラスを両手で温めるように持ったまま、僕が食べ終わってフォークを置くのを待っていた。僕はグラスの麦茶を一口飲み、一息ついた。

「さて」

「はい」

「実は、話があるんだけど」

「私もあります」

「先に聞くよ。うちまで来るってことは、よっぽどのことでしょ」

七森さんは両手で包んだグラスに視線を落としてしばらく考える様子を見せたが、僕が黙って待っていると、グラスを見たまま口を開いた。

「……最近、楓ヶ丘《うち》で起こっている事件についてですけど」

「うん」

「桃さん、なにか心当たりがあるんじゃないですか？」

七森さんはそう言って、窺うようにこちらを見る。僕が反応に困っていると、こちらの目を見たまま続けた。「というか、桃さんが事件に何か、関わっているんじゃないですか？」

思わず、ぽかんと口を開けてしまう。事件に関わっているのはそっちだろう。

「桃さんが犯人だとか、そういうのではないんです」七森さんは弁解する調子で言って、こちらの視線を避けるようにグラスの中を見た。「でも、事件があってから桃さん、変です。あまり喋らなくなったし、いつも考え込んでるみたいだし、話しかけにくくなったし」

返答に困った。思い返してみれば、確かに僕は最近、職場であまり人と話していない。だが、その原因は紛れもなく七森さん自身なのだ。

「それで、昨日の事件がありました。犯人に叩かれたのが桃さんだって聞いて、思い出したんです。イリエワニの時も、桃さんが代番でした。偶然にしては……」

七森さんはグラスをぎゅっと握って唇を引き結び、それから、意を決したように顔を上げた。

「桃さん、犯人に狙われているんじゃないですか？　私に……」

僕と視線を合わせているのが怖いのか、七森さんはまた下を向いてしまう。「……私にトラブルがないかって訊いてくれたのも、私が巻き込まれるかもしれないっていうことを、何かで知ってたとか」

「いや、ちょっと待った。だってそれは」

僕は手を突き出して彼女を止めたが、あまりにおかしな流れになっていてどう続けていいか分からない。

「……ええと、だってそれは、七森さんが知ってることじゃないの？」

　七森さんは、意味が分からない、といった顔のまま動かない。

「ええと、つまりその」もういいや、と思い、僕はローテーブルに両手をついて身を乗り出した。「七森さん、ソロモンを知ってるんでしょ？　どこまで事件に関わってるのか知らないけど、それとも君がソロモンなの？」

　七森さんはきょとんとしている。確かに、僕からいきなりそう言われるのは意外かもしれないと思い、僕はきちんと説明することにした。

「悪いけど、飼育員室に置いてあった君の携帯に、共犯者の……『ヴァレフォル』から着信が来たのを見たんだ。この前一緒に夕飯食べたでしょ。あの時に」

「携帯……？」

「見るつもりはなかったけど、机に置きっ放しにしてあったから」今度はこちらが目を合わせにくくなり、僕は俯いてグラスの中の氷を見た。「ヴァレフォル……本名は菊島っていうんでしょ？　君と菊島の関係は知らないし、君がどんな立場で事件に関わっているのかも知らないけど、自発的にやったわけじゃないのは分かる」

「あの」

「ヴァレフォルが君を脅してたのかどうかも分からないけど、あの菊島って男は暴力団関係者だろ？　どんな理由があるか……」

「あの！」

　七森さんが強い声を出したので、僕はびっくりして顔を上げた。どんな顔をしているかと思ったら、七森さんはただ単に困惑している顔だった。

「あの、『ヴァレフォル』……ですか？　それ、何のことですか？　携帯って」

「だから、携帯にヴァレフォルっていう登録名が出てるのを、机の上に置いてあったから」

「それ、誰のですか？」

「だから、七森さんの机に」言いかけた僕は、はたと考えた。なんだか、七森さんの反応がおかしいような気がする。

「あの、私、飼育員室に携帯持ち込みません。勤務中はずっとロッカーに入れっぱなしで……」

「だって、君の机に」

「それたぶん、私のじゃないです」

「……え？」

「あれですよね。ストラップがついてなくて、こういう形の」七森さんはちょこちょこと手を動かして、電話機の形をジェスチャーで示そうとしている。「あれ、私のじゃないです」

「……そうなの？」

「私の、これです」七森さんはごそごそとバッグを探り、自分の携帯を出した。どこで買ったのか、妙にリアルなゴリラのストラップがついているが、電話機そのものは可愛らしいデザインで、僕が彼女の机の上で見た物とはまるで違う。

「……じゃあ、机の上にあったのは」

「あれ、拾いものです」

僕の頭の中で渦巻いていた言葉が一気に、すべて消し飛んだ。空白になった脳内にオスのライオンが一頭、のそのそと歩いて現れ、ごろんと寝転がって大きな欠伸《あくび》をした。

脳内のライオンが寝始めた。

七森さんは正座している膝の上にちょこんと手を置いて、背筋を伸ばした。「昼にミーティングルームで拾ったんです。床に落ちてて踏まれそうだったし、職員のどなたかのだと思ったので、次の日のミーティングで訊こうと思って、とりあえず机に置いておいたんです、けど……」

七森さんは心配そうに僕の顔を覗き込む。「……あの、桃さん？」

言われてみれば、そうである。

寝ているライオンが、ぱたん、と尻尾を動かし、欠伸をする。その周囲に言葉が蘇る。

……そういえば。

そういえば、おかしい点もあったのだ。「Valefor」という単語は普通の人が見ても何のことだか分からないが、それでも他人に見られたら、事件との関連を疑われかねないものだ。七森さんが事件に関与しているなら、そんな名前を表示する電話機を、無造作に机の上に置き忘れたりするはずがない。肌身離さず持ち歩くはずだ。

だが、あの電話機は着信音を鳴らしていた。七森さんが肌身離さず……つまり勤務中も携帯しているはずの電話機なら、着信音は鳴らないはずなのだ。動物によっては不意の音響に敏感なものもいるから、飼育員の無線機だってすべてバイブレータを使っているくらいなのである。少なくとも、ウサギやミニブタといった聴覚の鋭い動物を担当している七森さんが、着信音をオンにした電話機を持ち歩いているはずがない。

「じゃあ、一体誰の……」

「分かりませんけど……」七森さんは悪いことでもしたように顔を俯ける。「ただあの日の夕方、私が机に戻ったらなくなってました。持ち主さんが見つけて、持っていったんだと思います」

僕はしばらく、言葉が出なかった。それを誤解したのか、七森さんは「すいません」と頭を下げた。

「……じゃあ、七森さんは関係ないの？」

「ないです」

七森さんが強く言ったので、僕は「ごめん」と謝った。

ごめん、どころの話ではなかったようだ。早とちりで彼女を容疑者にしてしまっていた。

「じゃあ、ミニブタがやられたのは……」

「……それは、分かりません」

　七森さんはまた俯いて、グラスを両手でいじり始めた。

　僕はてっきり、七森さんが手引きをしたのだろう、というぐらいに思っていたのだが、そうではないようだ。もちろん、ミニブタがなぜ狙われたのかについては謎のままなのだが。

「じゃあの日、桃さんが心配してくれてたのは……」

「僕はてっきり、君がウァレフォルに脅されでもして、犯行を手伝っていると思ってたんだ」

　力が抜けてしまい、僕はグラスを摑んで麦茶をぐっと飲み干した。勢いよくグラスを傾けすぎたせいで、氷が滑り落ちてきて鼻に当たった。

「私は大丈夫です。でも、他のどなたかが……」七森さんはグラスをいじりながら言う。「私はてっきり、桃さんが何か、脅されているんだと」

「……ああ、なるほど」

　担当動物が被害に遭ったのは僕も同じなのだ。七森さんの方から見ればそういうことになる。

「よかった……というわけにはいかないか」

　僕は氷のぶつかった鼻の頭を拭いながら考える。だとすれば、あの携帯は誰のものだったのだろう。機種自体は老若男女、誰が持っていてもおかしくないようなデザインのものだった。

「七森さん、あの携帯、誰のだか分かるような手がかりは」

「分かりません」七森さんは首を振った。「アドレス帳とか、見ればよかったんですけど」

常識ある人間なら必要もないのにそんなことはしないだろうから、これは仕方がない。

「拾ったの、ミーティングルームだって?」

「はい。一時半頃、私がお昼に行ったら落ちてました」

楓ヶ丘動物園の周囲には飲食店系統が全くなく、コンビニが一軒あるだけなので、一部のコンビニ派を除いた職員の大部分が「はにかみ屋」の配達する弁当を食べている。「はにかみ屋」は毎日、ミーティングルームに弁当を届けにくるから、食べる人はあの部屋に行くのだが、そうでない人もほとんどがあの部屋で昼食をとっている。昼食の時間は同じ人でも日によって早かったり遅かったりするから、一時半という時間帯から持ち主を絞ることはできない。

「……一応、よかった。心配してたから」

「……すいません」

「いや、こっちこそごめん。てっきり、七森さんが犯人だと……」言ってから、最近の彼女の様子を思い出す。「じゃ、最近悩んでたのは何だったの?」

「それは……」

七森さんは中の氷を溶かそうとでもしているように、両手でグラスをぎゅっと握る。

「仕事のことなんですけど……」

彼女は悩んでいるようだ。無理に話すことはないのだが、他人に打ち明けるだけで気が楽になった、というケースは多い。せっかく落ち着いて聞けそうな状況になったのだ。僕は黙って、彼女が口を開くのを待つことにした。

「たいしたことではないんです。それに、こんなことでいちいち悩んでいたら仕事にならないのも分かってます。でも……」

僕は頷くだけにして、七森さんを見た。七森さんは一瞬だけちらりとこちらを窺い、また視線を落とし、遠慮がちに言った。

「……動物園の動物さんたちって、人間の何なんでしょうか」

僕はすぐに答えを探してみたが、ちょうどいい言葉が見当たらない。七森さんはまだ続けるようなので、それを聞くことにした。

「……私は、動物さんたちを何だと思って見ればいいのか、分からないんです。私は最初『同僚』だと思っていて、一匹一匹に名前をつけて、もちろん、まだちゃんとできていないと思いますけど、できないなりに……みなさんが少しでも快適に暮らせるように気を配っているつもりです。でも」七森さんは俯いている。「動物園では動物を『貸し借り』します。欲しければ『購入』しますし、余ったら『売却』します。……この間、アイさんとハナさんがいなくなりました。だから、減った二頭の分を『補充』するかどうかを検討しました。そのままにするか、繁殖させて『増やす』か」

そこまでで彼女の言いたいことは分かったが、僕は黙って聞いていた。

「……私は結局、動物さんたちをそういうふうに扱っています。まるで、道具みたいに」

しょげ返るような顔で黙ってしまった七森さんは、それでもすぐに顔を上げ、笑顔を作る。「あ、でもこの間、桃さんの話を聞いたので、もうそんなに悩んでないんです。結局、仕事を頑張るのが動物さんたちのためになるんですから、悩んでも仕方がないですよね」

「別に、冷酷になれっていうわけじゃないけどね」

彼女が悩んでいるのはそういうことだったらしい。確かに、「ふれあいひろば」は悩みやすいセクションなのだ。新人にそういうところを担当させる、という園長の人事には、「最初のうちに悩みなさい（嫌ならさっさと辞めなさい）」という意図もあるのかもしれなかった。

「僕は、できるかぎり気を遣って、でも割り切る時は割り切ろう、で済ませてるけど」

自分の仕事を振り返る。嘘や誇張はないはずである。「たぶんそれは、職員ならみんな悩んでいることだと思う。僕だって時々、首をかしげることがあるし。……動物を貸し出すことを『お引っ越し』って表現したり、繁殖のための顔合わせを『お見合い』って表現したりする理由の一つが、それなのかもね」

「……そうですね」

「それに、道具扱いとかどうとか、簡単に分けられるものじゃないしね。患者思いの医者でも、外科手術の時は人の体を道具だと思うことにしてるっていうし、逆に船長とかやってた人は、長年乗ってた船が引退する時泣くっていうのも聞いたことがあるし」

「そうですよね」

ようやく七森さんの声に元気が戻った。「すいません。私、なんだか随分、心配をおかけしたみたいで、そういえば鴇先生もなんだか……」

「あ、鴇先生」

僕がそれまでの流れをぶった切る素っ頓狂な声を出したので、七森さんは目を見開いた。「どうしたんですか?」

「いや、ごめん。ちょっと電話していい?」

僕は頭を掻きつつ携帯を出した。携帯電話の持ち主についての話を鴇先生に報告しておかないと、先生が今日、訪ねてきた刑事に「七森犯人説」を話してしまいかねない。怒られるだろうなあ、と思うと、胃のあたりがきゅうっと締まる感覚があったが、僕はとにかく庶務係に電話をかけ、無線で鴇先生を呼び出してもらった。ちょうど昼食時だったらしく、鴇先生はすぐに出てくれた。

僕は七森さんの話を鴇先生に伝えた。電話の向こうの先生が沈黙しているのがおっかなく、僕は話の途中で四回も「すいません」を入れてしまった。

「……すいません。ええと、そういうわけで」

——別に、私に謝る必要はないけれど。

鴇先生は静かに言った。いつもよりさらに吐息混じりの声になっている。呆れたのかもしれなかった。

「まあ、だからといって何かが進展したわけではないんですが……」

僕が言うと、鴇先生は即答した。——そうでもないわ。私は今まで、他の人間が犯人だという可能性は考えてなかった。

「犯人、分かりますか？」

——そんなすぐには無理よ。だけど、もう一度整理すれば何かが見えるかもしれない。

犯人だの何だのといった単語が出てくるため声を抑えているようだったが、それでも先生の言葉は頼もしかった。「それじゃあ今日、退勤後にどこかで……」

——いいえ、七森さんと一緒に楓ヶ丘《うち》に来て。現場で確かめたいことがあるから。

「えっ」僕は携帯を落としそうになって、慌てて握り直した。傍らでなぜかティッシュペーパーを抜いて折り紙をしていた七森さんが、怪訝な顔でこちらを見る。

「でも、園長には来るなと言われてまして」

——見つからなければいいのよ。こっそり来なさい。

鴇先生は一方的に言うと、閉園後に携帯に連絡しなさい、とだけ指示してさっさと電話を切ってしまった。

「何のお話をしていたんですか？」あんな柔らかい紙でどうやって作ったのか、七森さんの前にはティッシュペーパーで折った鶴と、菊の花が並んでいる。

僕は鴇先生との話を繰り返した。鴇先生はああ言ったが、忍び込もうにも通用門周辺には職員の目があるから、どうやって園内に入ればいいのか分からない——僕はそう付け加えたのだが、七森さんはそれを聞くと、なぜかさっと立ち上がり、食器を重ね始めた。「それなら、すぐに行きましょう」

「えっ、すぐって……あ、それ流しに置いといてくれればいいから」

「閉園後は、職員のみなさんが通用門を出入りします」台所に移動した七森さんは、腕まくりをして蛇口をひねった。「それに、賑やかな時の方が職員のみなさんはお客さんのいるところに出ています。早い方がいいです」

「それはまあ、そうだけど」

通用門の周囲にはどこに職員の目があるか分からない。見られずに入れるだろうか。それに、僕たちが気付いていなくても、遠目に誰かに見られていた、というケースはいくらでも考えられるのだ。安全な入り方などあるだろうか。

「それに、今から行けばまだお客さんがたくさんいます。その方がいいです」

七森さんは笑顔だったが、言っていることはよく分からない。僕は訊き返すべきか迷った。

ついでにローテーブルの上にある作りかけの、人の顔らしき折り紙が何なのかも訊くべきか迷った。

2

午後一時を回っていたが、楓ヶ丘動物園のゲート前広場には出入りする人が絶えない。ぽつぽつ、という数ではなく、ぞろぞろ、に近いのはやはり事件の影響だろう。土曜日とはいえ、普段はこんなに来園者はない。家族連れ、カップル、女性のグループ、客層は様々であり、駆け回ったりおしゃべりをしたり写真を撮ったりと、していることも様々である。

そのおかげで、通用門付近から全力疾走で駆け戻り、ゲート前広場の隅でぜいぜい息をしている僕たちも、特にひと目をひいているわけではないようだ。

「……危なかったですね」

膝に手をついて下を向いている七森さんが、息を切らしながらかすれた声で言う。

「……たぶん、見られてない、とは思う」

同じく息を切らしつつ、僕は顔を上げてゲートの彼方、通用門に向かう裏道の入口を見た。

危惧していたことだったが、通用門から入るのは無理なようだった。最初、僕たちは裏道の入口から通用門を窺い、誰もいない、と見極めて駆け抜けようとしたのだが、門付近まで来たところでフェンスの向こうから伏見さんがいきなり顔をのぞかせたので、慌ててUターンして戻ってきたのである。伏見さんはこちらを見ていなかったし、見られているとしても後ろ姿だけだろうから大丈夫そうではあるのだが、肝は冷えた。息も切れている。

七森さんは大きく深呼吸すると、ぱっと体を起こし、裏道の入口を見た。「通用門からは、駄目ですね」

「思ったよりひと目があるね」

通用門に続く裏道はフェンスを隔ててはいるが、園内からでも見えやすいので、絶対に誰にも見られずに通る、ということはできない。それに裏道には一般のお客さんは来ないから、見つかった時点で不審者になってしまう。

七森さんは口の中で「どうしようかな」と呟いたようだった。

それから、うん、と一つ頷いて僕を見上げる。「じゃ、やっぱり正門から入りましょう」

「でも、正門にも誰かいるかもしれないよ。それに、受付の人に知られたら……」

「お客さんが多いから、きっと大丈夫です。普通のお客さんのふりをすれば、見つかったとしてもそっくりさんで済むと思います」七森さんは笑顔になり、僕の腕に腕を絡ませてきた。「こうすれば、お客さんにしか見えませんよ」

出かける前、彼女が「なるべく早く行った方が入りやすい」と言っていたのはそういうことだったらしい。ああなるほど、とも思ったが、それよりも僕は、いきなり腕を組んでこられたことの方にびっくりしていた。正直なところかなりどきどきしているのだが、七森さんの方は平然としている。

一緒に歩き出すと、七森さんは僕を見上げてくすりと微笑み、ぴったりとくっついてきた。カップルの演技のはずなのだが、もしかして本気なのか、とつい考えてしまう。彼女の表情からは真意が分からない。

順番待ちにこそなっていないが、正門のゲートにはチケットを買って入園するお客さんが途切れず、回転式のゲートは休む間もなく回り続けている。券売機は自動であるし、もぎりの係の人も顔見知りではあるがアルバイトだ。チケットを渡して半券を受け取るだけで言葉は全く交わさなかったから、僕たちが職員であることはおそらく気取られなかっただろう。とはいえ、僕はゲートを抜ける間、緊張していた。傍らの七森さんもそうだったのかどうかは、笑顔なので分からない。

「……ばれなかったかな?」

ゲートを抜けると、僕はつい振り返ってしまう。係の人は次々と来るお客さんの応対に追われ、こちらを気にしている様子はなかった。

「大丈夫ですよ。普通に並んで歩いてたら危ないかもしれませんけど、こうやっていれば」七森さんはまた腕を絡ませてきた。「人違いだと思ってくれます。職員同士が休日にデートで、わざわざ職場に来る……なんて、あるわけないですから」

「それもそうか」僕たちが休みであることは朝のミーティングで伝えられているはずで、それを考えれば尚更安全と言える。

「閉園前になったら、バックヤードに忍び込みましょう」七森さんは背伸びをして、僕の耳元に囁く。「それまでは、カップルに見えなきゃ駄目ですよ?」

「ああ……うん」照れくささと恥ずかしさで息苦しい。鼓動が速くなっていることに気付かれないといいのだが。

彼女はおそらく、こちらが内心どぎまぎしていることにも気付いている。仕事に関してはいつも真面目で一所懸命で、若い者はこうでなくてはいかんという感じの人なのだが、こういうことに関してはけっこう魔性の女なのかもしれない。そう思った僕は真っ赤なルージュにセクシーなドレスで太腿にデリンジャー(1)を隠し持つ七森さんを想像しようとしたが、普段のイメージとあまりに違いすぎてうまくいかなかった。

好天に恵まれたせいもあるのだろう。園内はやはり盛況だった。楓ヶ丘動物園にはゲートを入ってすぐのところにオランウータン舎とその飛び地があり、お客さんの頭上、地上十五メートルの高さに張られたワイヤーをつたってオランウータンが両方を行き来するという「スカイウォーク」があるのだが、ここで立ち止まっているお客さんの数でだいたいの来園者数が分かるのである。遠目に見ただけでも分かる。午後のこの時間にすら「群れ」と言っていいほどのお客さんが固まっているということは、ゴールデンウイーク以来の混み具合であるようだ。

「……お客さん、多いですね」

(1) セクシーなお姉さんが太腿に隠し持つために造られた、小さい拳銃。

「僕ら、こんなことしてていいのかな……」

「せっかくですから、交ざりましょう」七森さんが僕の腕を引く。「その方が目立たないし、お客さんがどこを見て何を話しているのか、聞き耳を立ててません か?」

「それ名案。そうしよう」

左前方のレッサーパンダ舎では、担当の江川先生が出てきて掃除を始めているのが見えた。こういう状況では、こちらも仕事モードになった方が気が楽である。僕たちは、オランウータンを見上げるお客さんの群れに交じった。ちょうど、スカイウォーク参加者の中では最年少のププル(オス・二歳)が頭上を渡り始めたため、お客さんたちは見上げて指さし、感嘆の声をあげていた。

十五メートルの高さにいても平気で片手を離すププルと、その度に「危ない」と悲鳴をあげるお客さんのギャップは見ていて面白く、しばらく見ていると、お客さんも「オランウータンにはあれが普通なのだ」と納得して見守るようになってくれる。費用はそれなりにかかったらしいが、この展示は成功のようだった。

七森さんと一緒に頭上を見上げ、周囲の声に聞き耳を立て、ひそひそ話とも独り言ともつかない声で会話をする。

「……けっこうみなさん、名前を覚えてくれていますね。ププルさんが人気なのかなあ」

「ワイヤー、もっとしなった方が樹の枝に近いかな。でも強度的にどうだろ」

「あそこの塔につけてる餌、ワイヤーにぶら下がったまま取れる位置だといいかもしれませんね。ぶら下がったまま片手で餌を取るとこ見せたいです」

「そうだね。今度、作業の時にでも森本さんに訊いてみよう」

「あ、でもお爺さんやお婆さんだと、落っこちるかもしれませんね。あそこにだけセーフティーネットを、とかだと、下から見えにくくなるし、うーん……」

七森さんはすっかり仕事中の顔になって思案している。僕がその横顔を見ていると、彼女もそれに気付いてこちらを見た。

七森さんははにかんで言う。「どうしたんですか?」

「いや、七……」こんな人ごみで名前を出すわけにはいかない。僕は慌てて止め、周囲に聞こえない声で言い直した。「君が犯人でなくてよかった。殴られた時も、ロッカーを開けられた時も、あれが君の仕業だっていうのは、すごく納得がいかなかったから」

「ロッカーを……?」

「ん、ああ。ウァレフォルの着信を見た後なんだけど……」

さすがにこの人ごみではそこまでは話せないのだが、七森さんは動物が餌を要求する時の顔になってこちらを見上げている。僕は周囲を見回し、「水鳥の池」のあたりに人がいないことを確かめて七森さんを引っぱっていった。

池を見ながらロッカーが開けられていた時のことを話すと、七森さんは考え込む様子になった。

「私のロッカーは、気付きませんでしたけど……」

「言われてみれば、そうかもしれないね」僕は言った。「あの時僕は、自分のロッカーが探られたんだと思ってたけど、もしかしたら探った痕跡が残っていなかっただけで、全員のロッカーが探られたのかも」

「……何のために、ですか？」

「思い当たるのは携帯しかない。あれは犯人が僕の持っている何かを盗ろうとしたんじゃなくて、なくした携帯を探していたのかも」

七森さんは俯き加減のまま、そうですよね、と呟いた。どうでもいいが、その、ひとのジャケットの裾を折り畳む動作は一体何だ。無意識なのだろうか。

「でも、それだと……」

……犯人は一人しかいないことに……

小声なのでよく聞きとれなかったのだが、七森さんはそう言ったようだった。

「……七森さん？」

「先輩、何をやっているのですか」

突然すぐ後ろから声がしたので、僕は「うわ」と声をあげて飛び退《の》きながら振り返った。

「服部君、なんでここに」

「それはこちらの台詞ですよ」服部君は眼鏡を押し上げた。「先輩、なぜこんなところに七森さんを連れ込んでいるんですか」

「連れ込んでるわけじゃ」いやどうだろう、と首をかしげる。当の七森さんはよほどびっくりしたのか、子供のように僕のジャケットの裾を摑んでくっついているから、やはり「連れ込んだ」が正しいのかもしれない。

「なぜ園内にいるんですか。先輩も七森さんも、園長に出入り禁止を言い渡されたはずです」

「不祥事起こしたみたいに言うなよ」

「職員同士が休日にランデヴーで、わざわざ職場に来るとは」

「ランデヴー言うな」というより、人違いだとは思わなかったのだろうか。

「恋人とタイミングを合わせて有休を取り、わざと職場に出てきて、普段通り忙しく働いている同僚を優雅に眺めながら『ごらん。みんな蟻のように働いてるね』と囁きあって盛り上がるつもりだったのですか」

「ひどいねそれ」

「先輩も変態だったんですね」

「『も』って」

「いえ僕は変態ですので」

「なんでそんなに偉そうなの？」

「変態さん」七森さんが口を開いた。「いえ、違いますっ、今のは間違いで、ええと、あの、服部さん」

「何か」服部君は変態と呼ばれたことに対し、むしろ堂々とした態度で応じた。

「服部さん、事件のこと、いろいろ知ってますよね」

「ええもちろん。各事件時の職員のアリバイから、関係職員の趣味・特技、家族関係、金銭トラブルまで」

「調べたの？」服部君の辞書にデリカシーという単語はない。

「服部さん」

七森さんはようやく僕の後ろから出てきたわりに、しっかりとした眼差しで服部君を見上げた。「今は無理なので、今日の退勤後、少し残っていただけませんか？　話を聞きたいんです」

「事件解決に役立つのであれば、協力するに吝《やぶさ》かではありませんね」服部君は日常会話とは思えない言い回しをした。

「役立ちます。私たちは事件のことを話しあうために、鴇先生に呼ばれたんです」

七森さんは断言した。「服部さんも来てください。私、事件の犯人がどなたなのか、説明できるかもしれません」

僕と服部君は顔を見合わせた。

3

園長が帰るまでは大人しくしていないといけないわけで、僕と七森さんはその後も、お客さんの流れに紛れて園内を歩いていた。お客さんの反応。施設の利用状況や使い勝手。動物たちの様子。手すきの時間に園内を歩いてお客さんの視点に立つことは普段からやっていたが、完全にお客さんとして園に行くということをしたのは新人の頃以来なので、見るべきところはいくらでもあった。もともと動物というものには何時間見ていても飽きないものがあるから時間を潰すも何もなく、閉園前の音楽を聞いて僕たちが呟いたのは「時間切れだね」「もっと見たいですね」ということだった。閉園直前になってもお客さんはそれなりにいて、僕たちは本郷さんを遠目に見て逃げたり、不意に出くわした伏見さんに眉をひそめられたりしたものの、特に誰かに見とがめられることもなく過ごせた。僕は七森さんが言いかけた「犯人」云々を問い質《ただ》したい気持ちがあったのだが、七森さんはそれを後回しにしたようで、展示方法の分析や動物の観察など、仕事めいた、というよりは完全に仕事の話しかしなかったので、僕もそうした。横顔を見ても彼女の頭の中に何があるのかは分からなかったが、何か考えていることがある、というのは、ふとした瞬間の目線や声のトーンから分かった。

午後四時半の閉園時刻前に猛禽館に行くと鴇先生が待っていた。僕たちは閉園後、園内が落ち着く午後五時過ぎまでそこに隠れ、お客さんのいなくなった猛禽館で、一旦ロッカーに行った鴇先生が戻るのを待った。午後六時半過ぎ、すでに退勤したふうを装ってか私服に戻って迎えにきた先生と一緒に猛禽館を出ると、外はもう薄暗くなっていた。昼間はお客さんに囲まれ、ざわめきと歓声の中にあったサル山も、レストラン棟も、中央広場の「親子ゴリラ像」も、今はみな一様に黒いシルエットになり、夕焼けのグラデーションをバックに沈黙している。楓ヶ丘動物園は一日の仕事を終え、眠りにつこうとしていた。

ほどなくして服部君から電話が入り、中央広場でやはり私服に戻った彼と合流した。鴇先生は最初、服部君が来ることに困った顔を見せたが、七森さんが彼の話を聞きたい、と言うと納得した様子で頷いた。

ゴリラ像の母親の方に寄りかかり、お互いの顔が判別しにくい暗さの中、僕は今日のことを鴇先生に報告した。すると鴇先生が、「あなたの見たものをもう一度話して」と言うので、そちらも繰り返して話した。もっとも、服部君や七森さんの手前、菊島宅に侵入したことは伏せて、ヤクザ二名とは菊島宅の前で遭遇したことにしたのだが。

それに続いて、七森さんにせがまれた服部君が、職員について、各事件でのアリバイや金銭トラブル（！）等について話してくれた。僕から見れば、アリバイに関しては新しい情報はなかったし、トラブルや趣味嗜好に関しても、特に目を引くような話は出なかったのだが、七森さんはじっと動かず、服部君の言葉に耳を傾けていた。

「テレビでは『意味不明』って言ってましたけど……」七森さんは呟いた。

「こうして振り返ってみると、やっぱり意味不明だね」

僕が言うと、服部君も顎に指を当てて言った。「やはり変態の仕業でしょうか。イリエワニは背中のゴツゴツ感、ミニブタは強靭な背筋、インドクジャクは腹部の柔らかさがそれぞれたまりません」

「まさか」

「いえ先輩、世界は変態に満ちているのですよ」

「真面目にやりなさいよ」

鴇先生が溜め息をついた。服部君と組むとなぜか僕まで一緒に呆れられるので、理不尽である。「意味不明ではあるけど、何かはっきりした意図があるのは確かなはずよ。昨日の事件についてだって、おかしな所が随分あるから」

「どの点ですか？」

服部君が訊くと、鴇先生は答えるかわりに踵を返した。「それを確かめてみたかったのよ。桃くん、ちょっと来て」

周囲はすっかり暗くなっているので、すぐに追いかけないと先生の姿を見失ってしまう。僕たちは急いで、暗闇に溶け込む先生の背中を追いかけた。先生はポケットから赤いＬＥＤライトを出して点灯すると、園の西側、昨日の事件の舞台になった「お散歩小路」の森の暗闇に入っていった。一番奥にある新ペンギン舎の周辺は捜査中のため立入禁止であるし、すぐ横にはハシビロコウその他、鳥類のケージがあるので、実際には「森」というほど奥深くないのだが、すでに日が落ちているので中は真っ暗で、数メートル先にいるはずの先生の姿もほとんど見えない。

鴇先生は僕を小路の石畳の上に立たせ、持っているＬＥＤライトを消した。「桃くん、そこから私の顔が分かる？」

「無理です」

森の外にいてすら、かなり近づかないと顔の判別は困難なのだ。僕が答えると、先生はライトを点け、僕に向かって放った。赤い光がくるくる回転しながら飛んでくる。慌てた僕が取り落としそうになったライトを、いつの間にか隣に来ていた七森さんがキャッチした。

「七森さん、それで足元を照らしてみて」

「はい」

七森さんが言われた通りにすると、森の中から「もういい」という声が聞こえてきた。ざっ、ざっ、と足音がして、鴇先生がこちらに出てくる。「そっちから見ても分かったでしょうけど、この森の中にいたら、顔や背恰好の判別は不可能ね」

「言われてみれば、不思議ですね」

鴇先生の言葉に、最初に反応したのは七森さんだった。「それだったら、犯人は桃さんを叩く必要がなかったはずですよね」

「そう」鴇先生は僕たちの前まで出てきて、頷いた。「現場はあの暗さだし、さっきの話では、桃くんは小路に入る前の段階でもうライトを消していた。目が慣れれば人影くらいは見えるけど、顔や背恰好を覚えられる危険はないの。わざわざ自分から近づいて殴り倒すなんて危険なことをしなくても、急いで逃げてしまえばよかったはず」

「そうすると犯人は、見られたから殴った……というわけではないのですね」服部君が頷く。「では、ただ単に桃先輩を殴ってみたかったのでしょうか」

「おい」

「当然、それも違う。相手の顔が見えないんだから、追ってきたのが桃くんだということも犯人には分からなかったはずよ」

「僕は昨夜残ることを、本郷さんと鴇先生にしか話していませんしね」

僕も頷いたが、そうすると分からなくなる。「でも、そうだとすると犯人はどうして僕を殴ったのか……」

四人とも、腕組みをしたり、口許に手をやったりするそれぞれの仕草で悩み始めた。

「デモンストレーション、というのはないでしょうか」七森さんが顔を上げた。「犯人は、その時間にそこにいた、ということを誰かに知ってもらいたかったのかも。例えば、犯行時刻をその時だと思わせる必要があった、とか……」

ほう、という声が誰からともなく漏れた。

鴇先生が言う。「面白い意見だと思う」

「いえ、そんな」七森さんは俯くが、なぜか非常に嬉しそうに「褒められたっ」と呟く。

鴇先生はすぐに続けた。「でも、それなら殴る必要はないでしょうね。姿を見せるだけで充分」

七森さんは下を向いてしまう。

全員、なんとなく下を向いて考え込んでいたが、しばらくして、また七森さんが顔を上げた。「……じゃあ、それも犯人に訊いてみませんか？」

虚をつかれた、という感覚が一番近かっただろう。僕たち三人は、なぜ彼女からそんなにあっさりとその言葉が出てくるのか理解できず、問いかける目で七森さんを見た。

「七森さん、さっきもそんなこと言ってたけど……」

「はい」七森さんは僕に頷きかける。「私、犯人がどなたなのか、分かります」

僕は驚いて七森さんを見た。鴇先生と服部君も彼女を見ていた。

見られることに慣れている七森さんは、僕たち三人の顔を落ち着いて見回し、言った。

「私、犯人を呼んでいるんです。……もう来ていると思うので、会いに行きませんか？」

4

七森さんのいきなりの発言に僕はかなり驚いたが、彼女は得意がるでもなく、かといって気おくれする様子でもなく、あくまで落ち着いていた。すでに犯人を「アフリカ草原ゾーン」の前のランチスペース（東屋）に呼んでいるとのことで、ＬＥＤライトを点け、いつになく迫力のある足取りで「アフリカ草原ゾーン」に向かって歩き出す七森さんに従い、僕たちは歩き出した。

七森さんのあとをみんなでついていくという状況は珍しいな——僕はそう思いながら彼女の背中を見る。

正直なところ、本当なのか、という戸惑いがまだあった。第一のルディ拉致事件。ミニブタ二頭の事件。そして昨夜の、インドクジャク強奪事件。どうやら職員が犯人らしいということは分かっているが、ほとんどの人間にアリバイがなく、誰が犯人であるかは皆目見当がつかない状況のはずだった。遺留品はあったが犯人に繋がるようなものではないらしく、警察だって苦労しているのだ。それに、そもそもイリエワニやらミニブタやらを盗む理由が分からない。暴力団が関与しているらしいが、その背景も分からない。なのに彼女は犯人が誰なのか分かる、と言う。本当なのだろうか。横を見ると、服部君も僕同様に戸惑いの表情を浮かべて七森さんを見ている。鴇先生の方は七森さんの思考に追いつこうとしているのか、熟考する様子で口許に手をやり、周囲の何も見えていない、という顔で足だけを動かしていた。

「……さっき、中央広場で話を聞いて、分かったんです」

前方の暗闇を見たまま、七森さんが言う。

僕はその隣に並んで尋ねた。「たしか昼間、犯人は一人しかいない、みたいなことも言ってたけど……」

「はい」七森さんは前を見たまま頷く。「そう思って、『お散歩小路』に行く間にその人に電話をしました。いきなり呼び出したのですが、それでも、来てくれるそうです」

そういえばさっき、七森さんは一番後ろを歩いていたようだ。

彼女の視線には迷いも不安もないようだった。そうなれば、僕はそれを信じるしかない。小さな七森さんを先頭に、僕たちは、月明かりだけの暗い動物園を歩いた。

「犯人は、一人しかいないんです」

少し前の地面をライトで照らしながら、七森さんは話し始めた。

「まず、犯人はワニの扱いに相当、慣れた人です。他の三頭に嚙まれないようにしながら、ルディさんを素早く持ち出さないといけないし、吹き矢を撃って、確実に麻酔をかけないといけません。……あれ、難しいです。桃さん、どのくらいでうまくできるようになりましたか？」

七森さんは横目で僕を見る。僕は答えた。

「今でもあんまりうまくないけど……まあ、三年くらいかな。新人の頃、壁に向かって練習したりはしたんだけど、動物によって動き方とか違うから、『実戦』でやらないとなかなか自信、つかないんだよね」

「そうですよね。……私、まだ自信ありません」七森さんは頷いて、また前を見る。

「だとすると、犯人は、イリエワニを盗み出す計画を立てて、それから練習した、というのではないと思うんです。もともと動物の扱いに慣れている人でなければ……」

「つまり、飼育員ということ？」

僕が訊くと、七森さんは前を見たまま頷いた。「そのはずなんです」

今度は服部君が尋ねた。「事務方という可能性はありませんか。仕事以外で、どこかでワニの扱いに習熟していた、というのは？」

「それなら、同僚のどなたかがそのことを知っているはずです。何年も動物園に勤めていて、ワニのことを一度も口に出さなかった、というのはおかしいです」七森さんはくるりと後ろを振り返る。「でも、服部さん、そういう話は聞かなかったんですよね？」

「聞きませんでしたが、それは犯人が秘密にしていた可能性もあるのでは」

「イリエワニが楓ヶ丘《うち》に来たのは、三年前です」斜め後ろを見ながら歩いていた七森さんは足元の何かに軽くつまずき、慌てて前を見た。「……でも、勤続三年未満なのは、私だけです」

「言われてみれば……」僕は思わず、声に出して呟いていた。

第一の犯行は明らかに計画的なものだが、その計画は少なくとも、うちにイリエワニが来てからでないと立てられない。だが、動物園の動物というのは意外と流動的な存在であり、いつまでそこにそのままいるか分からないものなのだ。体のサイズも変わるし、どこかに引っ越しになったり、最悪の場合、死亡することもありうる。その点を考えれば、一年越しや二年越しの犯行計画などは現実味がない。犯人が今回の計画を立てたのは、少なくとも半年前といったところだろう。

だが、うちの職員はそれよりずっと前から勤めている人ばかりなのだ。

「犯人は犯行計画を立てる前の段階から勤務していたんだから、『犯行計画のために、ワニに慣れていることを隠していた』という可能性も、ないわけか……」

「なるほど」服部君も頷く。「したがって犯人は飼育員、というわけですね」

「そうです。でも、飼育員だと考えると、それもおかしいんです」さっき転びそうになったせいか、七森さんは慎重に足元を照らしながら答えた。「桃さんから話を聞きました。犯人は、私が拾った携帯を捜して、桃さんのロッカーを開けていたんです」

ちらりとこちらを見る七森さんに頷きかける。七森さんは続けた。

「よく考えると、飼育員がそんなことをするのは変なんです。犯人は携帯をどこかに置き忘れたことに気付きました。ミーティングルームに置き忘れたことを思い出したかもしれないですし、もしそうなら、ミーティングルームに戻ってみて、誰かが持っていってしまったことにも気付いたでしょう。でも」七森さんは、自分に対して問いかけるように少し俯いた。「それなら、どうしてロッカーを捜したんでしょうか。私は携帯を拾ってすぐに飼育員室の机に置いて、そのままにしていました。犯人が飼育員室を捜していたら、簡単に見つけていたはずです」

実際に、携帯は目立つように置いてあった。そのことを思い出して、僕も気付いた。つまり犯人は、飼育員室を捜す前にロッカーを捜す、という奇妙な行動をしていることになるのである。

「更衣室は一階の隅で、勤務中にあそこまで行く人はなかなかいません。誰かが拾ったのなら、飼育員室か事務室に持っていくはずですし、犯人自身だって、まず飼育員室を見てみるはずなんです。それなのに、犯人がそうしていないということは……」

それまで黙って考え込んでいた鴇先生が、口を開いた。「……そうか。ようやく分かったわ」

七森さんは斜め後ろの鴇先生をちらりと振り返り、軽く頷きかけてから続きを言った。

「犯人は、飼育員室に入ることを躊躇う立場の人なんです。普段、飼育員室に入らないので、いきなり飼育員室に現れれば、携帯を取りにきたことがばれてしまう。そういう立場の……つまり、飼育係以外の人なんです」

「えっ、ちょっと待った。でもそれだと」僕は大急ぎで頭の中を整理した。「犯人は飼育員なんじゃないの？　飼育員で、なおかつ飼育係の人ではないってことになっちゃうんじゃ……」

「一人だけ、います。飼、飼、飼育員で、で、でも飼、飼、飼育係でな、な、ない人、人が、が」

話しながらもずっと歩いていたので、僕は自分たちが、いつの間にか「アフリカ草原ゾーン」の前に来ていたことに気付いた。その頃には目が慣れていて、ランチスペースの東屋から、人影が出てきたのが見えた。

「……つまり、あの人です」

七森さんはＬＥＤライトを前方に向け、赤い光の中に浮かび上がるその人に言った。

「来ていただいてありがとうございます。……園長さん」

5

LEDライトの光に照らされたのは紛れもなく、楓ヶ丘動物園三代目園長の佐世保修氏である。帰宅途中を呼び戻されたのか、勤務中と同じ、僕たちが見慣れたスーツ姿だったのだが、赤い光に照らされて立っているその姿は安っぽい作りもののようで現実味がなく、何かの冗談に思えた。目の前に立っているこれは本当にうちの園長なのだろうか。

七森さんは園長からライトの光をそらした。「伺いたいことがあります。どういうことかは、電話でだいたいお話ししましたけど」

園長は七森さんを見た後、その後ろにぞろぞろと続く僕たちも一瞥した。

「七森さん、それに桃本さん。あなたがたは今日、出勤しないようにと言っておいたはずですが、その意味が分かっていないのですか？」

「分かっています。でも、来ました」七森さんが園長の前に立つ。「来てくださったということは、園長にも理解していただけたんですよね」

園長は軽く溜め息をついた。「電話で言っていたのは要するに、ここのところ連続で起こっている盗難事件の犯人が私だ、ということですね？」

「はい」

「随分、突飛な話ですね」

あたりは真っ暗だが、この距離であれば園長の顔色は窺える。だが園長は無表情だった。

「こんなことは言いたくありませんが、今回の事件のせいで、私の仕事にはかなりの支障が出ています。その上、場合によっては処分の対象になる。……それなのに、私が犯人なのですか？」

「だから、どうしてなのかを伺いたかったんです」

七森さんは園長を見上げたまま目をそらさない。「昨夜の事件の時、園長はどうして現場に来ていたのですか？　担当の本郷さんに一言も断らず、しかも、桃さんが襲われた直後に、誰も用がないはずの新ペンギン舎に現れたのはなぜですか？」

「それをお話しする必要がありますか？」園長はあくまで落ち着いていた。「そもそも、なぜ私が犯人だと思ったのですか。犯人だというなら、何か証拠を見せられますか？」

「すぐには無理です。でも」七森さんは怯《ひる》まず、園長に向かって言った。「いずれ必ず出ます。動物を盗みに入った時、絶対に誰にも見られていないと言えますか？　犯行に使った道具はどうやって処分しましたか？　携帯電話の通話記録は？　そういうものすべてを完璧に隠せると思っていますか？」

「さて、はたしてそうでしょうか？」園長は余裕ありげに言い、両手を広げた。「本当にそんな証拠が出てくるでしょうか」

二人は沈黙したまま、暗がりの中で視線をぶつけあった。七森さんはもう無言で、ただ、まっすぐに園長を見ている。園長も彼女を見下ろしているが、どうやら余裕ありげに笑みを浮かべているらしいその表情が本心からなのかどうか、僕には判断できない。

が、沈黙を破ったのは鴇先生だった。

「園長、悪のりが過ぎるかと思いますが」

ここでこの人が発言するとは思っていなかったので、七森さんをはじめ、僕たちは不意をつかれた顔で鴇先生に注目した。

鴇先生は髪をかきあげて溜め息をつくと、たしなめる調子で言った。「冗談がお好きなのは知っていますけど、真面目な顔をして若い子をからかうのはどうかと」

言われた園長は無表情のまま、鴇先生から視線をそらした。

「鴇先生……?」

不審げな顔で自分を見上げる七森さんに、鴇先生は怒るでもなく笑うでもなく答えた。

「この人は分かって乗っているのよ」

「……何を、ですか?」

「犯人が自分ではなくて、別の人だということよ。さっきから園長は、自分が犯人です、とは一言も言っていないでしょう?」

「でも……」

七森さんはその後にどう続けていいか分からなくなったらしく、言葉を切った。

鴇先生はそんな七森さんを落ち着いて見下ろし、ゆっくりと言った。

「園長は第一の事件の時、『怪盗ソロモン』の名前を口外しないよう、私たちに言っていたし、マスコミに対しても伏せていた。実際のところ、マスコミにあの名前が漏れないようにするにはかなり苦労したはず、ということを考えても、園長は今回の事件に関して、マスコミでの扱いが小さくなるよう全力を尽くしていた」

「それは……そうですね」七森さんは頷いた。

「そんなに苦労してマスコミでの扱いを抑えようとするくらいなら、『怪盗ソロモン』なんていう、マスコミが大喜びで食いつきそうな署名をわざわざしないでしょう。園長が犯人だとすると、事件を派手にしたがっているようにもとれる犯人の心理と矛盾する」

「あ……」

七森さんを含め、その場の全員が頷いた。確かに僕たちは、最近の園長が苦労しているのも知っている。

鴇先生は園長の方に一歩、踏み出し、七森さんと彼を見比べるようにした。

「そもそも、園長が犯人だとしたら、昨夜、無線で私を呼んだのはどうして？」

「それは、桃さんの容体が心配だったとか……」

「そういう理由で呼んだなら、匿名で呼びつけて姿をくらませばいいだけよ。明らかに怪しいタイミングで顔を見せてまで、桃くんのところについている必要はどこにもないでしょう」

「それは……そうですね」七森さんは素直に俯いてしまい、それから慌てて顔を上げて園長を見た。「あの、園長」

頭を下げようとする七森さんを、鴇先生が遮る。「いいのよ。園長はどうせ、分かってて わざと黙っていたに決まってるんだから」

鴇先生は呆れ顔で園長を見る。

「いやいや、なかなか面白かったですよ」園長は、そこで初めておかしそうに微笑んだ。「七森さん、気にすることはありません。必要に応じて大胆な判断ができる、というのは大事なことです」

「……申し訳ありません」七森さんは身を縮めて俯いてしまう。

「いえ、あの、ですが」分からないまま話が進んでいってしまうので、僕は急いで割って入り、鴇先生に訊いた。「七森さんの説明は筋が通っているように思えます。犯人はワニの扱いに慣れていて、しかも飼育係でないっていう」

「それは正解」

「え、でも、それじゃ園長以外には……」

鴇先生は、分かっている、というように手を上げて僕を制した。「いま説明してあげる」

えっ、と同時に声を漏らす僕たちを尻目に、鴇先生は服部君に何か囁きかけた。服部君は先生の囁きに応じて頷き、さっと駆け出して暗闇の中に消えた。

七森さんが訊く。「鴇先生、犯人が誰だか知ってたんですか？」

「園長じゃないことは知っていたけど」鴇先生は溜め息をついて、七森さんに視線を返す。「気付いたのはついさっきよ。あなたの話を聞きながら、頭の中を整理していたの」

そういえば、鴇先生はさっき、確かに考え込んでいたし、分かった、というようなことも呟いていた。僕はてっきり、園長が犯人だという七森さんの推理に納得したのだと思っていたのだが。

「じゃ、爬虫類館に行きましょう」先生は落ち着いた様子でポケットに手を入れ、じゃらりと鍵束を出した。「先に犯人が用いたトリックを説明するから。現場を見た方が分かりやすいでしょう」

先生はくるりと踵を返して歩き出す。僕たちは再びぽかんとして立っていたのだが、すぐ後に続いたのは、さっきまで犯人扱いされていた園長だった。僕には園長の顔が笑っているように見えたのだが、あるいはそれは暗いせいで見間違えたのかもしれない。

七森さんがぱっと駆け出して先生の後を追い、僕も続いた。

先生に追いついた七森さんが訊く。「鴇先生、トリックって何ですか？」

「ちょっとしたことよ」身長差のせいで何かをねだる子供のように見えてしまう七森さんを振り返り、先生は肩をすくめる。「本当は、最初の事件が起こった段階で気付いていなきゃいけなかったんだけど」

キリン舎やゾウ舎なら夜中に覗いたことがあったのだが、夜の爬虫類館に入るのは初めてだった。園長が一緒、ということもあるのだろうが、鴇先生は全く躊躇わずに鍵を開け、真っ暗な玄関ホールに踏み込んで、館内の照明を最小限の非常灯だけ点灯させた。七森さんはもの問いたげに、僕は黙って、展示室のドアを開ける鴇先生に続く。夜間とはいえ館内設備は動き続けている。爬虫類館の湿った熱気とポンプの音が普段通りにドアからあふれでてきて、僕の体を包んだ。

とはいえ、踏み込んだ展示室は異世界だった。頭上はるか高く、ガラス張りの天井のむこうには藍色の夜空が広がり、闇の中、四周にそびえる壁面には圧倒的なスケールで熱帯性植物が蔓《つる》を伸ばし、重なりあい絡みあって葉を茂らせている。周囲に生い茂る樹木の曲線とアクリル壁の人工的な直線。オレンジ色のフットライトが床に反射し、それらをシルエットで浮かびあがらせる。頭上を見回した僕は思わず口を開け、感嘆の声を漏らしていた。人の住む場所ではなく、自然のジャングルでもありえない魔界のような空間だ。

「……凄いですね」声のした方を見ると、七森さんも僕の隣で、口を開けたまま周囲を見渡していた。

「観光や肝試しにきたわけじゃないんだけど、いい？」鴇先生がいつも通りの声で言い、僕と七森さんは慌ててそちらに返事をした。

「最初に確認しておきたいのは、ここで起こった第一の事件には、いろいろと奇妙な点があったということ」

闇の中でかすかに「ほう」という声がした。声のした方を見ると、フットライトに下から照らされた園長が顎に手を当て、楽しげに鴇先生を見ている。

「犯人はなぜ、使いもしないスタンガンを見せつけるように捨てていったのか。なぜ、怪盗ソロモンという貼り紙を残していったのか。この事件の時だけ、なぜわざわざ広報係に電話をかけたのか」フットライトで下からオレンジ色に照らされた鴇先生は、一本ずつ指を立てていく。「そして、電話をかけておきながらなぜ、『爬虫類を頂きました』という言い方をしたのか」

「そういえば……」七森さんが反応した。「イリエワニ、ってはっきり言わなかったんですよね」

「すべて理由があるのよ。それにもう一つ。なぜ犯人は、ルディ以外の三頭も麻酔で黙らせなかったのか」鴇先生は腰に手を当て、背にしているグリーンイグアナの展示場をちょっと振り返った。この時間なので当然、イグアナたちは闇の中でじっとうずくまり、眠っている。「イリエワニはあまり動く動物じゃないし、あらかじめ麻酔でおとなしくさせておいても、来園者に不審に思われることはないはずなのに」

「言われてみれば、そうですね」

僕は頷いた。スタンガンを使ってイリエワニを黙らせるのは不可能ではないが、それでも使用時には一メートルくらいの距離まで接近しなければならない。そんな危険なことをするぐらいなら、他の三頭も先に麻酔でおとなしくさせておいた方がはるかに簡単だ。スタンガンの攻撃を受けたワニが暴れれば犯人も危険だし、派手に水音がたてば犯行が目立ってしまう。

「答えは簡単よ。犯人は、本当は四頭すべてに麻酔を使っていた。でも、そう思われたくはなかった」

僕と七森さんだけでなく、園長も黙って鴇先生を見ている。応える者はおらず、鴇先生もそれを分かっている様子で、講義のような調子で続けた。

「犯人は、ルディ以外の三頭に麻酔が使われたという事実を隠さなければならなかった。それがばれてしまうと、せっかくのアリバイトリックが台無しになってしまうから」

「アリバイトリック、ですか」園長が呟いた。

鴇先生は園長に頷きかけ、続けた。

「犯人はあるトリックを使って犯行時刻を誤認させ、アリバイを手に入れた。そしてそのトリックはそのまま、犯人――『怪盗ソロモン』が誰なのかを示している」

「犯行時刻……」僕は確かめずにはいられない。「閉園前後……四時十五分から五時あたりまで、じゃないんですか？」

「犯行時刻はもっと前よ。おそらくはあなたが最後に爬虫類館を見た午後三時過ぎから、午後四時前のどこか」

「でも、無理ですよ」いくらなんでもそれはないだろう、と思い、僕はつい思うままを言ってしまった。「その時間はまだ衆人環視です。お客さんが常にいたとは限りませんが、いつ入ってきてもおかしくないんですから、体長一メートル以上のイリエワニをこっそり持ち出すなんてことは……」

「できるのよ。つまり、衆人環視でないようにすればいいんだから」

鴇先生は踵を返すと、グリーンイグアナの展示場の前から移動し、通路の分かれ道にある、小型ヘビ類のケージの前に立った。

「爬虫類館の地図を思い浮かべてみなさい。この建物はいくつかの通路に分かれていて、イリエワニの展示場は、西側の通路に入らなければ見えないようになっている」

鴇先生が手で、後方を指し示す。確かに、イリエワニの展示場は一番西側に、西向きで設置してあるから、西側の通路に入っていかなければ見えない。

「それなら簡単でしょう、西側の通路に入る分かれ道であるそこ、オオアナコンダの展示場の前と」鴇先生は南側のオオアナコンダの展示場を指でさし、続いて北側、カイマン類の展示場のあたりも指した。「あのあたり、カイマン類と熱帯魚の展示場の前あたりを通行止めにしてしまえば、犯行中、誰も現場には入ってこない。一時的に衆人環視の状況をなくせるのよ」

足音がして、西側の通路の奥から服部君がやってきた。

服部君は、抱えていた「立入禁止」の立て看板をオオアナコンダの展示場の前あたりに置くと、このあたりですね、と鴇先生に確かめた。鴇先生が「御苦労様」と応じる。

「そうか……」

動物園では、一部の展示を中止したり、展示場の改装等をするため通路の一部を封鎖することがよくある。楓ヶ丘動物園でも現在、「お散歩小路」のうち新ペンギン舎の建設現場に行く道は封鎖しているし、そうでなくとも動物の移動や何かで、開園中、日常的に立入禁止の立て看板を置いている。爬虫類館の通路の一部をふさいだらお客さんはがっかりするかもしれないが、だからといって不審に思うわけではない。

鴇先生は立て看板に手を置いた。「この看板を置いて来園者の侵入を防いで、ルディを入れたケースを大きめのバッグで包み、何食わぬ顔で爬虫類館を出た後、立て看板を戻す。立て看板が出ているのを見た数名の来園者は別に不審には思わないまま帰ってしまう。仮に、その夜のニュースで事件のことを知ったとしても、そういえば立て看板が出ていたのは何か関係があるのか、という程度にしか思わない。警察もマスコミも、犯行時刻は閉園前後だと言っているから」

「では、犯人は午後三時過ぎからの時間帯にアリバイのない人間」服部君が、確認するように言う。「そして、閉園前後にはアリバイのある人間ですね」

「なるほど。……いえ、ちょっと待ってください」僕はつい、必要もないのに挙手してしまう。鴇先生の口調が講義めいているせいだろうか。「それじゃ、貼り紙はいつ貼ったんですか？　ワニが一頭減っていてもお客さんは気付かないと思いますけど、あんな

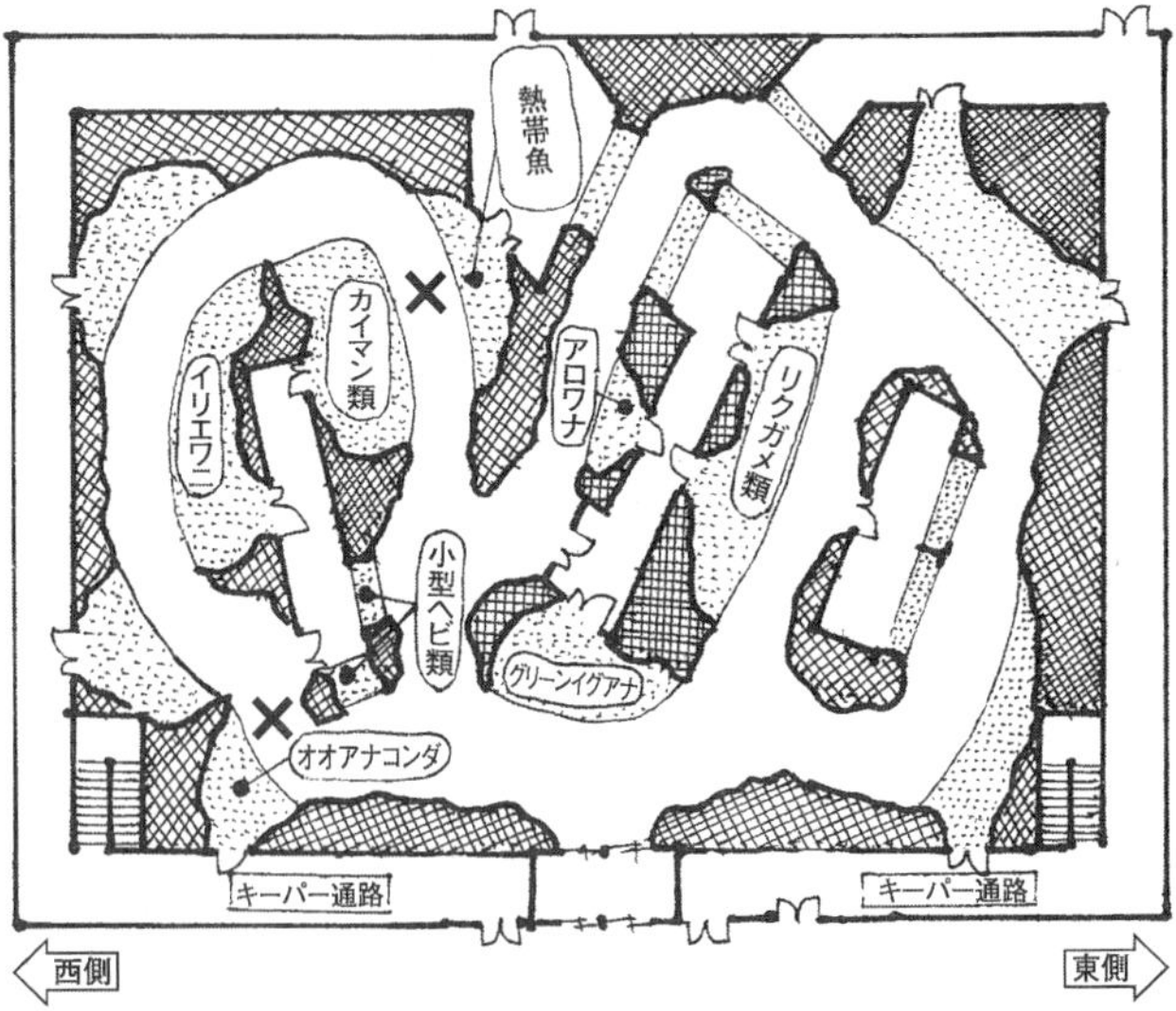

目立つ位置に貼り紙があったら……」

「当然、貼り紙は閉園後に貼ったのよ」

「でも、貼りにいっていたらその時間帯のアリバイが……」僕は言いかけ、自分で気付いた。「あ、そうか」

鴇先生も頷いた。「犯人は閉園前、午後四時くらいからはアリバイを確保しなくてはならない。とすれば、貼り紙を貼りにいくチャンスは一度しかないの。……つまり、事件発生の瞬間ね」

「それじゃあ……」

僕は事件発生時の記憶を探る。僕が最初に見たのは、管理棟から駆け出してくる村田さんと遠藤さんだ。彼らと一緒に爬虫類館に入り、僕はリクガメ類の展示場へ行った。イリエワニの展示場に真っ先に行き、貼り紙を見つけたのは……。

「……村田さん、ですか？」

「そうよ。『怪盗ソロモン』はあの人」

鴇先生はそう言うと、僕たちの後ろに向かって声を飛ばした。「そうですよね、村田さん？」

振り返ると、僕たちの背後、グリーンイグアナの展示場の前に、村田さんが立っていた。下からオレンジ色に照らされたその顔には表情がなく、視線だけは静かに鴇先生を捉えている。

村田さんは、注視する僕たちを見回すと、黙って目を伏せた。その動作一つで僕は、この人が犯人だという事実を認めざるをえなくなった。

「村田さん、なんでここに……」

「私が呼んでおいたんですよ。話を聞こうと思いましてね」

園長が言った。「私は最初から、あなたが犯人ではないかと思っていましたので」

村田さんは目を伏せたまま、一言も発さなかった。両の拳を握ってはいたが、驚いているのでも怒っているのでもなく、かといって怯《おび》えているのでもないようで、この人の頭の中が分からない。

鴇先生が一歩、前に出た。

「事件発生時、貼り紙を『見つけた』のはあなただそうですね。……広報係に対しては、録音機材と携帯電話を使って電話をかけたんでしょう。電話を受けている状態では、同じ部屋の人間が少しくらいおかしな動きをしていても気付きにくい」

鴇先生は淡々と続ける。「電話で『イリエワニを』ではなく『爬虫類を』と言ったのもそのためです。『爬虫類を』と言えば、盗まれそうな動物が何なのかを知っている職員はまず、東側のリクガメ類を見にいきます。あなたはその間、イリエワニの前で一人になれる」

確かにあの時、村田さんは進んで西側に行った。あの時に貼り紙を貼っていたのだ。それだけではない。広報係のこの人なら、「怪盗ソロモン」からの電話を受けた遠藤さんの行動をある程度コントロールできるし、自家用車で通勤しているから、盗んだルディを隠し、持ち出すことも容易だったはずだ。確かに村田さんには、犯行に際して都合のいい要素があった。

村田さんは動かなかった。かわりに展示場のグリーンイグアナが動いたようで、アクリル板の奥から、ぽちゃ、と水音が一つ、聞こえてきた。

「いつから……」村田さんは動かないまま、疲れきったような弱い声で言った。「いつから、私だと……？」

「最初の時点で気付いているべきでした。あなたがわざとらしく残していたスタンガンを見つけた時から」

鴇先生は村田さんをまっすぐに見たまま言う。フットライトが作る影のせいで、先生の顔はいつもより一層、冷静に見えた。

「あのスタンガンを残したのは、犯人がそれを使ったと見せかけるため。あなたにはその必要があったんです。もし、ルディ以外の三頭にも麻酔を使っていたことがばれてしまったら、本当の犯行時刻までばれてしまう」鴇先生は淀みなく言う。「麻酔の効果がいつ切れるかは正確に予測できない。犯行直後に都合よく覚めるように調節するのは不可能です。それなのに事件発生時、ルディ以外の三頭は完全に回復して、動き回っていた。閉園前後に麻酔を撃たれていたら、少なくとも一頭か二頭はまだ、麻酔の影響下になければおかしいんです。……あなたはその不自然さに説明をつけるために、『犯人は、他の三頭にはスタンガンを使った』というアピールをした」

鴇先生がそこまで言うと、村田さんは握っていた手を緩めて開いた。

そして息を吐いた。深く深く、腹の中に巣くった何かを出してしまおうというように。

鴇先生はそれを見届けるように黙って待ち、それから訊いた。

「……なぜ、イリエワニを？」

村田さんは目を伏せたまま、ぼそりと呟いた。

「あの男が、馬鹿なことを、ね……」

「ウァレフォル……菊島のことですか？　あの男は、暴力団の……」

僕が言うと、村田さんはぱっと顔を上げ、初めて表情を変えた。「菊島のことを知っていたんですか」

「ええ、あの……」どこでどう知ったかは言えない。「村田さん、菊島とどういう関係なんですか？」

僕は村田さんに視線を据えた。鴇先生だけでなく、僕からさっき話を聞いた七森さんと服部君も、黙って村田さんに注目している。園長は菊島の名前を初めて聞くはずだったが、黙って話の先を促すことにしたようで、やはり無表情のまま村田さんを見ていた。

村田さんは僕たちを見回し、全員が自分に注目していると知ると、もう一度溜め息をついた。

それから、ゆっくりと話し始めた。

「あの男は……菊島は同郷でね。子供の頃から粗暴な男で、地元ではみんな、名前を知っている悪《わる》なんです。どこぞの高校生を刺しただの、女子学生を強姦しただの、噂だけはいろいろと聞いていましたが、本当のところは分からない。ただ、あの男の母親はいつもすまなそうな顔をしていましたね」

村田さんはまるで自分がその親になったような、疲れた顔をしていた。

「私は中学までずっと同級でね。関わらないようにしていましたが、何度かまずいことに誘われたり、金を取られたりはしていました。つるんでいない私ですらそうでしたから、あの男がいつも絡んでいた何人かはもっとずっと酷い目に遭っていたでしょう。あいうのとは絶対に付き合うなと、親父にもきつく言われましたよ。高校を出て、地元を離れ……ようやく縁が切れたと思ったんですが」

村田さんはまた溜め息をつき、わずかに顔をしかめた。

「どこで知ったのか……三ヶ月ほど前、いきなり電話がかかってきたんです。何十年も会っていなかったのに、昨日一緒に飲んでいたような馴れ馴れしさで」

村田さんの口調がだんだんと強くなる。オレンジ色のフットライトに照らされていると、なんだか舞台上の役者のように見えてくる。

「お前、動物園に勤めてるんだってな、と……いきなりそう言ってきました。そして、金儲けの話があるから手伝え、と。……あいつは暴力団と組んで、密輸をしていたんです」

「イリエワニの密輸……？」僕はつい口を挟んでしまう。それがなぜ金儲けになるのか。

「密輸するのは、正確にはイリエワニではありません。覚醒剤ですよ」

「……覚醒剤？」

話が分からない。正確には、とはどういうことだろう。

だが僕が首をかしげるより早く、鴇先生が言った。「ワニの胃の中に覚醒剤を隠して運ぶ、ということですか？」

村田さんは頷いた。

「イリエワニに限らず、ワニは食いちぎった獲物を丸呑みにして、ゆっくり消化します。胃の容量は大きく、ルディくらいの大きさでも、無理をすれば一キロ以上入る。……覚醒剤は末端価格が上がっているそうでね。一頭当たり、一億円分は運べるとか」

思わず「そんな」と呟いた七森さんに、鴇先生が言う。

「ワニの胃の中に隠せば税関で見つかる可能性が小さいかもしれない。猛獣相手じゃ係員は念入りにチェックできないし、麻薬探知犬も近付けない」

確かに、イリエワニは生息地によっては輸出が自由だから、動物自体の密輸は疑われない。そうなれば、税関職員もそれほど注意しては調べないかもしれない。

鴇先生は思い出したように言う。

「北朝鮮製の覚醒剤が、東南アジア経由で日本に入ってくるケースがあると、聞いたことがあるわ。経由地はイリエワニの生息地とも一致するから、そのあたりから思いついたのかもしれない」

「それじゃあ」言いかけた僕は、言葉を続けられなくなって首をかしげた。「……それが、どう関係するんですか？　ルディは密輸とも関係がないし、腹の中にも何も」

「菊島が持ちかけてきたのは、覚醒剤入りのワニと、ルディをすり替えることです」

村田さんは視線をそらし、オオアナコンダの展示場を見た。

「あの男は倉庫とトラックを持っていて、密輸されたイリエを運び、保管する役をしていました。そこで、何頭かまとめて入ってきたワニのうちの一頭を普通のワニとすり替え、中の覚醒剤をかすめ取る計画を立てた。すり替えが済んだら、何食わぬ顔をして、今回入ってきたワニの中に一頭、『中身』のないワニが混じっていた、と騒ぎ立てればいい。暴力団連中はまさか『別のワニを持ってきてすり替えた』などとは考えず、現地の業者の手違いを疑うだろう——というのが、あの男の計画でした。事実、それはうまくいきました。ワニの盗難事件が報道されていた頃ならすり替えも疑われたでしょうが、あの報道はすぐに下火になり、あの男がすり替えをする頃には、誰も覚えていなかった」

「じゃ、ルディは……」

「……申し訳ない」

村田さんは拳を握り、僕にむかって、ぐっ、と頭を下げた。

頭を下げられても何にもならないのだ。今更村田さんを非難しても意味がない。僕は何も言えなかった。

「桃さんには、本当に申し訳ないと思っています。ルディの時の代番もあなたなら、私が殴ったのもあなただ」

「なぜ、そんなものに協力したのです」

園長が、返答次第ではただでは済まさない、という冷たい声で訊いた。

村田さんはオオアナコンダの展示場を見つめたまま、顔をしかめた。

「……脅されていた」

グリーンイグアナの展示場から、また水音がした。

「やらなければ、お前の職場で事故が起きると……」

事故、という言葉を聞いて、僕の脳裏にぱっと浮かんだものがあった。

「まさか、ココの……」

ダチョウのココはしばらく前、体調を崩していた。鴇先生は誤飲の可能性があると言っていた。村田さんは、ココの容体を気にしていた。それに、伏見さんから聞いている。園内を物色するようにうろつく怪しい男がいた、と。

「でも、どうして……」

再び、いくつもの疑問が同時に湧き上がってきた。「どうしてあんなことをしたんですか？　いや、それ以前に、脅されていたならなんで警察に届けなかったんですか？　脅迫されているなら、その時点で犯罪じゃないですか。警察だってそれなりに……」

「あの男は、逆上すると何をするか分かりません。動物に手当たり次第毒を与えるくらい、平気でする」

手当たり次第、という言葉を聞いてぞっとした。もし、そんなことになっていたら。

「それにね、桃さん」村田さんは、なぜか苦笑するような顔になった。「刑法の条文、御存知ですか？」

「いえ」

「『生命、身体、自由、名誉又は財産に対し害を加える旨を告知して人を脅迫した者は』鴇先生が答えた。「脅迫罪の条文はこうよ。お前の職場の動物を殺す、では成立しないかもしれない。直接に業務を妨害したわけではないから、威力業務妨害罪も成立するかどうか」

「そんな。……そうなんですか？」

僕が訊くと、鴇先生は、村田さんを見たまま冷淡に頷いた。「少なくとも、警察は積極的に動いてはくれないでしょうね」

「計画がうまくいって、あの男は上機嫌でした。それきりだと思っていたのですが……」村田さんは目を細めた。「空中の何かを睨みつけている。「調子に乗ったあの男は、また電話をしてきました。今度は、高く売れるカメを盗んでこい、と」

周囲の温度が下がったような気がした。それとも、僕の背筋が冷えただけなのだろうか。

「私は、もう無理だと言いました。でもあの男は、毎日電話をかけてきて、やらないとどうなるか分かっているのか、と……」

村田さんは、今度は七森さんに頭を下げた。

「あの……」七森さんは、恐ろしいものを見せられたように緊張した表情になった。

「私が断り続けていたら、ある朝、電話がかかってきました。出勤して、ブタの檻を見てみろ、と」

七森さんが口を押さえた。

「ケージが乱暴に壊されていました。中を見ると、毒を食べさせられたミニブタが……」

「村田さん」

僕は止めようとしたが、村田さんはそのまま喋り続けた。

「ミニブタだったことに理由はありません。ただ、狙いやすかったから、ということでしょう」村田さんの声がかすかに震えている。「私は……それを見た時に、なんとかしなくてはならない、と思ったんです。あいつをなんとかしなくては、このままでは他の動物も……。それで私は、ミニブタの死骸を運び出して埋め、急いで管理棟に行って、貼り紙を用意しました。ミニブタが殺されたのではなく、盗まれたことにするために」

「なんで、そんなことを」

「まさか、あなたは」鴇先生が口を開いた。「事件を重大なものにして、警察を動かそうとしたんですか？」

村田さんはかすかに口許を歪めた。笑ってみせようとしたのかもしれなかった。

「……鴇先生は、さすがですね」

「どういうことですか？」

僕が訊くと、鴇先生は落ち着いて答えた。

「動物を殺しても器物損壊罪か、動物愛護法違反にしかならないのよ。器物損壊罪は最大でも三年の懲役。動物愛護法違反は一年。動物園の動物なら威力業務妨害になるかもしれないけど、これだって最大で懲役三年。……対して、窃盗罪は十年」

初めて聞いたことだった。動物を殺しても懲役三年だが、盗んだ場合は十年。

「法律上は、動物は『器物』なんですよ」村田さんは口許を歪めた。そうすると思春期の少年のように偽悪的な表情になり、この人には全く似つかわしくなかった。「『器物』なら、ただ壊すやつより盗むやつの方が多い。だから、盗む方が罪も重い」

俯いていた七森さんが、かすれた声で言う。「そんな言い方……」

「法律上は、でしょう」これだけはすぐに言わなければならない気がして、僕は村田さんを見た。「僕は動物を『器物』だと思ったことは一度もありません。ここにいる全員がそうです」

村田さんは頷いた。「……でもね、警察の対応は変わってくるんです」

「インドクジャクの事件も、それが目的……というわけですね」鴇先生が、ひどく落ち着いた声で言った。「あなたはあの時、必要もないのに桃くんに怪我をさせています。現場に落ちていたライターも、あなたが菊島宅から盗んだものですね？」

「その通り、です。安心してください。インドクジャクは私の実家で飼っています」

村田さんは鴇先生を見た。

僕はこの二人の会話についていけず、鴇先生に「どういうことですか」と訊いた。

鴇先生は村田さんに視線を据えたまま、抑えた声で答えた。

「インドクジャクの事件は、警察に捜査してもらうために起こされた、ということよ。同一犯の犯行とみられる事件を起こし、現場にはわざと遺留品を残す。もちろん自分のものではなくて、菊島宅から盗んだ菊島の持ち物をね」

村田さんが、それに合わせるように続けた。「菊島の家に話しあいに行ったらね、あの男、窓を開けたまま外出していたんです」

「窓を……」

僕は侵入時、菊島宅の窓が開いたままだったのを思い出した。もしかして、村田さんも僕たちと前後して菊島宅に侵入していたのだろうか？

「忍び込んで、ライターを持って帰りました。インドクジャクのケージは仮設だったので、それを選んで事件を起こして……あのライターを残しました。あのライターはそうたくさん出回っているものじゃない。警察が調べれば、あの男も容疑者リストに上がるはずでした」

「そして、桃くんを殴って事件を『強盗致傷事件』にした。強盗致傷の刑は最大で無期懲役。最低でも懲役六年。……警察の取り組み方も違う」

鴇先生はそう言うと、初めて村田さんに鋭い目を向けた。「あなたは自分のしたことがどれだけ危険か、分かっていないようね。映画じゃあるまいし、『殴って気絶させる』なんてことが簡単にできるとでも思っていたの？　人間は、怪我をしない程度の力で殴ってもそうそう失神しない。逆に確実に失神させられるような力で殴れば頭蓋骨折、下手をすれば即死よ」

「確かに、そうですね」服部君が生真面目に付け加える。「受傷直後はこぶ程度でも、頭蓋内で徐々に出血し、血腫が脳を圧迫しながらじわじわと成長するケースもあります。

その場合、自覚症状がないまま数日が過ぎ、突然死亡する、といったことになるわけでして」

こちらを見ながら言わないでほしい。「怖いんだけど」

服部君は僕の後頭部を凝視する。「現在の先輩には自覚症状がないようですが、こうしている間にも脳がめりめりと圧迫されているかもしれませんね」

「やめてよ」

「先輩、気分はどうですか」

「悪いよ。そんなこと言われると」僕は溜め息をついた。

「まったく」服部君に毒気を抜かれたらしく、鴇先生も肩を落とした。「だいたい分かったわ。『怪盗ソロモン』がミニブタの時だけ逃亡の危険がある盗み方をしていたのも、あの事件だけ犯人が菊島だったからなのね」

すると、それまで黙っていた園長が口を開いた。

「園や担当者に迷惑がかからないよう、細心の注意を払っていた……と言いたいわけですね。あなたは、あえて貼り紙を残すことで『脱走事故』ではなく『盗難事件』にした」

こんな時でも園長の表情には変化がなく、口調もそのままである。「昔の職場のことが浮かびましたか」

昔の、と言われた瞬間、村田さんの表情が一変した。「なぜ……」

「あなたの経歴を調べました。あなたは経歴詐称をしている」

この指摘は予想外のものだったらしい。村田さんは、さっと園長から目をそらした。

「七森さん、あなたが言っていたでしょう」園長は軽く首を巡らせ、七森さんを横目で見る。俯いていた七森さんが、驚いたように顔を上げた。

「犯人は動物の扱いに慣れていなければおかしい。だが、もし飼育員以外でそういう人間がいたなら、そのことを誰かに話しているはずだ……」

七森さんは無言で頷く。

「その答えがこれです。彼はワニの扱いに習熟していた。しかし、事情があって、犯行を計画する前からたまたま経歴を隠していた。経歴を隠していた理由は、事件とは別にあったんです」

僕は村田さんを見たが、村田さんはもう観念した、ということなのか、目をつむっている。

「経歴を……」鴇先生が呟いた。「やはり、そうですか」

「ええ。鴇先生の考える通りですよ」園長が頷いた。「村田さんは十五年前、イリエワニの脱走事故がもとで閉園になった正木動物園に勤めていました。当時のイリエワニの担当者が彼です」

村田さんに視線が集まる。村田さんはまだ目を閉じていた。

動物園が一つ閉鎖されたからといって、そこに勤めていた職員が消えてなくなるはずがない。皆、どこかでまた働かなくてはならないのだ。脱走した動物が市民に怪我をさせた。もしかしたらその後、そのワニも殺処分されたかもしれない。飼育員としては、これに勝る失態はない。だがそれでも村田さんは、また動物園に戻ってきた。もちろん、不名誉なだけでなく不都合と言い得る経歴は隠した。

「なぜあの男が、私の過去を知っていたのか分かりません。でも菊島は……」村田さんは目を閉じたまま、歯をくいしばるようにしながら声を出した。「あの男は、ケージを壊してやると言って……そうなったらお前のせいだぞと……」

「卑劣な」

そう呟いた園長は、一瞬だけ感情を露わにしたように見えた。

ようやく、分かった。犯人がなぜわざわざ怪盗を名乗ったのか。なぜ慎重に、他の個体が逃げないようにインドクジャクを盗んだのか。村田さんの脳裏には、過去の失敗の記憶が恐怖とともに刻みつけられていたのだ。脱走が起こったら、どんなことになるか。

「ソロモン王の伝説は、正木にいた時に先輩から聞いていました。飼育員の理想の一つです。……しかし、何か名乗らなくてはならないと思って、とっさに出てきたのがそれとは」村田さんは右手で顔を覆った。「十五年前にあんなミスをして、今度は犯罪を。何がソロモンなんだか……」

村田さんは強く息を吐き、下を向いた。

僕はどう声をかければよいか分からなかった。沈黙した僕たちのまわりで、ポンプのたてる水音だけが一定の音量で続く。

だが、園長はまるで日常業務を指示するように言った。

「では村田さん。今の話をもう一度、あちらの方々にしてもらいましょうか」

園長は通路の先を指さした。見ると東側の隅、カエル類のケージの陰から都筑刑事が出てきた。その後ろに大久保刑事もいる。

「園長、いつの間に？」これにはさすがに驚いたらしく、鴇先生が訊いた。

「自首させようと思って、呼んでおきました」園長は平然と答えた。「証拠も揃えています。彼の息子さんの証言もあります。父親が昨夜、事件発生時にこっそり家を空けていた、というね」

「なっ」

村田さんを含め、皆が園長を見る。その中でなぜか、服部君だけが落ち着いている。

「さっき言った通り、私は最初から職員が怪しいと思っていましてね。服部さんに頼んで、いろいろと調べてもらっていたんです。彼なら、多少突飛な行動をしても不審に思われませんからね」

服部君は園長の隣に並び、無表情で続けた。

「僕は職員のアリバイや経歴その他を園長に報告していました。それと、園長が『村田さんが怪しい』と言うので、村田さんの息子さんに、父親の挙動が怪しかったら教えてほしい、と依頼しました。息子さんは快諾してくれましたよ」

「なっ、あいつ」村田さんは面食らった様子で口を開ける。

園長がとりなすように付け加える。「息子さんも父親の様子がおかしいのに気付いていたようで、心配していましたからね」

「服部君……」僕は服部君を見た。「じゃあ、あれは園長の指示だったのか。僕はてっきり、趣味でやってるのかと」

「何を言うんです」服部君はずい、と僕に寄り、眼鏡を押し上げた。「趣味に決まっているじゃないですか」

「じゃあ昨日の夜、来てたのは……」七森さんが園長を見上げる。

「村田さんの息子さんから連絡があったので、現場を押さえられるかと思いましてね」

園長は僕を見た。「桃本さんが倒れていなければ、あの場で確保できていたかもしれませんが」

「申し訳ありません」何か理不尽だ。

「何やら、私の知らないところで話がついてしまったようですが」いつの間にか後ろに来ていた都筑刑事が、拍子抜けしたような顔で言った。「そちらの方は、御同行願えるのですかな」

村田さんは二人の刑事に、ゆっくりと頭を下げた。

村田さんが二人の刑事に挟まれて爬虫類館を出ていくと、園長はくるりと体を回し、僕たちを振り返った。

「さて、あなた方はなるべく早く帰宅して、明日の業務に備えてください。明日からも平常通り開園します」

「はい」

僕たちが声を揃えて応えると、園長は一つ頷いて出ていった。

僕はその背中を見送りながら、やはり測れない人だ、と思った。今夜これから、一番大変なのは園長なのだ。これから園長は事件の顚末をマスコミに対してどう発表するか、おそらく徹夜で検討することになる。

僕たちが突っ立っていると、グリーンイグアナの展示場で、また水音がした。

「行きましょうか」

やがて、鴇先生がそう言った。

僕たちはなんとなく頷きあい、爬虫類館を後にした。日が落ちて大分気温が下がったようで、外の空気は冷たかった。夜空には星が出ていた。

事件は解決した。犯人は逮捕された。菊島についても、村田さんの証言から、早晩捜査の手が回るだろう。

そして、楓ヶ丘動物園の動物慰霊碑には、新たに三つの名前が刻まれることになる。イリエワニのルディ。ミニブタのアイと、ハナ。

それを考えると、どっと疲れがきた。だが、へこたれている場合ではない。僕たち飼育員には、明日も変わらず日常業務が待っているのだ。

犯人である村田さんはあの後、自首した。楓ヶ丘動物園の事件は翌朝のニュースでとりあげられたが、なぜか村田さんはすでに退職していることになっており、また、村田さんが脅されていたことや、楓ヶ丘《うち》でそれ以前に起こっていた誤飲事故についても触れられていたから、園長はまた、事件が下手な形で発表されないよう、手を尽くした様子である。実際、園長が収集した証拠は警察の捜査にも役立っていたようで、警察側も園長に対しては好意的だったらしい。その一方で園長は、村田さんが抜けた分の求人をすぐ出すように指示していて、しっかりしているというか、この人には敵わない、と思わせるものがあった。

6

事件の背後にいた菊島、さらにその背後にいた暴力団については、ニュースには出なかった。村田さんは「何者かに脅された」とされているだけで菊島の名は出なかったし、背後にある覚醒剤密輸に関しても何の報道もなかったことを考えると、警察が発表を控えたらしい。それはつまり警察が本気で摘発に動いているらしいということであり、実際に都筑刑事も「そろそろ動きがあるはずです」と言っていた。これに関しては、お願いします、と言うしかなかった。事件の背景については、とりわけ地方局や地方紙が精力的に追跡取材をしているようで、一週間が経った今でも園内に記者の姿を見かけることがあったくらいだから、今後、動きがあれば報道されるはずである。

僕はすっかり日常業務に戻っている。最後の事件の日に生まれたオードリーの子供は元気に成長しており、頃合いを見てお披露目と名前募集のイベントがあるようだ。本郷さんは忙しそうだったが、なんだか初孫が誕生したみたいにつやつやした顔をしていて、疲れをためている様子はなかった。

そして、今日の僕は休みである。僕は今、郊外の駅の改札で、鴇先生が来るのを待っている。

中途半端に住宅地があるだけで何もない地域であり、市内在住の僕でさえ一度も利用したことのない地味な駅である。午前十一時過ぎという中途半端な時間帯も手伝って利用者は少なく、改札を出る人も、改札に入る人もまばらだった。駅構内のパン屋はまだ客が少なく、キオスクのおばちゃんも暇そうにしている。

改札から出てくると思っていた鴇先生は、意外にも駅の裏口から入ってきた。「早いのね」

「こんにちは。この路線、電車の本数がないんでどうしても……」言いかけた僕は思わず背筋を伸ばしてしまった。「……これは、また」

「何？」

「いえ、ええと」僕は先生の立ち姿を見る。正直なところかなりびっくりしていた。

やってきた鴇先生は別人と見紛うほどお洒落だった。もちろん僕だって、鴇先生がネックレスの一つも持っていないとは思っていないし、職場に持ってくるのと違うバッグを持ってきたからといって驚いたりはしない。だが普段の通勤時といい、この間の捜査活動中といい、この人の私服は動きやすさ第一で実用一点張りの、そのままハイキングに行けそうなものばかりだったはずで、僕は鴇先生が明らかにこのジャケットと合わせるために買ったと思われるこんな靴を持っているとは思わなかったし、レースのスカートをはくことがあるとも思っていなかったのである。

僕が感嘆の息を漏らしつつ見ていると、鴇先生は眉をひそめた。「どうしたの？」

「いえ、その」正直に言う。「綺麗ですね」

「なっ」モデルのごとき鴇先生はなぜかびっくりした様子でのけぞった。「何よいきなり。変な冗談言わないでよ」

「いえ、別に冗談では。本当に綺麗ですよ」

「そんな、じろじろ見ないでよ。褒めたって何もないからね」先生は赤くなって俯き、大股で歩き出した。「ほら、行くよ」

「いえ、そっちじゃないです。南口です」

先生は戻ってきた。

駅舎を出ると、僕が家を出た時より日差しが強くなっていた。ロータリーで退屈そうに客待ちをするタクシーの、白いボンネットに反射する陽光がまぶしい。

並んで歩き出してもまだ先生は俯いていた。

「……桃くん、あんまり露骨なお世辞はやめた方がいいと思うんだけど」

「お世辞じゃないです。モデルかと思いましたよ」

「また、そんなこと言って」

「まあ、ちょっと意外でしたけど。仕事の時とイメージが違うし」

「似合わないのは知ってるわ。そんなにいろいろ言うなら着替えてくるけど？」

「やめてください。もったいない」子供かこの人は。容姿を褒められることくらい、初めてではないだろうに。

　とはいえ、鴇先生がこんなに可愛らしい恰好をしてくるというのは、確かに予想外のことだった。今日、待ち合わせしたのはデートではなく、未決勾留中の村田さんに面会するためである。目的地だって、この駅から徒歩二十分の場所にある警察署なのだ。まあ、その前に昼食を御一緒にとは言ってあるのだが、それはついでのつもりだった。

　僕は先生がこういう恰好で来るなら自分ももう少しお洒落をしてくるべきだったし、ちゃんとそれなりの店を探しておくべきだったと後悔したのだが、先生の方はあまり気にしていないらしく、駅前のイタリアンレストランでのんびり昼を食べる間も、わりと楽しそうにしていたようである。もちろんそれはこの人の口数の少なさと普段の無表情から逆算しての話で、客観的に見れば、周囲の人に「あそこの二人はあんな服装で何の商談をしているのか」と見られてもおかしくないぐらい、真顔の割合が多かったのだが。

　午後一時前に店を出た。今日の鴇先生の靴では二十分歩くのは疲れるかもしれないと思ってタクシーを捕まえようとしたら、先生はさっさと歩き出してしまった。まあ、歩きたくなるような陽気ではある。

まわりに大きな建物がないため、警察署はすぐに分かった。僕は免許の更新手続きも運転免許センターでやっていたため警察署というところへは生まれて初めて入るのだが、一方の鴇先生はいつそんなものに慣れたのか、勝手知ったる様子で申し込みの書類を書き、面会室に入ってもさっさとパイプ椅子に座った。尾行に慣れていたり法律に詳しかったり、この人は一体何者なのだろうか。

静かで物のない面会室でしばらく待つと、ガラスに仕切られたむこうでドアが開き、村田さんが入ってきた。部屋着そのもののスウェットを着ていたが、無精髭などはなく顔色もいい。

僕と鴇先生が来るとは知らされていなかったらしく、村田さんは意外そうな顔を見せたが、鴇先生は構わずに椅子をずらし、ガラス壁に顔を寄せた。「体調はどうですか」

「……おかげさまで」

「何か、差し入れで欲しい物は」

「いえ、息子がやってくれますから」

あまりにてきぱきと用件だけ告げていく鴇先生に、村田さんは面食らった様子である。僕を見て、「ええと、今日はなぜ」と言った。

「質問と、連絡事項がいくつか」鴇先生が答えた。

「ああ、……はい」村田さんはなぜか手を膝の上に置き、背筋を伸ばした。「時間が少ないので手短に。まず連絡です。あなたの実家にいたインドクジャクは無事保護されました。健康状態にも問題はなく、今は展示に復帰しています」

「あ、はい」

どうも鴇先生が喋ると村田さんが硬くなるので、僕が続けた。「あと、オードリーの子供、明日お披露目です。名前は公募で決めるみたいです」

「ああ、それは……よかった」

村田さんの顔がほころんだ。やはりこの人は、元飼育員であるらしい。

「それと、弁護士の土井先生と話をしましたが、それほど重いことにならないみたいで。ええと、何て言ったっけ」

何やら法律の話だったので、僕はちゃんと理解していないのだ。僕が困っているのを見てとったか、鴇先生が代わって説明してくれた。

「一件目の事件は窃盗ですが、二件目の事件については罪になりません。三件目についても、インドクジャクの飼育態様が返還を想定したものだったということで、不法領得の意思なし、という土井先生の意見に沿った形になりそうです」

「……何でしたっけ、それ」

「要するに、『自分のものにする意思』がなければ窃盗にも強盗にもならない、ということよ」鴇先生は隣の僕に簡単に説明すると、村田さんに向きなおった。「検察側も、強盗致傷ではなく威力業務妨害と傷害——という線で起訴することに納得したようです。詳しくは土井先生から直接」

村田さんは菊島と、その背後にいた暴力団のことについて知る限りを話し、警察に協力しているらしい。土井先生という弁護士はなかなかのやり手らしく、今後の捜査協力と引き換えに、軽い罪での起訴を要求しているとのことだった。先行きはそれほど暗くないようだ。

「以上が報告です」鴇先生は腕時計と係員にちょっと目をやり、座り直した。「それと、質問が」

先生の表情は、爬虫類館で謎解きをした時のものに変わっていた。村田さんも先生の纏う空気が変わったのを感じとったのだろう。座り直して背すじを伸ばした。

「菊島は行方不明です」

鴇先生ははっきりとした声で、まずそれだけ言った。僕は村田さんの顔を見ていたが、村田さんは表情どころか視線一つ揺るがさずに聞いていた。

「あなたの目的は、それだったのですか？」

村田さんは答えず、動かない。鴇先生は続けて言った。

「インドクジャクの事件の後、都筑刑事の話を聞いて、私は疑わしいものを感じました。あなたは、あの事件は警察を菊島に導くためだと言っていましたが……」

鴇先生の視線が鋭くなり、獲物を狙い定めるように村田さんを捉える。

「……本当にそうですか？」

村田さんは答えない。鴇先生も、それを分かっている様子で続ける。「犯行現場に、あんな目立つライターが落ちているということはかなり不自然です。当然、警察もそう思うはず。それ以前にも警察は、使ってもいないスタンガンという、偽の遺留品をつかまされている。あなたが、そのことを考慮に入れなかったとは思えません」

鴇先生は、膝の上に置いた手を握った。

「あなたは、本気で警察を誘導する気がなかったのではないですか？　あなたが菊島のところまで誘導したかったのは、警察ではなかったのでは？」

鴇先生の言っている意味が分からず、僕は先生の横顔を見る。確かに先生はここに来る前から「村田さんに訊きたいことがある」と言っていたが、これはどういう意味なのだろう。

「私と桃くんは以前、菊島宅で、やってきた暴力団員二名と接触しました」鴇先生は村田さんを見据えたまま続けた。「その二人は『菊島の友達』だと名乗っていましたが、実際は逆だと思われます」

「鴇先生……？」

僕の視線にかまわず、鴇先生は言った。

「彼らは菊島宅の鍵を持っていた上、菊島の応答をほとんど待たずにドアを開けて入ってきた。二人組で、格上である中年の男の方はナイフを持っていて、『菊島の女にはさっき会ってきた』と言った。そして彼らが入ってくる直前、菊島宅の窓の前には車が停まっていて、運転手の男がそのそばにいた。まるで、中の人間が窓から逃げるのを邪魔するように」

確かに、なぜよりによってあんな場所に停めるのだ、というのは、僕も思った。

「彼らは何のために、『菊島の女』を訪ねた後、アパートにやってきたのでしょうか？加えてその直前、自宅に戻ったはずの菊島は、大きな荷物を持って慌てて外出し、高速に乗って都内まで行き、そしてそのまま行方不明になりました。それはなぜでしょうか？」

鴇先生は村田さんをじっと見ている。村田さんも視線をそらしていない。

「……あの二人、菊島を始末しにきたのではないでしょうか？」

ぎょっとして、思わず体ごと鴇先生の方を向いてしまう。鴇先生はその僕に視線だけ向けると、落ち着いて言った。

「私は電話で『お前は危険だ』と嘘をついて菊島を呼び出したけど、それがあんなに簡単に成功したのも、菊島の方に心当たりがあったからではないか、と思うの」

「まさか……」

「ミニブタの事件と併せて、イリエワニの事件が大きく報道された。暴力団の人間があれを見て菊島の裏切りを疑ったとすれば、時期的にもつじつまが合う」

確かに、菊島宅を訪れたのはミニブタの事件の翌日だ。菊島の行為は背後にいる暴力団にばれたらどんな目に遭わされるか分からないようなものだったから、充分に考えられることだった。

鴇先生は村田さんに視線を戻した。「そして、あなたが狙ったのもそれだった。菊島がミニブタの事件の後、行方をくらましたことを知らないあなたは、事件をもっと派手に報道させ、イリエワニが盗まれていることを暴力団関係者に気付かせるため、インドクジャクの事件を起こした。強盗事件にしたのも、より大きく報道されるように、ということでは？」

村田さんは動かない。鴇先生も同様だった。

「……あなたの目的は菊島を逮捕させることではなくて、暴力団を使って菊島を始末させることだったのではないですか？」

……「始末させる」。

そんな単語を現実に聞くとは思わなかった。ぞっとするようなことだが、鴇先生は少しも怯まず、事務的な口調で確認しただけだった。考えてみれば、僕だってすでに尾行だの強盗だの暴力団だのという、非日常のあれこれと関わっているのだ。

鴇先生と村田さんは黙って視線をぶつけている。今の会話を聞かれて大丈夫なのか、と係員の方を気にしたりしているのは僕だけだった。

「あの男が、どれほど危険な男なのか」

村田さんが口を開いた。小さな声なので、ガラス越しでは聞きとりにくい。

「……口で説明しても、どうせ分からないでしょうね」

村田さんはそう言った後は、何も言わなかった。僕は以前、この人から聞いた、「キレて、ウサギを踏み潰した」同級生の話を思い出した。

「村田さんの同級生に、粗暴な男がいたんですよね」

僕はそう言い、村田さんを促すつもりで見たが、村田さんはやはり黙っていた。ほどなくして係員から「時間ですので」と声をかけられ、僕たちは席を立った。

「今日は、来てくださってありがとうございます」ガラスのむこうで立ち上がった村田さんは、もとの表情に戻った。「遠藤さんには、いきなり仕事を増やして申し訳なかった、とお伝え願えますか」

それを見た僕は、それだけでいいのか、と言いそうになった。本当はもっと話題があるのに、時間と話がちょうどいち段落してしまって、お互い、なんとなく不完全燃焼のまま別れる。そんな感じだった。出会いがしらの車とお互いに譲りあったままどちらも動けないような、不安定な感覚の中、僕はガラスのむこうに話しかけることも、ドアの方に歩き出すこともできなかった。

僕と同じようなものを感じているはずの村田さんは何も言わなかった。係員に促されて、僕と鴇先生と村田さんは黙ってそれぞれ頭を下げ、ガラスを挟んだ別々のドアから出ていった。

警察署を出ると、隣を歩く鴇先生が言った。「……どうやら、予想通りだったようね」

僕は、どう感想を言ってよいか分からない。菊島という男はどういう男だったのか。脅されていたという村田さんがどういう状況だったのかも、村田さん本人の口から聞いたことしかないのだ。だが。

「この前、服部君と話したんですけど」

赤信号で立ち止まり、鴇先生を見る。先生もこちらを見た。

「村田さん本人の話を聞いて、とっさに『ソロモン』を名乗った村田さんが、菊島をどうして『ウァレフォル』にしたのか分かった、と言ってました」

鴇先生は僕の話を促す顔でこちらを見る。

「『ウァレフォル』というのは確かにソロモン王が使役した七十二柱の魔神の一人ですが、ソロモン王の魔神の中から選ぶなら、もっと相応《ふさわ》しいものがいたはずだ、って言うんです。『ヴァラク』……だったかな？　爬虫類を支配し、財宝のありかを教える、という魔神もいるそうですし、クロコダイル関連なら、クロコダイルにまたがって現れるという『アガレス』とか、『サレオス』とか。……『ウァレフォル』を知っているなら、それより先にそちらを思い浮かべてもよさそう——だ、そうです」

僕はどれも知らないのだが。

信号が青になり、話しながら歩き出す。「『ウァレフォル』という魔神は、あまりいい書かれ方をされていないらしいんです。複数の動物が合成された姿で現れ……」

「人を盗みに誘い、『盗賊の顔』を持ち、『絞首台に送るまで盗賊どもと親しく交わる』魔神——と、書かれているようね」

鴇先生はそう続けると、私も調べたのよ、と言った。

「要するに、村田さんにとってはそういう相手だった、ということね」

僕も頷いた。

「そう考えれば、なんとなく分かる気がするんです。『ウァレフォル』なんて登録名の入った携帯を、村田さんがなぜ『置き忘れた』のか」

菊島がワニのすり替えを行うまでの間、ルディは健康な状態を維持していなければならない。そのことで、村田さんが菊島から何度も電話を受けていたことは想像ができる。着信音をオンにしていたことや、僕が見た時、何度も鳴らされていたことを考えれば、菊島という男は相当に気が短く、すぐに出ろとしつこく言っていたのではないだろうか。犯罪に協力させる電話。勤務中でもおかまいなしにかかってきて、その度に周囲の目を避けなくてはならない。職場を裏切っているという感覚もあっただろう。着信音が鳴ることに対するストレスは大きかった。

だから村田さんは、携帯を「置き忘れた」のではないだろうか。そういう気がしてならない。

さっきの面会室で何か不完全燃焼のような感じがしたのも、それが理由のように思える。村田さんは本当は、大声で訴えたかったのではないか。菊島がどんなにひどい奴だったか。自分がどんなに辛い目に遭わされてきたか。

銀行や予備校の看板が目立つ通りに入り、駅のロータリーが見えてきた。

「やっぱり、嘆願書というの、土井先生に渡しておこうと思います。僕、一応被害者だし」

迷ったが、そう言った。

鴇先生は、そう、とだけ言い、肯定も否定もしなかった。

ロータリーを出た路線バスが、巨体を器用に回してこちらを向き、僕と鴇先生の脇を走り抜ける。駅前には人の姿はなく、七五調の標語をくっつけた時計塔の上に、鳩が二羽、とまっている。

「……なんだか肩が凝りましたね」

歩きながら、僕はなんとなく伸びをした。

鴇先生も頷いた。「そうね」

まだ午後二時前で、時間は空いている。鴇先生とは面会に行く、というところまでしか約束していない。せっかくだからどこかに誘おうという気がしないでもないが、駅に向かって迷いなく歩く先生の歩調を見るに、この人はまっすぐ帰る気なのかもしれないと思った。

「桃くん、これからどうするつもり?」

鴇先生が訊いてきた。僕は駅舎の入口で立ち止まり、しばらく考えて、答えた。「僕、これからちょっと職場行こうかと思ってます」

「仕事?」

「そうでは、ないんですけど」首を傾けて言葉を探す。「この間、お客さんとして楓ヶ《う》丘《ち》に入ってみたら、けっこういろいろ気付くところがあったんです。ただ、あの時はちょっと時間がなくて、もっと見ておきたいところがあったし」

鴇先生は、ちょっと意外そうに僕を見た。「これから行くの?」

「はい」僕は頷いた。「なんだか、早く日常に戻りたい気分なんで」

日常すなわち仕事というのもどうかという気がするが、では他の何が日常なのだ、というと何も思いつかないのだ。

「分からないでもないか」鴇先生はそう言うと、ロータリーの方を振り返った。「じゃ、私、車だから、乗せていってあげる」

「あ、ありがとうございます。……いいですか?」

「私も同じような気分なのよ」鴇先生は肩をすくめた。「一緒に行きましょう」

今日は平日なので、楓ヶ丘動物園のゲート前広場にもそれほど人影はない。来園者は平日に休みをとって未就学児童を連れてくる家族連れが大部分で、あとは学生のカップル、というところだろうか。人が少ないのと、鴇先生が目を引くのとで、ゲートを抜ける時、もぎりの係の女性はあれ、という顔になって首をかしげた。今度は、僕は笑って会釈した。

人の少ない園内を、鴇先生と並んで歩く。今は一頭も渡っていないため、オランウータンのスカイウォークで足を止める人もいない。サル山にもレッサーパンダ舎にも、はりついている人は数えるほどしかおらず、園内は静かである。周囲を見回し、お客さんたちの様子を観察しながら歩く僕たちの横を、ソフトクリームを持った子供が追い抜いてゆく。池のまわりの森の中で、中年の男性が一人、仰向けになって昼寝をしていた。

僕たちはあれこれ話しながら園内を歩き回ったが、今日の楓ヶ丘動物園はなんだか、緊張感がまるでないようだった。コブハクチョウもアルパカも、なんだかいつもよりぼけっとしている。動物たちからすれば、来園者が少ない日の方がリラックスできて楽なはずなのだが、実際にこうして人がいない日の様子を見てみると、なんとなく物足りなそうに見える。動物たちの方だってお客さんを観察しているから、誰もいないのは退屈なのかもしれない。

のんびりとした風が流れる園内で、一ヶ所だけ人だかりができている場所があった。「アフリカ草原ゾーン」である。

――この枝は見ての通りけっこうトゲトゲなんですが、キリンさんの舌は平気なんです。

――はい、それじゃ、しっかり持ってくださいね。準備はいいかな？

――この子はメイちゃんという、三歳の女の子です。趣味は人間を舐めることです。

ざわざわと笑いが起こる。「アフリカ草原ゾーン」の柵の外に半円形の人だかりができていて、その脇に立った七森さんは、集まった人に対してよく通るいつもの声で話をしていた。僕の代番で、「キリンの餌やりタイム」をやっているのだ。

本郷さんに誘導されてきたメイが柵の上から顔を出し、母親に抱きあげられた子が差し出す枝にむかって、ぬうっ、と首を伸ばす。他のキリンは飼育員が餌をやってみせるだけだが、人懐っこいメイはお客さんの持つ餌も食べてくれるのだ。大抵はそのついでにお客さんの手を舐めまわすので、見るだけでなく触れて、動物の体温や感触を知ってもらえるありがたい展示になる。

抱きあげられた子は腕を一杯に伸ばし、キリンのおやつであるアカシアの小枝を差し出す。メイが顔を近づけて、鼠色の舌でびゅるりと葉を舐めとると、お客さんたちの間にざわめきが起こった。それから、これはもうお約束ですから、という顔で抱かれた子の手を舐める。子供はびっくりして母親にすがりつき、周囲からは笑いが起こっていた。

バックヤードに戻る本郷さんを追いかけてメイがのしのしと去り、お客さんたちも散る。七森さんはメイに餌をやった親子に手を振ってから、その後方で見ている僕たちの方を向いた。

「あっ、桃さん、と……鴇先生?」七森さんは目を丸くした。

鴇先生の恰好が普段と違いすぎて、すぐには分からなかったらしい。僕たちは柵の前まで行った。

「七森さん、お疲れ様」

「いい声ね。拡声器なしで聞こえるのは羨ましい」

「ありがとうございます」七森さんはぽかんとしている。「……っていうか、鴇先生すっごい綺麗」

「だよね」僕も先生を見る。「なんか本人、認めたがらないんだけど」

「ええっ、鴇先生可愛いですよ」七森さんは目を輝かせ、鴇先生のジャケットの裾をつまんだりしはじめた。「このボタン可愛い。わあ、これ触るとふわふわなんですね」

「そんな、じろじろ見てどうするのよ」先生はまた赤くなって目をそらす。「見たって御利益なんかないってば」

「先生、いつもこれで出勤してくればいいのに」七森さんはそう言ってから、僕と鴇先生を見比べた。「ええと、それで今日は……」

「デートじゃないから安心して」鴇先生は七森さんを威圧した。「誤解しないように」

「そうなんですか？」七森さんは笑顔になり、ちょい、と僕を見た。「あれ？　でも桃さんはがっかりしてるみたいですよ？」

「なっ」鴇先生は僕を振り返ってからすぐに目をそらし、慌てて七森さんに言う。「そんなことないじゃない。大人をからかわないのっ」

どう見ても鴇先生の方が子供である。もっとも、いきなり言われた僕の方だって内心はびっくりしているのだが。

「やはり、鴇先生でしたか」

声のした方を振り返ると、箒を持った服部君が後ろに来ていた。

「これは驚きですね。普段とは別人のようです」

七森さんも笑顔で同意する。「可愛いですよね」

「まったくです」服部君は箒を持ったまま腕を組み、鴇先生を上から下まで遠慮なく眺めまわした。「お美しい。ファッション誌の誌面からずるりと抜け出てきたかのようです」

もう少しいい擬音は使えないのか。僕が心の中でつっこんでいると、むこうから園長までやってきた。「おや、鴇先生ですか。これはまた随分と華やかですね」

鴇先生はどこを向いていいのか分からなくなった様子で、バッグをぎゅっと摑んで俯いてしまった。

園長がやってきて、僕に訊く。「プライベートで来たのですか？」

「いえ……面会の帰り、でして」

はたして園長に言ってしまっていいのか分からず、僕はつい目をそらしたが、園長は、ああ、と頷いた。

「それより園長、気になっていたことがあるのですが」ようやく自分から話題がそれたため、鴇先生はしめたとばかりに顔を上げた。「事件のことですが」

「何か？」

「園長、たしか最初から、村田さんを疑っていたという話でしたが」鴇先生はいつもの冷静な顔になった。「園長は私や七森さんと違い、事件の詳細を最初から聞いていたわけではないはずです。なのになぜ、村田さんが犯人だと？」

言われてみればそうだな、という顔で、全員が園長を見る。

だが、園長は落ち着いていた。

「怪しんで当然です。村田さんは、明らかにワニに慣れているように見えました。にもかかわらず、そのことを隠していた」

「いえ、そこが……」鴇先生が返す。「そこが問題なんです。なぜ、村田さんがワニに慣れている、と分かったのです？」

「簡単なことです」園長は珍しく、表情を緩めた。「村田さんは、ワニに似ていたからですよ」

しばらく、全員が沈黙した。

「園長、それは……御冗談ですか？」僕はどう訊いていいか、というより、どうつっこんでいいか分からなかった。「ワニに似ているから、ワニに慣れているだろう、なんて……」

冗談としか思えない。

だが、鴇先生が言った。「いいえ。そういえば……聞いたことがある気がする」

今度は鴇先生に視線が集まる。

「上野動物園の元園長……の、話だったと思うけど」先生は、何かを思い出そうとする仕草で口許に手をやった。「海外の、飼育員が集まるパーティーで、皆が何の動物の担当かを当てるゲームをした。その時にその人は、五十パーセントという確率で正解したというの」

「五十パーセント?」

答えは何十通りもあるはずだ。ありえない数字である。

「なぜそんなに正解できたのか、と訊かれて、その人は答えたそうよ」鴇先生は園長を見た。「飼育員は担当する動物に似てくるから、簡単だ――と」

「そんな」

だが言われてみれば、服部君は爬虫類のごとく音をたてずに動くし、七森さんは齧歯類にしか見えない時がある。鴇先生が猛禽めいて見えるのも、表情や動きが猛禽類に似ているからではないか。

そして思い返してみるに、確かに村田さんの動きはワニに似ていた。

「全員、というわけではありませんがね」園長は皆の視線を集めたまま、余裕の表情で言った。「熱心な飼育員は、動物の視線になり、動物の気持ちを理解しようと努める。また、動物を警戒させないよう、彼らと同じリズムで動く癖がつく。……結果、自然と担当動物に仕草が似てくるんですよ」

園長は微笑んだ。「たとえば桃本さん。あなたは最近、キリンに似てきたようです」

そう言われた僕はなんだか、いきなり舞台に上げられたように恥ずかしかった。しかし、おそらくこれは褒められているのだ。

「法律上は、動物は『器物』――村田さんは、口ではそう言っていましたがね」園長は鼻白んだ。「『器物』相手に、随分と思い込んだものです」

園長は軽くそう言い、それでは、と言って去っていった。

その背中を、全員がなんとなく溜め息混じりで見送る。園長はいつもの、貴族めいた姿勢のよさで歩いている。

「村田さんが、ワニに似ていた……ですか。確かに、そうですね」服部君が頷く。

「なんだか、園長には敵わないね」僕も頷く。

「よしっ」七森さんが拳を握った。「私も、ミニブタさんやモルモットさんに似るように頑張ります」

「いえ七森さん、あなたはすでに齧歯類です」

「ていうか、そこ頑張るところじゃないと思うよ」

「それと七森さん、求愛されているようだけど」

三方から一度に言われた七森さんは、ボコがすぐ後ろで羽を広げ、わっさわっさと求愛のダンスを踊っているのを見て慌て始めた。「えっ、あの、ボコさん」

「落ち着きなさい。いつものことよ」

「でも鴇先生、これ、私どうすれば」

「つきあっちゃえば？」

「えっ、でも私、ちょっと」七森さんは大慌てでボコに言う。「すいません、私、ダチョウさんとはちょっと」

ダチョウに頭を下げる人は初めて見た。うろたえる七森さんを見て脈ありと勘違いしたのか、ボコはさらに熱心にわっさわっさとやり始めた。平和な光景である。

後ろから、ふわり、と暖かい風が吹いた。僕は振り返り、園内を見渡した。

昼下がりの楓ヶ丘動物園は平和そのものだった。カピバラはのんびり昼寝をし、コモンマーモセットはのそのそと樹に登っている。そのむこうでは、水につかったコビトカバが大きく欠伸をしている。お客さんたちが笑顔でそれを指さしている。

ここが僕の職場だ。事件があろうとなかろうと、動物たちはいつも通りに生きている。だから僕たちも、いつも通りに仕事をする。明日からはまた日常業務だが、今回の事件でその「日常」の大切さが分かった。どうか、二度とこんな事件が起きませんように。この日常が、いつまでも続きますように。

目を細めて感慨にふけっていた僕は、後ろからべろんと首筋を舐められて仰天した。

あとがき

お初にお目にかかります。著者の似鳥鶏です。お読みいただきましてありがとうございました。創元推理文庫のシリーズの方を読んで下さっている方はお初ではないわけでして、なお一層ありがとうございました。寒い日が続いておりますが、いかがお過ごしでしょうか。風邪とかインフルエンザとか、悪いバイキンどもが調子に乗る季節です。手洗いうがい、人ごみ突入時のマスク、やかんを載せたストーブ、大量のみかん、その他諸々日本人の知恵で健康に乗り切りましょう。ちなみに、あとがきで時候の挨拶をしても全く意味がないです。本が出るのはたぶん春ですので。

私が住んでいるのは夏場外より暑いのに冬場も外より寒いという不思議な部屋で、油断すると屋内なのに吐く息が白くなります。ひどい時にはあまりの寒さのため洗濯物が凍ってばりばりになったり、まつ毛が凍ってはりついたり、バナナで釘が打てたり、目の前を皇帝ペンギンの行列が通りすぎたり、まあ実際にはそういうことは起こりませんが、そのくらいあってもおかしくないほど寒く感じます。さっきなどはこたつの上に置いておいたコップの水に氷がはっており、その上で毛糸のマフラーをした小さな人たちがロシア民謡らしきものを歌いながらスケートをしていたのですが、おそらくこれは私がうとうとしていたせいでしょう。

この小さな人たちは私が入居する前からこの建物の床下に住んでいるらしく、私の部屋の物を少しずつ借りながら暮らしているようです。まあこっそり借りて返さないのですから借りぐらしというよりドロボーですが、小さい人なりにそのあたりを申し訳ないと思っているのか、私がうたた寝をしているとそっと現れ、時折キーボードによじ登って勝手に原稿を書き進めてくれたりします。もっとも、書き上がった原稿は「加点連詩あるところの先にくびれふるまりて泥とろみ船上を横についに間の悪く天気のとどまってつらつら、親知らず意思薄弱のうちに寄り、馳せ、七の花長くして王政雹にそそり果汁立ち……」という意味不明というか、読んでいるうちに頭がドグラマグラしてくるようなものなので、あんまり役には立っていません。そもそも、私からしてみれば自分で書いたものを読んでもらわないと仕事をしている意味がないわけですから、別に仕事を手伝ってくれなくていいのです。こちらとしてはもっと別の、たとえば実家に積んである本の整理をしてくれるとか、建設現場で働いて生活費を入れてくれるとか、数百万ほど残っている奨学金の返済を肩代わりしてくれるとか、そういうことをしてくれた方がありがたいのですが、なかなかその旨が伝えられません。この小さな人たちにはどうも、人間に見つかったら引っ越さなくてはならないという掟があるらしく、呼んでも隠れて出てこないのです。それどころか、この間スケート靴を忘れて帰っていたので「わすれもの」と書いた紙と一緒に床下に返しておいたら「やべえ超やべえ」「見つかった」「ウチらマジヤバイって」とこそこそ声がして、しばらくしたらいなくなってしまいました。出ていく前にゴミ出しとドラマの録画予約ぐらい頼んでおけばよかったと、今でも後悔しています。そういえばトイレットペーパーも切れかかっていたから、近所の薬店で買ってくるよう言っておくべきでした。

　さて、今回は動物園のお話でした。私はもともと動物園がけっこう好きで、編集A井さんと

「動物園の話ということは、似鳥さん動物お好きなんですか」

「はい」

「たとえば動物園に行くと何見ます？　お好きな動物は」

「そうですねえ。魚類の正面とか好きですね。魚って正面から見るとけっこう間抜けっぽい顔してて可愛いんですよ」

「ああ。でも、魚類は動物園じゃありませんよね……」

という会話をするほどです。原稿を書くにあたっていろいろ取材をしたのですが、これがなかなか楽しい経験でした。

　動物園で実物を見てみると、動物というのはイメージと違ったりイメージ通りだったり、予想以上に綺麗だったり予想外にくさかったり不気味だったり怖かったり可愛かっ

たりして、なかなかに面白いのです。例えばブタ。ブタというと小脇に抱えられる程度のサイズで想像しがちですが、実物のブタは大きいものなら体重三百キロ。ドラム缶がフゴフゴいいながら歩いているような感じでなかなかの迫力です。実際、筋力は相当強くて脚も速く、本気で突進されると大人ですら「アクション映画でジェット・リーにやられた人」みたいな感じでふっ飛ぶそうです。肉ばかりに見えて体脂肪率は十五パーセント程度、走る速度は時速三十キロにも達し意外なほどスピードがあります。ごろごろしていることも多いのですがその合間にけっこう激しく運動しており、要するに力士みたいなものです。作中に登場したのはミニブタですが、ミニブタというのはあくまで「ブタにしてはミニ」というだけなので、ペットとして飼う場合はそれなりの覚悟が必要です。

また、可愛い動物の代表例として人気が高いキングペンギンですが、実物を見るとかなりずんぐりしていて図体がでかく、猫背で立っているせいか「黒地のジャージを羽織ったおっさん」に見えなくもないです。もっともこのおっさん、水中に入った途端ミサイルのごとき高速でぎゅるぎゅると旋回しつつ獲物を追いつめますし、手をばたばたさせる筋肉が非常に発達しているため、あの手ですっぱあんとやられると大人でも骨折したりします。ひとは見かけによらないのです。

一方、「予想以上にイメージ通り」なのはライオンです。ライオンという動物は一日に二十時間くらいごろごろ寝ており、大学受験を終えた時の私よりひどい生活を送っているのですが、動物園で実物を見ても本当に寝てばかりでした。夜行性だから仕方がない、夜に見れば活発に動く本当のライオンが見られるだろう……と思って多摩動物公園のナイトズー[1]に行ってみたのですが、やっぱりごろごろしていました。どうも彼ら、「百獣の王」っぽいのは顔だけです。本物の王様はもっと忙しく公務をこなしています。

そして、極めつけは作中で活躍したアミメキリンです。オスは体高六メートルを超す、と字で読んでもぴんときませんが、実物を見るとあれはもはや建物です。長さ三メートルの首と二メートルの脚をゆっさゆっさと動かして動くさまを見ていると、こいつの設計はおかしい、と思えてきます。聖書によれば神様は天地創造五日目に鳥と魚を創り、六日目に地上の獣を創ったそうなのですが、おそらくキリンなんかを創ったのは六日目といってもまだ未明、徹夜続きでおかしなテンションになっている時だったのではないでしょうか（翌日は休日ですから、昼頃になれば「あと半日で休み！」となって、少し元気になっているはずですし）。疲労困憊の神様は深夜ラジオを聞きながら半睡半醒、朦朧状態で仕様書に適当な数値を書き込んでしまったか、あるいは先述の小人さんが書いた仕様書を間違えて通してしまったか、もう面倒臭くなって「一種類ぐらいいいや」という気分になり、たまたま後ろを通った短期派遣の天使に

「あーちょっと君この動物のサイズ決めといて」

「えっ、私派遣でまだ二日目なのですが」

（1）開園時間を夜間まで延長するイベント。基本的に夏限定。

「いいからいいから。適当に数値入れといて」

「私、一人でやってしまってよろしいのですか？　どなたかにチェックを」

「あーできたら私が見るから。そこ置いといて」

と言ったきり忘れ、机の横に置かれている仕様書をチェックせずに通してしまったかのどれかで、おそらく試作品ができあがってきた時に神様自身も「やべえこの動物そのまま通っちゃってる」と内心焦っていたのではないでしょうか。その際には「仕様書そのまんまで本当に創らないでくれよ……」とも思ったでしょうが、まあ、天使は基本的にマジメですし、もしかしたら天使たちの方も徹夜続きの時に訪れるあの謎のハイテンションのせいで、勢いにまかせて製作したのかもしれません。

そういう見方をすると地球上には、天地創造五日目の深夜から六日目の未明にかけて創られたらしき生き物がいっぱいいます。ヤママユガとかでかすぎです。ヤマネ(2)も寝すぎです。マンドリルのあの顔はギャグとしか思えませんし、トビヘビにいたってはそもそも「空を飛ぶヘビ」というコンセプトからして間違っています。(3)微生物にまで目を広げると、「摂氏百五十度から絶対零度まで耐え、真空状態や六千気圧の高圧でも死なず、放射線すら効かない」かの有名なクマムシというやつがいたりしますが、このクマムシは徹夜続きのハイテンションではなく、天地創造六日目の夜中、余った予算を面白半分でつぎ込み遊びで創ってみた超オーバースペック生物、といったところでしょう。より変な生き物については『へんないきもの』（早川いくを／バジリコ株式会社）及びその続編の『またまたへんないきもの』に載っているのでそちらを参照していただきたいのですが、そういう視点で周囲を見回してみますと、地球というところは実に変な生き物で満ち溢れています。

というより、人間の基準にあてはめるとおよそどんな生き物もヘンですし、他の動物から見れば人間だって相当にヘンです。それは戦争をするとか地球環境を破壊するとかそういうことを挙げるまでもなく、「直立二足歩行が普通」という時点でもう確定的にヘンです。まあ、結局のところこの世にヘンでない生き物など存在しないわけで、あらゆる生き物は人間同様、思い思いにヘンです。

どうでもいい話が長々と続いたので、話を元に戻します。本作を書くにあたっては、様々な本やサイトを参考にいたしました。本当は参考文献を余さず列挙するべきなのかもしれませんが、数が膨大になってしまう上、参照部分があまりに断片的であったりするため、かえって混乱を招くことになるかと思います。なので、一番お世話になった『動物園飼育係・イルカの調教師になるには』（井上こみち／ぺりかん社）と、「ヴァレフォル」その他の説明を直接引用した『悪魔の事典』（フレッド・ゲティングズ著・大瀧啓裕訳／青土社）を挙げるにとどめさせていただきます。前者は中高生向けに仕事を紹介

（2）ネズミに似た動物。一年の半分を冬眠している上、夜行性なので昼間は寝ている。
（3）むろん滑空するだけなのだが、ひどいのになると百メートルくらい飛ぶらしい。

する「なるにはシリーズ」のうちの一冊なのですが、このシリーズは紹介する職業についている人の、毎日の仕事のイメージがつかめるように書いてあるので非常に助かります。他にも色々な職業の紹介をしているので、『宇宙飛行士になるには』(宇宙開発事業団 編著）など読めば宇宙飛行士が主人公のミステリを書けるかもしれません。

その他、原稿を書くにあたっては様々な方にお力添えをいただきました。編集A井・H田両氏に校正担当者様、お話を聞かせていただきました市川市動植物園のK氏、例によって情報提供をしてくれたN氏、ありがとうございました。

また、これから刊行に向け、さらに色々な方のお世話になることになります。スカイエマ先生及びブックデザイナー様、製本・印刷業者の皆様、文春営業部の皆様、取次及び書店の皆様、よろしくお願いいたします。

そして本書を手に取って下さいました読者の皆様に、心からの感謝を。次の本でまたお目にかかれる日をお待ちしております。

平成二十四年一月五日

似鳥　鶏

http://nitadorikei.blog90.fc2.com/（ブログ）

http://twitter.com/nitadorikei（twitter）

似鳥鶏著作リスト

『理由《わけ》あって冬に出る』創元推理文庫　２００７年10月刊
『さよならの次にくる〈卒業式編〉』創元推理文庫　２００９年６月刊
『さよならの次にくる〈新学期編〉』創元推理文庫　２００９年８月刊
『まもなく電車が出現します』創元推理文庫　２０１１年５月刊
『いわゆる天使の文化祭』創元推理文庫　２０１１年12月刊
『午後からはワニ日和』文春文庫（本書）

文春文庫

午後《ごご》からはワニ日和《びより》

定価はカバーに表示してあります

2012年3月10日　第1刷

著　者　似《にた》鳥《どり》　鶏《けい》
発行者　村上和宏
発行所　株式会社 文藝春秋

東京都千代田区紀尾井町 3-23　〒102-8008
TEL 03・3265・1211
文藝春秋ホームページ　http://www.bunshun.co.jp

落丁、乱丁本は、お手数ですが小社製作部宛お送り下さい。送料小社負担でお取替致します。

印刷製本・凸版印刷

Printed in Japan
ISBN978-4-16-780177-9